U0527425

[英] **尼尔·盖曼**
[美] **斯蒂芬·金**
[美] **乔纳森·弗兰岑**
[英] **大卫·米切尔**
[美] **李翊云**
[美] **谭恩美** 等著

[美] 乔·法斯勒 编

刘韶方 译

文匯出版社

新经典文化股份有限公司
www.readinglife.com
出 品

目 录
Contents

3　前 言

10　随机快乐 _ 尼尔·盖曼

20　你曾来过这里 _ 斯蒂芬·金

30　忽略其他的一切 _ 大卫·米切尔

40　我最喜欢的乖戾之人 _ 乔纳森·弗兰岑

52　为此刻写作 _ 柳原汉雅

58　火车上的陌生人 _ 李翊云

66　照亮黑暗 _ 艾梅·班德

74　离开思想的保留地 _ 谢尔曼·亚力克西

82　顽强的喜悦之赞歌 _ 伊丽莎白·吉尔伯特

92　逐个像素地观察 _ 谭恩美

100　精神之友 _ 胡诺特·迪亚斯

108　握手 _ 威廉·吉布森

118　我想说的一切 _ 卡勒德·胡赛尼

124	不要思想，去梦想 _ 安德烈·杜伯斯三世
134	我不认识你了 _ 玛丽·盖茨基尔
142	超越无限，走向永恒 _ 迈克尔·夏邦
152	我如何觉醒 _ 沃尔特·莫斯里
156	所有移民都是艺术家 _ 埃德维奇·丹蒂卡特
164	直抵心灵深处 _ 比利·柯林斯
176	请停止思考 _ 凯瑟琳·哈里森
184	身着异装，梦想翩翩 _ 罗克珊·盖伊
190	芸芸众生 _ 汤姆·佩罗塔
202	抵抗虚幻 _ 阿亚娜·马西斯
210	本性难移 _ 吉姆·谢泼德
214	论寻常 _ 莱斯利·贾米森
224	放豹子进来 _ 乔纳森·勒瑟姆
234	理智的边缘 _ 杰西·鲍尔
242	一个属于我自己的地方 _ 安琪拉·弗卢努瓦
248	走进魔衣橱，走进自我 _ 莱夫·格罗斯曼

258	岁月流逝 _	麦吉·施普施戴德
264	诠释潜意识 _	杰夫·特维迪
272	漫长的游戏 _	内尔·辛克
280	掀开毯子 _	查尔斯·西米克
288	跟着这个声音走 _	阮清越
296	你和我 _	艾玛·多诺霍
304	纸上的文字会比我们活得更久 _	克莱尔·梅苏德
312	没人求你写那部小说 _	简·斯迈利
322	建议剂量 _	本·马库斯
330	献给不合时宜的音乐 _	马克·哈登
338	故事如何告别 _	T. C. 博伊尔
346	死亡预演 _	伊桑·卡宁
356	幸福的意外 _	艾琳·迈尔斯
364	大脑比海洋更宽阔 _	玛丽莲·罗宾逊

371　致　谢

有一天，我读了一本书，人生就此发生了改变。
——奥尔罕·帕慕克[①]《新人生》

[①] 奥尔罕·帕慕克（Orhan Pamuk，1952— ），土耳其小说家，2006 年获诺贝尔文学奖，代表作有《白色城堡》《我的名字叫红》等。——译者注（本书注释如无特殊说明，均为译者注）

前 言

坦而言之，这个前言写起来很不轻松。穷尽才思，我才写出各位所读的如下文字。虽然我的所知所识告诉我写作绝非易事，但此次写作仍然令我非常吃惊，因为我原来真的认为写作如同清风徐来一样，是自然而然之事。

书归正传，这个前言的目的显而易见，即介绍这本文集，它发源于"由心而生"这个项目，是我于二〇一三年为《大西洋月刊》做的一系列线上访谈节目。这些年我一直在解释这个项目的理念：我请现在正处于创作期的艺术家们（大多是作家）从文学作品中选取自己最钟爱的段落，挑选出那些在他们的阅读生涯中最能打动他们心扉的文字。每人仔细琢磨一下自己所选的文字，解释这段文字对他们本人的影响，并阐述这段文字为什么对自己至关重要。这些文章集结成书，赋予我们独特的视角来探索创作时的创造性思维，即这些艺术家如何学会思考、如何发现灵感以及如何完成作品。

然而按照一个统一的框架把它们集结成书，比我预想的要难。这些文章本来只始于电话采访或是咖啡桌边闲谈,由我编辑成文后,又送回作家本人处润色。它们既包含回忆录、文学评论、创作教学,也涉及开放工作室。它们涉及一系列宏大的话题:身份认同、逆境祸患、伦理道德,以及审美情趣。更不用说每个作家都从自己个人经验的私人宝井中提取素材,而且每个人的爱好都大相径庭。在为《大西洋月刊》做一百五十多个访谈以及为这本书增加新访谈的过程中,我始终感觉自己像个学生——一直在接受创意写作和文学,当然还有社会学、心理学和政治学的教育。每个星期都会有一个智慧的老师,给我上几个小时的私教课。尽管每个作家被问到的都是同一个简单的问题,但似乎没有一篇论文能概括他们丰富的答案。在所有这些回答中进行挑选,就像从你所有心仪的文段中摘取最喜欢的一句一样难。

后来出现了这么个情况。我注意到这些作家在谈到写作瓶颈时都会有一种体验:我在另一本书的字里行间找到了继续创作的动力。

那是在诺贝尔文学奖得主奥尔罕·帕慕克的小说《新人生》里发现的。难以置信的是他这样写下开篇第一句:"有一天,我读了一本书,人生就此发生了改变。"真是神奇的开篇!帕慕克如此描述我们对一个好开篇的期待:来吧,让我惊讶一下——伴随着狂热阅读所带来的虚构体验。阅读时,叙述者的头脑是飘飘忽忽的。一页页文字自带穿透性的光芒。那时他意识到:读完这一篇,他焕然一新了,永远不再是过去的那个自己了。

我几乎是很随便地从书架上拿了本小说,半信半疑地读了起来——它真的好像是为我而写。的确如这本书所写的一样，读着这些文字，我突然明白我应该用什么方法写作了。

每一段这样的文字的核心，都是一场革命性的阅读——与一段简短且富有艺术性、有着改变人生之力量的文字的相遇。不管这种际遇发生在几十年前或是上个星期，每一位创作者都讲述着同样的故事：我读了，我蜕变了。起初，这听起来有些不着边际，就像帕慕克小说中的叙述者一样，你低头看着熠熠闪光的书页，头脑飘飘忽忽仿佛升上了天花板。就像因一件艺术品而改变了的人一样，这本书的作者们知道这样的经历距离真实生活并不遥远。华莱士·史蒂文斯的诗句令艾梅·班德心跳加速、思绪飞扬，如同喝下了香浓的意大利浓缩咖啡。《安娜·卡列尼娜》中的段落使得玛丽·盖茨基尔情不自禁站起身来，因为言语太过炽烈，她无法安然稳坐。大卫·米切尔将他钟爱的詹姆斯·赖特的一首诗叫作"颅骨熔炼器"。我喜欢这个自创词，它带给人一种明亮炽热的感觉，你头脑的铁笼在慢慢熔化，你的思想和自我自由自在地与外部世界融为一体。恰逢其时，正好读到恰如其分的文字，真的会有这种感觉。这本书就是想把这种难以描述的经历变成具体的文字语言。

但我们说的这本书改变了我意指何处呢？在那几分钟里到底发生了什么事情，使得我们完全沉浸于文字中，脑袋似乎充满氦气，双脚飘飘，离开地面？经过数年对作家的采访，我想我找到了言简意赅的说法：这就像解决问题。这类似于科学家所说的"灵光乍现"，即某一复杂问题的答案突然变得清晰。这些问题随着这种有点儿奇异的紧张感而解决,一种强烈的顿悟之感悄然而至。后来他们都记下了这些难以预测的灵感从星星之火到成熟思想的发展,展现这些独创性的顿悟从源起发展到成形的全过程。

有些文章描述了一些创造性的突破,即另一本书为写作指出了前进之路的时刻,正如我受帕慕克的话语的启迪,因而写出了这篇前言一样。例证比比皆是,比如正是从葡萄牙语小说家安东尼奥·洛博·安图内斯蜿蜒的叙述节奏中,阮清越找到了自己书写一部越战小说的方法,而正是这本处女作让他获得普利策文学奖。这些作家描述了他们如何直面艺术挑战,你从中可以深入理解写作的真谛:这些大师教你如何开篇,如何结尾,如何设计情节和人物,以及如何处理声音和韵律。你会从中得到启发,突破写作瓶颈。但我得说,这些都不会出现在常规而枯燥的"写作指导"中。然而它们却更实用,可以应用于任何创造性工作中。一个个作家通过一本本书,每时每刻与我们分享他们解决具体问题的方法。

有些作家的突破点发生在更加私人的层面。他们对于自己是谁,想怎样生活有了深刻的领悟。托妮·莫里森的《宠儿》让胡诺特·迪亚斯——一位愤怒的罗格斯大学学生明白,社会不公粉碎了他对自我的身份认同,但也告诉他伟大艺术可以成为一种黏合剂。对谢尔曼·亚力克西来说,阿德里安·C. 路易斯的一首诗让他明白文学不只是乔伊斯·基尔默和约翰·济慈,它也生长在斯波坎市的原住民保留地。那是他成长的地方,文学在那里等着他。不是所有人都能有如此领悟,它也不是任何时候都如此清晰。有时它只是一种感觉，这本书增长了你的见识，它并没有提供给你很多答案，却提出了更好、更明晰的问题。正如帕慕克笔下的主角所说的那样：

> 这就是那道光，能重铸我，我也会迷失在一片光芒中；我已感受到在光芒之下存在一片阴影，我得去了解，我得去拥抱……当新的一页翻开，读到新的文字，我的生命已在改变。

当这些作家翻开一本书时，他们已经生活在某一世界，而当他们再次身动书页时，却已身处完全不同的天地之间。这些文字的书写方式让他们瞬间增长了年岁，变得阅历无穷，让他们明白自己想成为什么样的人。

艾梅·班德提到的那首华莱士·史蒂文斯的诗叫作《内心情人的最后独白》，它关乎无限的想象力能冲破一切阻碍的力量；关乎我们共有的凭借想象和创新赋予这个世界活力的力量。用史蒂文斯的话说，这种力量如同上帝之力："我们说上帝，于是有了想象力……/ 烛光高高在天，照亮一切黑暗。"这就是这本书反复讲述的体验，高高在天的思想之光投下炙热光芒，照亮一切晦暗不清、神秘莫测、被忽视的和被忘却的东西——照亮了黑暗。

难道这不也是你正寻找的吗？难道你不想拥有文章中描述的这种被寥寥数语打开头脑，感受思想之光照耀的体验吗？我想这就是你现在手捧这本书的原因。生命可以因一段话而改变，因一种措辞而改变，或因一个绝妙的单词而改变。这本书为你勾勒了通往这些时刻的道路。让这本书重新带我们徜徉于一个精心布置的二手书店吧。让自己怀有这样的期待，这一次或许你将读到一段话，它会在你的之前与之后画上一条生动的分界线。你能嗅到那因经年的抚摸而发黄的书页的味道吗？你能感到你的手指正抚摸着书脊吗？记下点儿什么吧，任何选择都有其原因。如果这也将改变你的一生，你不会是唯一的人。

乔·法斯勒

杀死人们，清洁大地
给世界留下一辆臭气熏天的跑车
这是英勇乐队的最高目的
还有六个小孩和一个鬼
———R.A. 拉夫尔提[①]《地球暗礁》

[①] R.A. 拉夫尔提 (Raphael Aloysius Lafferty，1914—2002)，美国科幻小说家，曾获雨果奖和世界奇幻奖"终身成就奖"等荣誉，代表作有《最后一位大师》等。

随机快乐

尼尔·盖曼[1]

十二三岁时，有一次经历改变了我对文学的理解。我在一家英国二手书店买了一本 R. A. 拉夫尔提《地球暗礁》便宜的平装本，是美国版的。到现在我都不知道那本书是从哪儿来的，或者它是怎么到了那家店的，但它彻底改变了我。

记得第一次读这本书时，我注意到每章的标题有点儿奇怪——看上去挺好，实实在在的，也描述了章节中的内容。后来有一次，我回头再读目录时才明白过来：这是一首诗，一首极好的诗。这就好像突然有一道巨光出现，天使们，肮脏的天使们，从天而降，嘴里嘟嘟作响，梳子上盖着薄纸，宣称规矩不复存在了。就是在这个时刻我明白了——天哪，在文学里你想干什么都行。不管别人告诉你写作是什么，你都可以做任何你想做的事情。

---

[1] 尼尔·盖曼（Neil Gaiman，1960— ），英国幻想小说家，曾获雨果奖和星云奖等荣誉，代表作有《美国众神》《绿字的研究》《卡罗琳》等。

我很高兴我还记得这个目录。我真的可以凭着记忆写出所有十六章的标题：

1. 杀死人们，清洁大地
2. 给世界留下一辆臭气熏天的跑车
3. 这是英勇乐队的最高目的
4. 还有六个小孩和一个鬼
5. 一个小孩变成四仰八叉的魔鬼
6. 世界变成陷阱，没人能阻止
7. "吵闹不休的杜兰迪"和这个世界
8. 很有可能是他们不适应……

你往下读着，想着："你玩得也太开心了。"可是身为作家很容易忘掉有趣，忘掉快乐。忘记那些绚丽、累赘的花体字，因为——好吧，你为什么不这样做呢？——因为你能做到。你应该能从遣词造句中获得快乐。你做这件事的原因和上帝创造鸭嘴兽的原因一样。海明威式的上帝可创造不出鸭嘴兽。它太怪诞、太累赘也太不可能了。但如果整个世界都充满了鸭嘴兽，这个世界会有趣得多。

没有什么规矩，只有一条：你能满怀信心地去做吗？你能坦然自若地去做吗？你能做得很有风格吗？你能快乐地去做吗？如果能，你就可以写个关于十六世纪的绘制地图的短篇小说，一切都会像这样："天哪，多么令人愉快的短篇小说啊。"这是因为你自己很享受。你可以写得很押韵，可以加上脚注，有时我甚至让角色们用五步抑扬格的方式说话——你这么写是因为你想。最重要的是，我就是喜欢这种该死的随机快乐。做这些事是因为你能做。你从中找到乐趣。当作家的快乐就是在于感觉我能做任何事。这是我，这是我写的，我就是上帝。

并不是每天都会快乐，不是写每句话都会快乐，也不是做每件事都会快乐。不是这样运作的。如果你写一部很长的作品，比如一部长篇小说，你好日子得写，坏日子也得写；偏头疼的日子得写，老婆离开你的日子也得写。你在身心轻松愉快的日子写，每个字从笔尖或你的指尖流淌出来，就像阳光下的液体钻石在闪烁。你抬头一看，这一天你不知怎的已经完成了五千字，精彩绝伦。

但有趣的事情发生在三四稿后阅读校样时。你收到它们，正在核对。从理智上你知道有些是在愉快的日子里写的，有些是在糟糕的日子里写的。有些是在你经历过的世界上最糟糕最可怕的写作瓶颈里写的，你只是抛弃老掉牙的废话，试着写下点儿什么而已。有些是在神奇的日子里写下的。事实上你无法分辨，但所有这些读起来都像是你写的。这些都是同一本书的一部分。

本来不应该是这样。如果你能这样写那就很不错："哦，这一页很棒。这一页太烂了。"但一旦你有点儿时间的话，就真的发现不了这些问题。这是因为这就是你所做的全部。这就是你建造这座城墙的方式，选一个字放进去，再选一个，然后再选一个。

最近我在网上回答了一个问题。有人这样说："当小说写到中间卡壳了时，明知道情节要往哪里发展，可是身处的地方看不见从这儿到那儿的路。这样的话，你会怎么办？"我的回答非常简单：你瞎编就行。

这句话把几个人惹毛了——他们的反应好像是我在拿他们寻开心，或是我不愿意给他们传授真经。但我想回去和他们说："你编出一件完整的事。你编出开头，编出结局。现在你就是只走鹃，你用你编造的东西在空中搭一座桥，从一个山头跨越到另一个山头。你停下来，往桥下看，发现下面什么也没有，然后你再抬头看看前面的山，又开始跑起来。"

我想人们在小说中真正回应的，也许也是在生活中回应的，就是知道你是安全的。你感觉你知道那个在做事的人清楚他在干什么，而且乐在其中。这一切也都是编出来的。所有所谓的规矩都只在被你打破之前是规矩。一旦你因为不再需要而抛弃它们，规矩便不复存在。

我唯一有信心与之通信的作家是拉夫尔提。那时候我大概十九或二十岁，从本地图书馆的一本作家名人录里找到了他的地址。我想，我可以给他写封信。于是我写了。那封信走了很多地方，从他六十年代的住所送到他七十年代的家里，最终成功抵达他手中。三个月后，我收到了回信。一段时间里，我和拉夫尔提一直通着信。

我给他寄去了一个衍生出来的故事，一个拉夫尔提式的故事。他回了信，语气很有礼貌，回答了很多问题。大多情况下，你十九、二十或二十一岁时常常充满梦想，而最终似乎真有个人愿意认真地对待你，把你当成年人一样对待。在那个年纪，你最需要的是被别人认真对待，因为这是你信心的来源。

突然，我有了一种很真切的感觉，就是作家都是真实的人。在这之前，他们更像是某种有魔力的鬼魂。但突然，有个我喜爱的作家写信给我，这给了我一种美妙的感觉：好，我可能也会当个作家。

有趣的是，拉夫尔提信里的语言读起来很像他本人的风格。我开始意识到风格不是什么矫揉造作，而是一种情不自禁。我记得很多年前我读到感恩而死乐队[①]成员杰瑞·加西亚[②]说的一句话。他说："风格就是你弄错了的东西。"因为如果你把他排除在外，所有一切都会完美无瑕——从完美里跳脱出来的是我们辨识到的，就是这个东西形成了风格。他的这句话很有魅力，可是等我去网上搜索时，能找到的只是我自己在采访中引用过（大概他自己从没说过）。可是归根结底肯定有那种感觉，即风格是你情不自禁流露出来的。

我很同情教写作的教授们，不过我认为他们的存在是件可怕的事情（我把自己也列入其中）。他们最大的问题是规定太多。很多时候，教一个还没形成自己风格的年轻人写作，就像教小孩子除了花生果酱三明治，还有其他可吃的东西。学写作的学生登场。除了花生果酱三明治，他们什么都没读过，他们就想写花

[①] 感恩而死乐队（The Grateful Dead），于 1964 年组建的美国乐队。
[②] 杰瑞·加西亚（Jerry Garcia，1942—1995），美国音乐人，感恩而死乐队的主音吉他手兼主唱。

生果酱三明治。那么，现在你作为教授会说："这样吧，吃点儿中国菜。很好，再吃点儿咖喱。让我们来试试沙拉吧。"有人说："不，就要花生果酱！"然后你说："好吧，好吧——但现在不行。先让我们说说其他东西。我们讨论一下埃塞俄比亚菜吧。"

问题是，热爱和快乐往往会消失。他们想当作家的原因就是他们热爱花生果酱三明治。他们从课上真正学到的是他们过去喜欢花生果酱三明治，而现在被告知这不行。他们得吃那些他们不喜欢的东西，现在一切尝上去都像菠菜一样，他们也受够了。

这就是为什么年轻时广泛阅读很重要。你身上的接收器在合适的年龄应该是开放的，是能接收许多事物的。你甚至不必在那个时候理解这些影响来自何处，或是它们意味着什么，你也不应该这样。

不管你多大了，好的影响反正最后都会变成肥料。这就像你用残渣做堆肥：鸡蛋壳、吃了一半的萝卜、苹果核等等。一年以后，它们变成一堆黑色的覆盖物，你还可以在上面种东西。好的影响力也是这样。想清楚是什么影响了你很难，就像说这堆黑乎乎的东西原来是半个苹果。

几年前，我在讨论自己很多年以前写过的一篇短篇小说——有人问是否可以读一读。我找出我的旧笔记本，把那几页撕下来，开始读我十八、十九、二十岁时（大约是开始阅读拉夫尔提并且给他写信的那个时间段）写的东西。事实上，如果现在有人让我看，并说："这个人当作家有前途吗？"我会想："没有，应该没有吧。"这里面没有什么能证明我有当作家的潜力。那篇故事看上去像长篇小说的开篇,也像一个十九岁孩子写出来的糟糕的短篇小说,无话可说,却特别渴望说话。

我想当作家,可是我没什么可写的。我有点以神童的标准评价自己了。从查特顿①到塞缪尔·德拉尼②,人人都在十九岁时发表了第一部长篇小说。我没什么可说的。没关系。其实没人指望你说出什么新鲜或有独创性的东西。在那里的某个地方,我环顾四周,确实有些话要说。

我认识一个优秀作家——《Y染色体》的作者布莱恩·K.沃恩③,现在他还做了很多很棒的电视节目。他讲过遇见我的故事,那时他是个年轻作家,发表不了作品。他出现在我的一次签售会上,停下和我聊时,基本上只是简单讲了讲自己的问题。我听了后说:"听着,通常我给别人的建议是:写就行了。可是你这个情况,我给你的建议是去生活吧。别为写作担心了。去做点什么吧。去让自己伤心,去找一两份工作,去闲逛一下。让事情自然发生吧——因为你还没什么可写的,所以你需要这些。你已经写得很不错了,也具备了写作能力,但你就是没什么可说的。"

---

① 指托马斯·查特顿(Thomas Chatterton,1752—1770),英国诗人,代表作有《布里斯托尔悲剧,又名查尔斯·波丁爵士之死》《一首极好的慈善歌谣》等。
② 塞缪尔·德拉尼(Samuel R. Delany,1942—),美国作家、文学评论家,曾获星云奖和雨果奖等荣誉,代表作《巴别塔17》《爱因斯坦十字路口》等。
③ 布莱恩·K.沃恩(Brian K. Vaughan,1976—),美国编剧,代表作有漫画《Y染色体》、电视剧《迷失》等。

他说他去那么做了，然后一切都顺利起来了。几年后他来找我说："你给每个人的都是这条建议吗？"我说："不，我几乎没给过别人这样的建议。"很有可能他是唯一得到过我这条特殊建议的人：去生活吧。有时候，这也是必要的。

就这么发生了。

——道格拉斯·费尔贝恩[①]《射击》

[①] 道格拉斯·费尔贝恩(Douglas Fairbairn,1926—1997),美国作家,擅长写有关佛罗里达南部的故事。

你曾来过这里

斯蒂芬·金[1]

各种各样的理论和构思层出不穷，指导人们怎样写好开篇第一句。这是个棘手活，也很难探讨，因为我写初稿时从没进行过概念性的思考，就是动笔写而已。说得科学一点儿，有点儿像试图用水罐捕捉月光。

但有一点我很清楚，那就是开篇第一句应该吸引读者开始看你的故事。这句话应该说：听着，来呀，你想了解这个故事。

一个作家该如何发出如此诱惑，甚至令人难以拒绝的邀请呢？

我们都听过写作老师给我们的建议：书的开篇应是引人瞩目的戏剧性场景，因为这样一下子就能吸引读者的注意力。这就是我们说的"诱饵"，从一定程度上来说，事实的确如此。下面的

---

[1] 斯蒂芬·金（Stephen King, 1947— ），美国作家，曾担任电影导演、制片人以及演员。作品被多次改编成影视作品，被誉为"现代惊悚小说大师"。曾获美国国家图书基金会颁发的"杰出贡献奖"、世界奇幻文学奖"终身成就奖"等荣誉，代表作有《肖申克的救赎》《闪灵》《魔女嘉莉》等。

开篇之句能一下子拉你进入特定的时间和场景，就好像正有事情要发生，它出自詹姆斯·M.凯恩[①]的《邮差总按两遍铃》：

  快到中午，他们把我从拉干草的卡车上扔了下来。

突然，你进入了故事——叙述者偷偷搭上了运干草的卡车，结果被发现了。但凯恩并不仅仅写了一个关于装载车的场景，他还作了大量铺垫——好作家都是这么创作的。这句话包含的信息比你认为它可能叙述的要多。没人会搭运干草的卡车，因为大家会买票坐车。他基本上算是个流浪者，那种通常在郊区晃悠、靠小偷小摸过活的人。所以一开篇，你就对这个人物有了如此之多的了解，这比你大脑有意识获取到的信息要多，你开始感到好奇了。

  这个开篇句还完成了另一个任务：迅速对作者的写作风格进行了概括，好的开篇首句通常都这样。通过"快到中午，他们把我从拉干草的卡车上扔了下来"，我们知道自己不会陷入繁复的修饰当中，这里没有华丽的词藻，没有插科打诨，叙述风格简洁清爽（更何况这本书总共只有一百二十八页）。多美的语言！它明快、利落而致命，就像一颗子弹。它在向我们许诺故事情节马上要迅速发展了。

  当然，这对作家来说也是无可奈何的事情。确实糟糕的开

[①] 詹姆斯·M.凯恩（James M. Cain, 1892—1977），美国作家、编剧，代表作有《邮差总按两遍铃》《双重赔偿》等。

篇会说服我不要购买那本书——因为，天哪，我已经有很多书了——开篇便枯燥无味的写作风格足以让我躲开。我不会忘记已过世很久的生于加拿大的科幻作家A. E. 范·沃格特[1]那糟糕的开篇，他喜欢小小地卖弄一下。他的小说《超人》实际上是"异形"系列电影的雏形——他们基本上是从他那儿偷来了故事，最后只付给了他一丁点儿钱。不过他是一个非常、非常可怕的作家。他的短篇小说《黑色毁灭者》是这样开头的：

科厄尔不停地潜行着！

读着这样的文字，你会想，天哪！这样的文字我能受得了再读五页吗？它简直令人窒息！

因而一个有趣的情境很重要，风格也很重要。但对我来说，一个好的开篇句是凭借声音取胜的。你总会听到人们说"声音"，我想他们其实指的是"风格"。声音的含义更丰富。人们看书是为了找寻什么东西，但他们不为故事而来，更不为人物而来，当然也不为体裁而来。我想读者是来寻找声音的。

一部小说的声音有点儿类似于歌手的声音。想想米克·贾格尔[2]和鲍勃·迪伦[3]那样的歌手你就明白了。他们都没有经过正规

---

[1] A. E. 范·沃格特（A. E. van Vogt, 1912—2000），美国科幻小说家，代表作有《野兽的天空》《黑色毁灭者》等。
[2] 米克·贾格尔（Mick Jagger, 1943—　），英国摇滚歌手，滚石乐队创始成员之一。
[3] 鲍勃·迪伦（Bob Dylan, 1941—　），美国摇滚、民谣音乐人，曾获诺贝尔文学奖等荣誉。

的音乐训练，但你一下子就能辨别出来他们的声音。人们选择一张滚石唱片，是因为他们想听到那个不一样的声音。他们清楚那个声音，热爱那个声音，他们的内心有某种东西和那声音深深相连。书也是如此。比如，一个人若是读了很多约翰·桑福德[①]的书，就会熟悉他那种挖苦嘲弄式的、令人发笑的声音，那是他独有的。

再说一个，埃尔莫·伦纳德[②]。上天啊，他的写作就如指纹一般独一无二，到哪儿你都能辨认出来。有魅力的声音能与读者产生亲密的联结，这比用技巧精心打磨出来的文字更具黏合力。

真正的好书往往在第一行就会出现强有力的声音。我最喜欢举的例子就是道格拉斯·费尔贝恩的小说《射击》。开篇便是一场树林中的对峙。一个镇上有两拨猎人，有一个猎人突然中枪了，接着情节一环扣一环地紧张起来。在书的后半部分，两拨人又相遇在林中，这次是为了交战——其实是对越南战争的重演。故事是这样开始的：

就这么发生了。

[①] 约翰·桑福德（John Sandford，1944—　），美国作家，曾获普利策奖等荣誉，代表作有"猎物"系列小说等。
[②] 埃尔莫·伦纳德（Elmore Leonard，1925—2013），美国犯罪小说家，代表作有《矮子当道》《危险关系》等。

对我来说，这个句子一直都是所有开篇中的典范。它平实简洁，如同一句誓言。它恰到好处地将叙述者呈现在我们面前——一个愿意讲述的人。"我要告诉你真相，我要告诉你事实，我不说废话，仅仅是告诉你真实发生的一切"。这意味着这里真的有故事发生，这个故事至关重要，它告诉读者：而你想要知道发生了什么。

像"事情就这样发生了"这样的句子的确什么也没讲，这里面没有行动，没有语境，但这无关紧要。它是一种声音，是一个邀约，我很难拒绝。就好像你找到了一个好朋友，他可以和你分享有价值的信息。这个开篇句在说，这儿有个人，他能提供一些消遣，一次逃离，也可能是一个看世界的全新途径，让你大开眼界。在小说里，这是难以抗拒的。这就是我们需要阅读的原因。

我们谈了这么久关于读者的事，但别忘了开篇句对作者也很重要，他们是真正在写作、在迷雾中穿行的人。开篇句不仅是读者的入口，也是作者的入口，我们得找到一个对双方都合适的大门入口。我想这就是我总是以几个句子开始写一本书的原因——我会先写下开篇第一句，如果第一句感觉对了，那我自然就有故事要讲了。

开始写一本书时，我总是睡前在床上构思。我躺在黑暗中思考。然后我会试着写一段，写一个开篇段落。这一段我会写了又写，花上几个星期、几个月甚至几年的时间反复修改，直到自己满意为止。如果第一段写对了，我就知道这本书能成了。

也正因如此，我总能牢牢记住我写的那些开篇句，它们就是我所通过的入口。《11/22/63》的开篇句是："我从来都不是你说的那种爱哭的男人"。《撒冷镇》开篇句是"几乎每个人都说那个男人和孩子是父子俩"。看，我都记得呢！《它》的开篇句是"用报纸折叠的纸船被雨水泡涨了，漂漂悠悠进了排水沟，就我所知，恐怖时期开始了，即使它真的会终结，但这之后的二十八年一直处于恐怖时期"——谁知道它是不是真的结束了。这句话我写了又写，改了又改。

但现在让我告诉你，我写得最好的是《必需品专卖店》的开篇句，那是我从凯恩和费尔贝恩那里学来的。这个故事是这样的：一个人来到一个小镇，他利用镇上人们的积怨和敌意，让邻里彻底反目，大打出手。这个故事就以一句话开篇，它用二十号字体打印，自成一页。

你曾来过这里。

一页只有这么一句话，邀请读者继续读下去。它暗示着一个常见的故事的展开；同时，这种不同寻常的陈述又带我们离开普通的世界。这在某种程度上向我们保证，真的有故事要发生了。邻里之争是世界上最古老的故事设定，然而这种叙述方式则有些奇怪，有些不一样。有时候，找到这样的句子是非常重要的：它浓缩了后面将发生的事，但又不是宏大的主题叙述。

当然了，我并没有很多以诗意或优美的语句开篇的书。有的时候它们完全就是劳工大众式的语言。你尝试找到那种让你踏入的关键方法，无论哪种，只要管用就好。这种方法近似于我在《长眠医生》中使用的方法。我只记得我想要从《闪灵》的时间框架中跳出来，回到当下，于是我谈到了美国总统，但没有提他们的名字。花生农场总统、演员总统、吹萨克斯管的总统等等。那个句子是这样的：

> 这一年的十二月二日，来自佐治亚州的花生农场总统，在白宫里办公。当天科罗拉多州最大的度假酒店之一被大火夷为平地。

这句话要表明三件事。它告知你时间、地点，还与小说的结尾相呼应。尽管我不知道这对只看过电影的人是否同样有效，因为在电影里那家酒店并没有被烧掉。这个开篇既不宏大，也不精致。它就是块敲门砖，是个准备人。通过时间顺序快速地把一系列与总统行政挂钩的事件组织在一起来设置场景，开始讲故事，这便是我的动机。这里没有什么"宏大"的东西，仅仅是一些花音，把它们放在那儿，叙述声音就有了一种平衡感，从而帮助我找到入口。

听着，你不能只靠爱情生活，也不能靠开篇第一句当作家。

一本书的成败不靠第一句——你得有故事，那才是真功夫。但是，一句优秀的开篇句可以构建出那个至关重要的声音感——那是拉近你和故事的第一件东西，让你产生渴望，为接下来的跋涉做好准备。

当你传达出"来吧,你想了解这个故事"的讯息时,开篇句就拥有了一种难以置信的力量。有人开始认真倾听了。

> 我向后靠去,天黑了,夜来了。
> 一只苍鹰飘摇空中,寻找家的方向。
> 我荒废了一生。
>
> ——詹姆斯·赖特[①]
> 《在明尼苏达州的松树岛,躺在威廉·达菲农场的吊床上》

[①] 詹姆斯·赖特(James Wright,1927—1980),美国诗人,"新超现实主义"诗歌流派代表人物之一,以抒情短章闻名于世,曾获普利策诗歌奖等荣誉,代表作有《树枝不会折断》《诗歌集》等。

忽略其他的一切

大卫·米切尔[1]

我的作品得以出版之前,也就是我二十九岁左右的时候——如今我已四十五了——我在一家书店的诗歌区浏览书籍。我发现一本薄薄的诗集叫《树枝不会折断》,作者是一个我从来没听说过的人,叫詹姆斯·赖特。我迅速翻了一遍,读到一首短诗《在明尼苏达州的松树岛,躺在威廉·达菲农场的吊床上》,它迄今为止仍然是我读过的最优美的诗。我把这本诗集买了下来。在我此后人生的大多数时间里,我的书桌上或是我工作的地方都会贴着这首诗。不管这一天如何进展,我的眼睛总能找到这张文字的吊床。

诗的很大一部分篇幅都被叙述者用来描述一个无所事事的夏日里,围绕在他身边的景致:

---

[1] 大卫·米切尔(David Mitchell, 1969—),英国作家,曾获世界奇幻大奖优秀小说奖等荣誉,代表作有《云图》《骨钟》等。

>   抬头，望见青铜色的蝴蝶，
>
>   静眠在黑色树干上，
>
>   青草茵茵，蝴蝶飘飘如落叶。

我喜欢这首诗悠闲的韵律（当然得是悠闲的，他正躺在吊床上呢）。我喜欢诗里的色彩（"青铜色""黑色""绿荫"）。色相和色调都美极了。我喜欢这首诗朴实无华的语言。比如"我向后靠去，天黑了，夜来了"。"来了"，这根本不是文学语言，而是人人都会说的日常用语。我喜欢赖特使用介词的方法，它将我们准确地置于某个空间中：诗中的介词有"在上方""在后面""在""里"，还有"在我的右边"。每行诗都有一个关键词："空空""牛铃"。这些词几乎成了一种密码，每个词都恰如其分——宜人、巧妙，看似简单实则具有欺骗性。

诗歌结束时赖特笔锋一转，出其不意：

>   一只苍鹰飘摇空中，寻找家的方向。
>
>   我荒废了一生。

我们该如何解读结尾这著名的诗行呢？我可以听到他苦笑着说出这句话：我荒废了一生！他是笑着的。"我又一次这么做了，所有这些被荒废的时光。"他想，"但至少我是知道的。"当然了，他并非真的荒废了一生，他对此很清楚。你得自己躺在那张吊床上,将外部世界暂时搁置,才能像诗歌里所说的那样清楚地看待事物。他曾经安然躺在这张吊床上,他也曾有过这样的时光,大多数情况下,这些经历都是积极正面的。这是一种自我松懈,但并不令人沮丧。它很伤感,但又令人充满渴望,感怀过去,还带着一丝苦涩——从自嘲中爆发出一阵笑声,随即又戛然而止。

对我来说,这首诗的主要意义在于提醒我要活在当下。它让我们不要在头脑中不断重现已经发生过的事情,也不要自寻烦恼去揣测尚未发生的事,那都是无果的。享受当下——诗歌如此督促我们——去看看你的周围,看看那些你常常视而不见的美丽。

活在当下并非易事:我们如猴子般焦躁不安的思绪不断地穿梭在过去的丛林与未来的森林之间。可是赖特的诗歌说:停!停下来。冷静下来,安静下来,看看你的周围吧。这是对观看这一行为的致敬,也是一种告诫。

我一直一直都忘了这一点。如果我能做到诗中要求的千分之一——慢下来,认真观看——那么这一天肯定会是很棒的一天,是深受启发的一天。然而,通常我连这一点也做不到。

这个世界非常擅长使我们分心。作为一个非凡的物种,人类的大部分创造力都被用来寻找新的方式分散注意力,使我们远离那些对我们至关重要的东西。互联网很致命,不是吗?面对无尽的诱惑,我认为保持专注是非常重要的。你所拥有的时间只够你成为半个尽职的家长,再加上做一件别的事情。

对我来说,这一件别的事情就是:我要写作。我有几种方法来确保自己能为此挤出时间。

第一：忽略其他的一切。

第二：自律。学会冲到电脑前，打开电脑。打开文档，不管自己是否有写作的心情，不要想其他事情。打开文档，你就安全了。一旦文字开始出现在屏幕上，它便成了你的诱惑。

当然了，这不是诱惑，是工作。当你写作顺利的时候，那种感觉妙不可言。我相信其他很自律的人并不需要冲到电脑前就可以做到这一点，但是我不行。当你对自己说，行了，该工作了，然后使自己面对文字的那一刻，你便成功地忽略了那些想要分散你注意力的东西。

第三：不要更改苹果电脑的主页设置，因为它实在无聊。如果你的主页是你最喜欢的新闻网站，那你就有可做的事情了。

记住，这是你赖以谋生的方式。在出版社努力工作的人们还指望着你的下一本书赚奖金、养孩子、交房贷。这是你对他们的亏欠，因而不可让自己浪费年华，一事无成。最最重要的是，这也是你对自己的责任，对你作品的责任。记住，如果不能做好自己的工作，这不仅关乎你自己的生计，还会影响到别人的生计。

这些就是我敲打自己、逼自己打开文档的棍子。一旦打开文档，我就安全了。一切都能安然进行。

我的确认为保持专注、仔细观察和写作本身三者之间存在关联。你越是练习真切地观察，你建立的情景就越有说服力。你开始习惯于观察物体、人物、光线、时间、心情和空气之间的关系。这就是当你躺在詹姆斯·赖特诗中的吊床上时该做的事情。这也是你应该做的事情，若你希望你笔下的情景变得真实鲜活的话。我想所有作家都在做这项工作。而对此我算不上十分有天赋，应该说我做什么都没有特别的天赋。但如果说观察力和安置好一个情景内所有人物和事物这两种能力之间有重叠的地方，那这项工作应该就是两者的关联所在。

我的大多数工作都涉及摘写有关遥远未来或久远过去的情景。怎样才能使自己真正沉浸于某一时刻某一场景的当下，即便你从来没有，以后也不大可能会有那种经历？

好吧，让我来问你一个问题。你和你的曾曾曾祖父之间有什么不同？又是什么让你们不同于彼此？

我想答案应该是：那些你认为理所当然的事情使你们不同。

你视为理所当然的你的生活、你的权利、你周围的人。你视为理所当然的种族、性别、性向、工作、上帝。你视为理所当然的你与国家的关系，国家对你的责任和义务：医疗保障、教育和娱乐。这一切被你视作理所当然的事物，就是我认为的让一种文化有别于另一种文化、让一代人有别于另一代人的东西。

所以在描绘未来时，你只需要试图找出会被未来的人们视作理所当然的东西。在《骨钟》里，我描绘了两个不同的未来阶段。第一个时段二〇二五年距我写作的二〇一四年不过十一年，因此只需添上几件新鲜发明，就差不多完成了。但到了二十一世纪四十年代，则有了更多戏剧性的变化。那个时候世界上的石油资源即将枯竭。所以你想想，到了那个时刻，当人们谈到旅行，谈到跳上一架飞机，一两个小时内就身处几百英里之外时，被他们视为理所当然的事又是什么？或者开启一场横跨大陆的对话，这在人类历史的语境中仍然是一件非常怪异的事情。一件不可能做到的事，一件不可想象的事！我们从口袋里掏出一个仪器，便可以对某个身处奥克兰的人说话。更神奇的是我们并不认为这事很神奇。掏出智能手机便可连通地球上的任意一个地方——我们拥有这项技术不过十年二十年，但我们对此已经习以为常，这便是活在当下的一部分含义。

如果没有石油为发电厂提供能源，发电厂便不能为电网输送电力，我们也无法使用电子设备，到那时我们就不会再将我们可以做的事情视作理所当然。这将成为令我们的子孙感到惊叹的事情——我的天哪！我的祖父生活在一个可以给远在奥克兰的人打电话的时代！这就是你通过文字叙述将自己投射到另一个时空里的方式。你要想明白人们会对什么习以为常，会对什么感到惊奇。

在不同的世界里，被人们视作理所当然的事情也不同。因为人们身处不同的时代、不同的文化之中，这也使我可以仔细观察它们的异同，检视它们的变化。变化很有意思，不是吗？那究竟什么是变化呢？变化就像风，无影无形，但龙卷风过境后，你能看见它造成的影响。我的作品——横跨时间，横跨不同文化——或许使我得以把那些通常隐身的事物变得可见。此外，你也要关注那些无法受到关注的事物。

这也让我得以审视那些不变的事物。比如说，我们都相信如今事物的变化前所未有地快。可是如果你曾生活在宗教改革时期的英格兰，你会听到人们说："我不相信这日子竟然变化得这么快。"或是生活在工业革命时期，南北战争时期，战火纷飞的二十世纪初，你都会感觉周遭在飞快地变化。如今我们的数字化时代好像已成为全新的现实，可能也只不过是我们这一代人的变化版本，变化本身在这一时代成为装扮自己的外衣。在某种程度上，我们并没有那么特别。

或许可以这么认为，变化和永恒是所有小说默认的两大主题——此外还有记忆和身份。试试你就知道，把变化排除在小说之外是很难的。在《骨钟》这部小说里，变化是一个显著的主题，无处不在。在詹姆斯·赖特的诗歌里也是如此。"落下去年的骏马/大火突发，烧进金色的岩石"——在这样的诗句里你能看到永恒和再生。诗中牧歌般的景色是亘古不变、无处不在的：近五千年来的任何一个时刻都可以这样写。除了诗的标题以外，没有任何东西可以把赖特的这首诗锁定在一个具体的历史时间中，至少是农业社会以后的任何时期。而且他选择的词汇"蝴蝶""山涧"都是基础而原始的词汇。读这首诗本身就是种原初的经历。我们听见牛铃的声响从远方传来，既有声音，也有画面。我们看到极近处的景象，近得可以看清楚蝴蝶；我们也看到极远处的画面，瞥见高空中如斑点一般的苍鹰。

赖特以这样的方式捕捉到最亘古不变的人类经验：简单又深刻地感知世界的行为。在这首诗里，他的表达如此轻盈，如此美丽，仿佛他的心智已和身边的世界融为一体——这令这首诗成了一个颅骨熔炼器,他的大脑熔化,他纯粹地感觉到了。

  这首诗如同一颗小小的精致宝石,此后一生我都会把它贴在自己的办公桌上方。

过去从来没有过的事情一定已经进入这个世界。人类的恶魔机器。

——卡尔·克劳斯[①]《内思特洛伊与后人》

[①] 卡尔·克劳斯(Karl Kraus, 1874—1936),奥地利讽刺作家、散文家、剧作家、诗人,曾创办《火炬》杂志。

我最喜欢的乖戾之人

乔纳森·弗兰岑[1]

由于大学课程安排上的一次诡异意外,我发现自己成了德语专业的学生。最后我去德国待了两年——一年在慕尼黑,一年拿着傅尔布莱特奖学金在柏林。那以后我就与世隔绝,和外界的主要接触之一就是看报纸。我需要报纸,但也痛恨报纸。我试图做个严谨的作家,做个小说家,而我感到失望的是,即使是如《纽约时报》那样的优秀报纸,也满篇陈词滥调,语言问题百出。我认为新闻界对我热衷的话题不太关注——环境、核武器、消费主义——有一阵子,我觉得他们让罗纳德·里根为所欲为。好像这个世界一切都错了,除了我以外,谁也看不见这些问题。除了我和卡尔·克劳斯。

我在上大学时偶然接触到克劳斯的著作,后来在柏林再次读

---

[1] 乔纳森·弗兰岑(Jonathan Franzen,1959—),美国作家,曾获美国国家图书奖等荣誉,代表作有《纠正》《自由》《如何独处》等。

到。这个人在道德上有着绝对坚定的态度，他对维也纳布尔乔亚报业的批评也极其严厉、愤怒和有趣。他尤其抨击了两件有关联的事情：一是少数媒体巨头越来越富，二是他们掌管的报纸不断向读者保证这个社会在变得更民主、更先进、更有力、更开明、更具有公共性。这把克劳斯逼疯了，因为他看到这些赤裸裸的营利企业漂亮地伪装成促进平等的有利因素——并且大获成功，因为人民已经对此上了瘾。

克劳斯非常聪明、有趣，而且还很狂热，以至于在维也纳拥有了一群疯狂的追随者，成千上万的人来读他的著作。七十年后我也几乎成了他真正的狂热追随者。他的语言冷酷无情，但它们真的有种爆破开来的感觉。没有什么东西能像道德上的确定性这样，可以让文章的语气如此义愤填膺，我因此迷恋上了他的书，因为我正在为我自己的写作寻找那种义愤填膺又有趣的语气，也因为我对着报纸生闷气时感到孤单。克劳斯吸引我的另一点是他坚信我们人类在走向世界末日。那时候，对我来说这意味着核灾难的末日，因为我们当时仍处于冷战军事恐怖的后期。只要我依然相信我是对的，这个世界是错的——这个思想基本上贯穿我二十多岁的时期——我就真的还受他的魔咒蛊惑。

后来我步入了三十多岁时的黑暗时期，原来黑白分明的一切开始变得灰暗一片。报纸看起来不再像是文化敌人，而随着互联网的兴起和记者们开始失业，报业陷入困境，我意识到，你知道的，他们真的在努力工作，是竭尽全力、负责任报道新闻的人。他们不会装成不是他们的人。把他们的语言罪过归咎于他们是错误的。就在这个时候，我父母快不行了，我自己又在闹离婚，诚实地说，我真的有些扛不过去了，然而我还是相信自己是正确的，别人错了。三十五六岁的时候，清楚地呈现在我面前的是，在个人生活中我十分肯定的一些事，其实是想错了。一旦你在一件事上错了，你可能在一切事上都错了。

因而我对克劳斯失去了兴趣，虽然我一直在翻译他的作品，以备以后出版。我放弃了翻译，一直到几年前遇到几个克劳斯的仰慕者后，我才重新继续翻译他的作品。他们鼓励我翻译下去，等我再翻译时，我意识到，比起关于二十世纪八十年代报业的观点，他对于我们这个科技和媒体年代的观点更加正确。他说的很多话似乎都有着难以置信的预见性。你可以把他的批评直接用到报纸的博客化上，用到社交媒体的兴起上——一百年前他真的看到了这一切的到来。尽管我现在不再有他那种炽烈的道德确信感，但我还是决定回去翻译他的作品，努力让英语读者尽可能接受他的作品。

克劳斯的一句话对我最为重要，那就是"Ein Teufelswerk der Humanität"，即人类的恶魔机器。九十年代中叶，随着第三屏幕的出现，以及随着日益唯物主义的人性观被药理学推崇，我开始为文学会如何而担忧。我在寻求某种描述方法，描述科技和消费主义如何相互促动，并占据了我们的生活。它们多么具有诱惑力和侵略性，但又多么不令人满足。我们如何越来越回到科技和消费主义里去，因为它们不令人满足，而我们越来越依赖它们。互联网的群体思维，以及不断出现的产品的电子刺激，开始侵蚀一个有能力写小说的人的见解。我能找到描述这一切的词是"恶魔机器"。从定义上看,这是某种消费主义的东西,是某种排斥一切其他形式的集权主义的东西,是某种出现在这个世界上,通过自身发展的逻辑制造我们欲望的东西,是某种会造成破坏,但看上去自身保持不朽的东西。为我总结上述观点的话很大一部分得归功于克劳斯的作品:"技术－消费至上主义是恶魔机器"。

有趣的是,九十年代,许多不同的作家和思想家都已经对这些东西有所担忧。你可以把《无尽的玩笑》①看作一部回应科技－消费主义的大部头——它有着胶片盒的感觉,一旦开始看,就永远停不下来。在九十年代,机器似乎已经开始用它们的逻辑控制我们,而不是为我们服务。不管我们喜欢与否,摩尔定律告诉我们,两年半以后,计算机的功能和体积将是今天的两倍。显然二十年后,我们达到了摩尔定律的极限,但那个时候,一切还处于活跃的发展阶段。各种应用程序被开发出来,人们不得不扔掉旧机器设备,因为一堆新机器和新应用程序被生产开发出来了。还没等我们主动赞同,它已经变成了我们的生活方式。尽管我有着强烈的顾虑,但这还是成为了我的生活方式。

克劳斯的话还有第二部分,"der Humanität",即"人性"。九十年代我没太注意这一部分,但再翻译时,我开始苦苦寻思克劳斯到底在说什么。这个奇怪的词 Humanität(人道)让我很受触动。他本可以用另外一个词 Menschlichkeit(人性),却并没有

---

① 《无尽的玩笑》(*Infinite Jest*)是美国作家大卫·福斯特·华莱士于1996年出版的长篇小说。

用。他的方法和瓦尔特·本雅明①写《机械复制时代的艺术品》有些类似。本雅明看到机械复制和日益增加的生活技术能带来真正的社会效益，但代价是生活呈现出扁平化趋势。当下的科技性特别令我不安的是，听见人们开心、骄傲、激动地再三说计算机正在改变生而为人对我们意味着什么。这些心潮澎湃的人在暗示我们正在变得更好。而我浏览社交媒体时，仿佛看到一个成年人的世界正在变成八年级的食堂。当我浏览脸书时，我看到的是拉斯维加斯的视频扑克室。

对我来说，总体看来，克劳斯这一句话指的是，科技-消费主义这个邪恶的逻辑与生而为人没有关系，而现在已经与自由、人权和人的自我实现这些言辞结合在一起了。这种结合中的有些东西我们不应该视为理所当然——因为，还是老问题：谁从中获利？谁又因此贫穷？克劳斯有点像是个阴谋论者。他认为那些疯狂赚钱的财阀大谈人性并不是一个偶然事件。当然那时候那种观点只是出现在社论版上，但今天，硅谷文化里充斥着这种论调："我们正在让这个世界更美好。"或比如，推特试图把"阿拉伯之春"归功于自己。对克劳斯来说，荒唐的事情不在于机器是邪恶的，有了自己的逻辑，而是它只能靠处于其中心的这个天大谎言运作。

这还和克劳斯的另外一句话有关联："我们聪明得能造出机器，但还没聪明到能让它们为我们服务。"天哪，简直振聋发聩。

---

① 瓦尔特·本雅明（Walter Benjamin，1892—1940），德国文学评论家、哲学家。

瞧瞧我们和电脑互动的实质吧——有很多好的方面，但也有大量时间花在看别人参加愚蠢聚会的脸书照片上。我真不是说这些都不好。直到一九九六年我都拒绝使用电子邮件，但现在这已经成为我生活方式的一部分，实际上我喜欢用电子邮件——比起打电话，我更喜欢发邮件。我没有强硬地否认这一点。我反对的是那种观念，即仅仅因为我们能做，我们就会机械地去做。现在每个人都有一台全天候监控的摄像机，这是件好事，还是坏事呢？没有人真正讨论这个事情。这种潜在性是存在的，所以它还是会被发现利用，会被推向市场，会被出售，我们也会相信。这就是恶魔的机器。

克劳斯极其怀疑进步这个概念，即事情在变得越来越好。一九一二年，当他在写那些我翻译的书里面的文章时，人们对科学会为这个世界做些什么的态度还是非常乐观的。每个人都得到了科学上的启迪，政治自由化了，这个世界正在变得越来越好——是这么一套故事。

可是，两年后人类历史上最残酷的战争爆发，紧接着二十五年后，更残酷的战争又爆发了。克劳斯在某些事上是对的：他不相信那些告诉我们科技会为人类服务、会让一切变得越来越好的人。身处于科技乌托邦主义和科技狂热主义的疯狂中，我们似乎有必要把目光投向这样一个作家：他亲历现代媒体和科技诞生，怀疑那种大谈一切都在变好的言论。我不确定我对这个新科技媒体世界的某些事保有戒心是对的。可也不认为自己错了，所以有一种言论让我不安，它断然否定那些在我看来相当合理的异议——我见过很多这样的驳斥。

我们正在因为互联网变得更好吗？我的立场是这样的：在很多方面，互联网特别了不起。它是特别棒的研究工具，用来买东西也不错，把人们聚集起来处理公共事务也很好，比如说研发软件，或者为那些有共同爱好的人们和病友提供交流机会。互联网在这些方面都特别棒。然而总的来说，互联网——尤其是社交媒体——催生了一种信念，即所有的一切都应该共享，一切都是共有的。

管用的时候，互联网的确不错，但我想，它在文化创作领域还是不灵的——尤其是文学创作。好小说不是由委员会写出来的，不是合作出来的。好小说是那些甘愿离群索居的人写出来的，他们深入下去，报告他们在深处发现的东西。他们把发现的东西放在一个可共有、可共享的地方，但不是放在生产端。除了作家的技巧，一部小说之所以能成为好小说，在于它对个体的主体性有多真实。人们说要"找到你的声音"：是的，就是如此。你在找的是你个人的声音，不是群体的声音。

克劳斯谈论想象空间，或暗示想象空间存在时，用了 Geist（精神）这个古德语词。他发现科技进步和这种精神是对立的。你得是德国人，才会相信这种特别的构想，不过也可以用美国方式解释，而我认为这作为对互联网的批判是说得通的。不是将其视为一个对人们有用的工具，而是视为一种生活方式，一种生而为人的方式。如我所说，电子世界实际上对某些类型的艺术作品尤其有害，二者甚至到了毫不相容的地步。

你不用像品钦[①]那样极端，远远避开互联网自我推销的能力。但如果论及近几十年来北美地区真正伟大的作家，我会想起艾丽丝·门罗[②]，会想起唐·德里罗[③]，会想起丹尼斯·约翰逊[④]。他们不是隐形的，但都建立了相当严格的界限。你知道，艾丽丝·门罗有工作要做，她要做的工作就是做艾丽丝·门罗。德里罗是这样，约翰逊也是这样。如同塞林格[⑤]，品钦的离群索居是很极端的，有可能产生与预期相反的效果——变成一种绝对反对宣传的反向宣传。我视为榜样的作家都参与了一定的公共生活——毕竟我们都具备公共性，但他们有所节制。作家有读者，要对他们负责。但我们也有保持自我的责任。这是保持平衡的行为。还是那句话，互联网和社交媒体十分具有诱惑性，如此容易让人满足，它们以令人上瘾的方式，让你很容易就忘乎所以。

我觉得我们处于一个科技远远超过人类其他能力的时刻。你可以从很多方面上看到这一点——经济差距不断扩大，各处的仇恨、冲突与恐怖主义，以及政治功能的紊乱。对我来说，从某种程度上讲，如果要存活下去，我们不得不开始识别科技发展中不

[①] 指托马斯·品钦（Thomas Pynchon，1937—　），美国后现代主义作家，曾获美国国家图书奖等荣誉，代表作有《万有引力之虹》《性本恶》等。
[②] 艾丽丝·门罗（Alice Munro，1931—2024），加拿大作家，以短篇小说见长，2013年获诺贝尔文学奖，代表作有《逃离》《亲爱的生活》《你以为你是谁》等。
[③] 唐·德里罗（Don Delillo，1936—　），美国后现代主义作家，曾获美国国家图书奖等荣誉，代表作有《白噪音》《天秤星座》《地下世界》等。
[④] 丹尼斯·约翰逊（Denis Johnson，1949—2017），美国作家，代表作有《烟树》《耶稣之子》《火车梦》等。
[⑤] 指J. D. 塞林格（J. D. Salinger，1919—2010），美国作家，代表作有《麦田里的守望者》《九故事》《弗兰妮与祖伊》等。

可取的方面，对其说不。一次意外的核爆炸和更多的发电灾难后，人们会说："我们能分裂原子，但我们选择不这样做。我们要作为一个星球的整体团结起来，确保我们不会去做这件我们能做的事。"这相当不可能，但其实它也并非不可思议。在各种形式的转基因生物和DNA重组上，我们听到人们说："仅仅因为我们能做并不意味着我们应该做。"但是我们对新数字科技的拥抱呢？虽然负面的后果很明显，但人们还是很莽撞。我是说，互联网几乎摧毁了新闻业！一个民主国家怎么能拥有三亿人口却没有专业记者呢？支持者总会说，好吧，可以众包，可以泄露，可以用iPhone拍照。真是一派胡言。众包人员不可能取代二十年来都在跑国会大厦新闻的资深记者吧。我们需要批判地思考机器带来的后果。我们需要学会怎样说不，学会怎样支持重要的社会服务，比如我们正在摧毁的专业新闻。

这是真的，尤其对渴望写严肃小说的人，这的确是真的。我第一次遇见唐·德里罗时，他就表明了这样的看法：如果我们不再有小说家，那就意味着我们放弃了个人的概念。我们只会是群体。

因而我认为今天作家基本的责任是：继续做一个人，而不仅仅是群体的一员。（当然现在这个群体聚集的地方大多数是电子的。）对要当作家或已经成为作家的人，这是一个主要任务。所以即使花半天的时间在互联网上处理邮件、预订机票、订购东西、欣赏鸟的图片等等，我个人还是需要小心限制对互联网的访问。我需要确保我还有一个私人的自我。因为私人的自我是我写作的来源。越是脱离这个自我，我就越只会成为既定事物的另一个传声筒。作为作家，我努力关注人们不注意的那些东西，尽可能努力仔细地探测我的心灵，找到方法表达我在那里发现的东西。

洛丽塔，照亮我生命的光，点燃我情欲的火。我的罪孽，我的灵魂。洛－丽－塔，舌尖顺着颚，走三步，停在齿上，敲三下，洛－丽－塔。

——弗拉基米尔·纳博科夫[①]《洛丽塔》

[①] 弗拉基米尔·纳博科夫(Vladimir Vladimirovich Nabokov，1899—1977)，俄裔美籍作家，代表作有《洛丽塔》《微暗的火》等。

为此刻写作

柳原汉雅[①]

我十三岁时,父亲送给我弗拉基米尔·纳博科夫的《洛丽塔》。当然按照他教我读的方式看,《洛丽塔》根本不是一本关于情爱的书,或一本关于恋童癖的书。我记得每当有人称它是爱情故事,父亲就很恼火——对他来说,这本书的重点是语言,是那种非英语母语的人像玩弄食物一样玩弄语言的明显乐趣。是的,这种巴洛克的风格和杜撰的形容词都传递出叙述者的猥琐与油腔滑调。但它们同样也传递出纳博科夫能用另外一种语言胡闹的纯粹乐趣。

这也是我爱《洛丽塔》的原因:过度的夸张,语言中丰富、自负的自我意识。亨伯特遇到的、嘲笑的和乐在其中的美国做派,作者对英语明显的放纵使用,两者并列在了一起。这种过度的行

[①] 柳原汉雅(Hanya Yanagihara, 1974—   ),美籍日裔作家,代表作有《渺小一生》等。

为、操纵语言、颠倒句子的方式，在父亲的解读中从来都是这本书的内容所在，是它真正的含义和天才之处所在。

这种能力很罕见。我想一个作家要是没有这种能力，我宁愿他直言不讳。但《洛丽塔》文字上的游刃有余和张狂特别有吸引力。当然，纳博科夫是著名的鳞翅目昆虫学家，这本书也让人领教了解剖语言以理解其内部结构的滋味；同时，他有能力重新把文字彻底重组为其他样子。这可能是我从没真正读完这本书的原因：故事从来就不是重要的部分。我读了大约三分之一，正好读到洛丽塔的妈妈夏洛特·黑兹死于一场车祸之后。每过几年，我都会再读前一百页——但从来没再往下读过。

父亲让我背诵小说的头几行，这几行包含了这本书的一切。前面几段要像朗诵诗歌一样大声读出来：

> 洛丽塔，照亮我生命的光，点燃我情欲的火。我的罪孽，我的灵魂。洛－丽－塔，舌尖顺着颚，走三步，停在齿上，敲三下，洛－丽－塔。

读这几行就像观看体操运动员的表演：你可以看见写作的努力和思路，注意力集中在结构和语言的韵律上。他让她的名字活了过来，变成一只蝴蝶。把名字本身变成一首诗是一件极难的事。

然后是第二段：

> 她是洛，长相平平的洛，早上穿着一只袜子，站起来四

英尺四英寸。她是穿着宽松长裤的洛拉。她是学校里的多莉。她是虚线上的多洛蕊丝。但在我怀抱里她永远是洛丽塔。

这里几乎展现出了作家怎样选择一个词,怎样选择去命名事物,以及同一事物怎样能用许多不同的名字去称呼。比如说作家为什么选"昆虫",而不用"虫子"呢?或者说他们为什么选"胃",而不用"肚子"呢?是因为发音,而且用稍有不同的词表达完全一样的东西也可以有着完全不同的意思。这一段几乎是一个小型写作讲座,不仅讲语言的重要性,还讲命名的重要性,即我们怎么能在命名的过程中改变某些东西。这也是书中反复提到的主题,纳博科夫探索爱的本质、自我满足的本质和我们试图告诉自己的经验教训的本质,以此为我们的渴望进行辩解。

然后出现了亨伯特的困惑:"在洛丽塔出生前很多年,如同我年龄一样长的许多年前的那个夏天。"他说着,把小说里的事件罗列在一个故意为之的模糊的时间里。这是语言可以进行自我意识伪装的例证,看它怎样能隐藏,怎样能掩盖,怎样能展露,以及怎样能被操纵。我的意思是说,你想了解的有关亨伯特的一切都在小说开头的这几段里。

这本书的叙述声音十分有当今的感觉。但当代编辑会要求他收敛一点儿——不要把亨伯特写得讨人喜欢,但要让他更容易被接受,或许让大家更容易理解一些。这对小说来说是可怕的。如果它是现在写的,我希望能允许《洛丽塔》不会被要求修改,但我也能想象编辑可能希望它更简洁、更流畅一些。我的确认为我们处于这样的一个文学时期，大家渴望得更少，渴望更井井有条的东西，或许还渴望更优美的东西。我怀疑今天的编辑遇到这种语言，都会对它过滤一番吧。

那就太糟糕了，因为文学依靠的是作家在纸上大幅跳跃的步伐。不管是情节还是人物刻画，或是结构、叙述声音和语言，一本书总得冒点儿险吧，至少在其中一点上冒冒险。

是的，《洛丽塔》不是一本简洁或枯燥的书。简洁枯燥的书永远不值得去写。作家就是要努力创新，而在这本书里纳博科夫创新的是语言。几乎每个句子都有他创造的新东西，你可以在读的时候就感觉到它们被创造出来了。同时，你会觉得作家没有扭头回望以前做过的事，他也不向未来展望，看看读者的反应应该是什么样。一个作家必须有这种当下感，并对当下的创作独具的重要性怀抱信心。

不管你是作曲家、画家，还是作家，成为任何一种艺术家就是用一生努力忘掉别人教给你的东西的过程。你看毕加索少年时期的画，你能看出那时他就是个绘图员；他是那个被教导怎样画的人。但重要的是，他也能让自己摆脱教导的束缚。当你看到一位作家用一种不该使用的方法或以前没有用过的方法使用语言，他也同样是在让自己摆脱教导的束缚。你所看到的是那些有天赋忘记（或者选择性地忽略）条条框框的人。当你被教导应该怎样做时，通常这种方法最有效——这样，当你真正在做你自己的事时，你可以抛弃掉这些教给你的东西。但也不一定会这样。纳博科夫在很多方面都是自学成才的，他的写法就像是一个非常有天赋的自学者的写法。

最适合写作的时间是在你的书已被出版社买下，但没有印刷发行以前，因为你能做到心无旁骛。你得在当作家和当作者之间划清界限——作者是一个表演者的角色，但作家不是。写作时很重要的一点是忘记你的公众形象。当你写作时，你的责任不在于你的出版商，甚至不在于你的读者，只在于故事。

如果能永远记住，不管故事会是什么样，不管故事怎样被讲述，你唯一的目标是为那个故事服务，这就是你需要的一切保障与安全措施。这是一条非常基本的建议，也非常容易忘记，但我想听从它不会有错。不管是语言选择，还是情节设计，如果你只关注叙事本身——必然不是书，而是叙事、故事和人物——那这就是你能做的最好的事。你希望这样的关注点让你有胆量为创作，也只为创作本身做出正确的选择。

我说了所有的一切都应该为故事服务。但是《洛丽塔》罕见地成功打破了规矩。这本书了不起的地方就在于你可以选出前一百页，撕成碎片，扔得到处都是，然后随便捡起一片，可能是一个段落、一个句子、一行字，你还是会有一次奇特的阅读体验。当谈及如诗一般的书，我们常常指的是其语言的肆意张扬或模糊的特性。这是一种不同的诗。尖锐、令人不快、有挖苦的意味，但也调皮、有趣、牙尖嘴利。这是语言最有趣、最好玩、最令人愉悦的，也是最邪恶、最能引起共鸣的地方。我希望更多的人能这样来读这本书，而不是让它的优点被写在其中的丑闻和对话掩盖。正是这种纯粹的阅读上的愉悦，让《洛丽塔》经久不衰。

波西娅学会了永远不敢期盼。似乎她的眼睛在任何地方都不受欢迎,会使别人惊慌,她从别人的惊慌中知道自己应该感到羞愧。这样的眼睛永远都是避开别人的目光,或是卑微地垂下……你会常常遇到,或更准确地说,你会常常回避一个孩子脸上这样的目光——你不知道以后会有什么降临到这个孩子身上。

——伊丽莎白·鲍温[①]《心之死》

[①] 伊丽莎白·鲍温(Elizabeth Bowen,1899—1973),英国作家,代表作有《心之死》《巴黎之屋》《炎炎日正午》等。

火车上的陌生人

李翊云[1]

虽然伊丽莎白·鲍温在美国不是十分有名,但她是位一流的小说家,是和弗吉尼亚·伍尔夫[2]、凯瑟琳·曼斯菲尔德[3]齐名的作家。我一直好奇,她怎么没更加有名。她不太知名或许是因为她有英裔爱尔兰的血统吧。

我几乎读过她所有的长篇和短篇小说。《心之死》是她比较知名的作品之一,但不是她自己最喜欢的——她认为在她的长篇小说里,这部小说过誉了。她不喜欢这部小说,声称它更像是短篇小说的加长版。我得说,我不同意她的观点:这本书写得很

---

[1] 李翊云(Yiyun Li,1972—),美籍华裔作家,现任教于普林斯顿大学刘易斯艺术中心,代表作有《千年敬祈》《金童玉女》等。
[2] 弗吉尼亚·伍尔夫(Virginia Woolf,1882—1941),英国作家,被誉为二十世纪现代主义与女性主义的先锋,代表作有《到灯塔去》《一间只属于自己的房间》《海浪》等。
[3] 凯瑟琳·曼斯菲尔德(Katherine Mansfield,1888—1923),英国作家,代表作有《园会》《幸福》等。

美。对我来说，这部小说讲的是人们害怕过真实的生活，而选择一种更像游戏的生活。小说中的几个角色不断对自己和其他角色说：这就是场游戏，这就是场游戏。

我认为写一本书是和另一本书对话，写一个故事是和另一个故事对话。我的短篇小说常常和另外一位爱尔兰作家威廉·特雷弗[①]写的故事对话。当我写《比孤独更温暖》时，我脑海里就浮现出《心之死》，尽管情节和背景完全不一样。对我尤其重要的一段描述了主要角色之一，十六岁的孤儿波西娅·奎恩的眼睛：

> 波西娅学会了永远不敢期盼。似乎她的眼睛在任何地方都不受欢迎，会使别人惊慌，她从别人的惊慌中知道自己应该感到羞愧。这样的眼睛永远都是避开别人的目光，或是卑微地垂下……你会常常遇到，或更准确地说，你会常常回避一个孩子脸上这样的目光——你不知道以后会有什么降临到这个孩子身上。

我的小说也是有关孤儿的，他们"在任何地方都不受欢迎"的身份倒映在眼睛里。我的角色不是字面意义上的无父无母：与其说他们是孤儿，还不如说他们把自己变成了孤儿。有两个角色从中国移居美国，用离开家乡（或许是永远离开）的做法把自己变成了孤儿。还有一个在生活中没体会到多少父母的温暖。

[①] 威廉·特雷弗（William Trevor, 1928—2016），爱尔兰短篇小说家，代表作有《格来斯利的遗产》《山区光棍》《雨后》等。

这一段描述的是一种回避的目光,即我们"避开交汇"的目光,因为那双眼睛透露了太多,充满了太多感情,学会了往别处看,因为会引起别人极度的惊恐。这段描述洞察人性,入木三分。我们不是经常转身避免尽可能了解另一个人、经常避开凝视我们最亲近之人的眼睛吗?我们不是经常把自己藏起来,害怕被真的看透、了解吗?

这一段很好地总结了《心之死》——这毕竟是一部关于"看"的小说。它写的是一个人,她的孤儿身份将其置身于社会边缘,她看着这个世界——因为故事中的其他角色拒绝回应她。具有象征意义的是(此处是字面上的意思),他们选择不和她对视。

我理解这一点是因为我喜欢凝视别人;我对近距离观察别人感兴趣。我观察那些我认识的人,也观察那些我不认识的人。这确实会让陌生人不舒服——当然,我也理解。我注意到在纽约,你不应该盯着别人看。空间不够,人们在公众场合下,都试图表现得毫无特征。可我总是盯着别人看,因为我喜欢通过观察他们的脸想象他们的生活。从一个人的脸上你可以看出很多东西。

几年前,我在爱荷华作家工作坊学习写小说,玛丽莲·罗宾逊[①]用一个例子阐释了人类的不可名状。我记不得具体内容,所以这是大致的转述:

> 有时候,当你回家,母亲抬起头来,她的眼神那么陌

[①] 玛丽莲·罗宾逊(Marilynne Robinson,1943—),美国作家,代表作有《管家》《家园》《莱拉》等。

生，有那么一会儿，她看着你，像是纽约地铁里的陌生人看着你一样。

我喜欢这个想法——你的眼睛对上母亲的眼睛，刹那间一切就都在那儿了：一个情绪丰富的完整世界，你不甚了解，它那么陌生，隐藏得那么深，以至于她短暂地变成了陌路人。然后再一转换，她又变回你熟悉的母亲，生活继续下去。但在那个短暂的眼神交流中，有些东西能被捕捉到。这就是我们看着别人的脸了解到的东西——也是让我们想转身走开的东西。

当我试着看向我小说中的人物，我看见的主要是他们的眼睛。《比孤独更温暖》里有个角色像波西娅·奎恩一样，也是个孤儿，喜欢盯着别人看。打动我的是她从来不会移开目光——她这个个性非常特别，比我写的其他任何角色都要特别。任何与她有关的场景，我都能清楚地看见她的眼睛正盯着别人。她看了又看。她很聪明，能看透别人，而且她知道这一点。不管是照看濒死的老人，还是和同龄女孩并肩而坐，或是盯着一个女人丑陋而昂贵的鞋子，比起她身体的其他部位，我更能看见她的眼睛，观察这个世界，评判世人。

写小说也是这样的一种凝视。你得盯着角色看，就像你盯着火车上的陌生人看，但时间要长到让两个人都感觉不舒服。用这种方式，你一层层地了解你小说里的角色，直至一切虚伪的东西被剥去。我相信所有的角色都试图欺骗我们。他们对我们说谎。就像在真实世界里遇到的人一样——没有人会百分之百诚实。他们不会告诉你关于自己的所有故事。事实上，他们告诉你的故事里讲得更多的是，他们想被看作什么样子，而不是他们真正的样子。人们总是抗拒被了解，小说里的角色是这样，真实的人也是这样。人们不愿意告诉你他们的秘密。他们或是对自己撒谎，或是对你撒谎。

在《比孤独更温暖》里，有一个角色从开头就对我说谎，她说孤独对她来说是最好的事。她明确表达了那种孤独，所以一部分的我想也许她是对的。可是作为作家，你不应该相信角色说的有关他们自己的话。一旦他们避开关注，他们就是想避开被人研究揣摩，你需要一再地逼迫他们，直到他们承认或放弃或坦白。写这个人物时，我卡住了，卡在她对孤独极具欺骗性的信念上。我朋友布里吉德总是很早读到我的作品，他对这一段批评得很激烈，标了很多问号，所以我知道我离角色还不够近。最终这个角色（和我）发现她拥有的不是孤独，而是对生活永无止境的隔绝。

这就是我为什么盯着我的角色看。不是实际意义上的看——我不能真的从肉体上看见他们——而是以一种想象中的动作，类似于实际生活中我盯着别人看。这有点儿苛刻，但我喜欢这种苛刻、真实的东西，这是当你不把目光移开时能看到的。一个作家永远不可以避开不见。当作家突然退开，不过分深入了解他们写的角色时，你会在书中感觉到。你得越过这些角色。你确实得脱光他们的衣服，脱光每一层，直到最后理解他们。

我们在鲍温写的这一段里看到那种移开的眼神。"你不知道以后这个孩子会怎样。"她写道，但我想她本该写"你不想知道"。那个孩子的未来写在她眼睛里，我们从中看到：这双眼睛会让她陷入麻烦，当她感情太多，或是看得太久，人们会回避她。这一切都包含在这一段里。因而当这里的"你"回避不看时，就是决定不去面对这个痛苦的现实，决定从眼睛可以瞥见的东西上移开。

这就是为什么我认为写年轻角色时——像我在这本书里所做的一样——应该了解他们未来的某些时刻。当我写一个孩子时，我必须把第二个参照点包含进去，强迫自己考虑他或她以后会怎样。我不想说"你不知道以后这个孩子会怎样"；我想说"你必须知道以后这个孩子会怎样"。越过一个时间点追随一个人，在其一生中更长的路途上伴随他，就是一种继续看的方式。

烛光高高在天,照亮一切黑暗。
——华莱士·史蒂文斯[①]《内心情人的最后独白》

[①] 华莱士·史蒂文斯(Wallace Stevens,1879—1955),美国诗人,曾获普利策诗歌奖等荣誉,代表作有《冰激凌皇帝》等。

照亮黑暗

艾梅·班德[1]

我第一次听到《内心情人的最后独白》是在一场葬礼上。那是一场规模很大、令人伤感的葬礼。一位诗人向参加葬礼的宾客朗读了这首诗。这首诗既令人感动，又鼓舞人心，尽管我难以解释个中因由。这是一首晦涩的诗，它关乎神秘世界，语言本身就很神秘。纵使是第一次听到，我还是隐约感受到了诗中的某种东西，它让整个社区聚集在一起，悼念逝者，表达对这个家庭的支持和对这个生命的赞颂。

这位诗人熟谙史蒂文斯的诗，好像已经与之合二为一了。她对这首诗理解透彻，因而也帮助我们更好地理解了它。我感受到了诗的点金妙法，它将那些我们无法全然领悟的东西一一点明。我对逝者的离去感伤不已，但诗人的诗句对葬礼上的人们有着治

---

[1] 艾梅·班德（Aimee Bender, 1969— ），美国作家，代表作有《纪念者》等。

愈之力。

我想要立刻去找到那首诗，花更多时间琢磨它。特别击中我心的是那句"上帝与想象二位一体"。这一句美丽而高深莫测：对我来说它包含了想象力的广阔与神秘。我喜欢用这种近乎宗教崇拜的方式对待想象力。

我的一位朋友，《锡屋》杂志的编辑切斯顿·纳普写过一篇文章，回忆起自己年轻时背诵弗罗斯特[①]的诗歌——他打趣说自己那时可真是自命不凡。很有趣的是，我意识到：我也想要那么做。当然不是为了显摆，我不想表演诗朗诵，我仅仅是喜欢诗句默默显现在脑海里的感觉。我热爱诗歌，想随身携带史蒂文斯的诗，与其共生。之前从没人要求我背诵过什么，毕竟上学时背诵诗歌的日子早已远去，但我突然心血来潮，想要这么做。

我花了一段时间熟记诗句，在洛杉矶开车时反复吟咏。反复诵读一首诗时，你会学会注意字里行间的那些细梢末节：我得问自己，这里用的是不定冠词"a"还是定冠词"the"？这个短语是"感天动地"还是别的什么？读诗，你得缓缓细细地慢读，字字句句地铭记。当我试着消化这首诗，咀嚼所有细节时，便渐渐感觉诗行交融，开始通过诗歌的形式去理解诗歌。

让我吃惊的是，当我将一首诗全部铭记于心时，我真的感到身心愉悦。在脑海里把这些词句牢牢地保存起来，对此我产生了生理回应。一阵真切的嗡嗡声——这实在让我吃惊。但也还是说

[①] 指罗伯特·弗罗斯特（Robert Frost，1874—1963），美国诗人，曾四度获得普利策奖，代表作有《林间空地》《未选择的路》等。

得通的，因为在葬礼上发生了同样的事：听到有人大声朗读那首诗，我同样感觉到了那种神奇的生理作用。将这首诗大声朗读出来，同样强烈的感觉袭遍全身。当我朗读这首诗时，正如听到别人朗读它，我感觉到了内心的触动。

诗的含义对我来说也在变化，一开始我如此钟爱的那句"上帝与想象二位一体"开始变得晦暗不明。我开始觉得这句诗意指人类的局限，以及我们创造某些事物以求自我安慰。这时第二句让我眼前一亮，那是我在书上阅读时完全忽略了的："烛光高高在天，照亮一切黑暗。"

这个意象既广阔无限，又有其限制。史蒂文斯告诉我们，无论多么信马由缰，我们的思想也无法超出自身的想象，对上帝或超然之物的感知，只不过存在于我们自身之中。我们察觉到超然之物的存在，非也——不过是我们头脑内的想象而已。然而，当我读到"烛光高高在天，照亮一切黑暗"时，想法又发生了改变：纵使想象有限，我们人类依然无比出色。纵然只是小小的光芒，却因我们的审美、想象和感觉的融合而得以高照人间一切冥暗。人性何其无垠，人性何其成熟，人性何其光辉灿烂。而且如史蒂文斯在诗歌末尾所说："在一起，仅此足矣。"尽管他苦苦思索我们想象之物的本质，这首诗本身已臻化境，使人与人的联结成为可能。归根到底，我想这首诗就是这样给人希望的。

背诵诗歌对我产生吸引力的部分原因，是我希望它们能在人生的某些时刻陪伴我。如果遇上困难，或者恰逢喜事，我希望想起那些帮我思考和表达感情的词句。背诵得越多越好。我们很难记住看过的书，喜欢的段落变得模糊不清，最终被我们遗忘。背诵让我强迫自己准确记忆，让我和文字之间有了更为永恒的关联，在我脑海中构建出一种魔力，静待爆发。字斟句酌地推敲如此精致、如此高雅的文字是多么令人激动，令你记起艺术的能耐。我的身体产生了生理反应，像喝了咖啡一样兴奋，而且这种感觉能持续很长一段时间。

我的确是个热爱文字的人，对诗歌一直情有独钟，所以诗歌很适合我。但我依然为那首诗在我身上产生的影响所震撼。我想语言对我们的影响是生理性的，它可以极富营养。这并不是比喻，而是体内的细胞真的会得到滋养。当语言变得优美而有趣，身体会感觉到其中的益处：受到滋润，焕发活力。我们通常不会这么去思考文学，往往只讨论所思所想，即使它们属于头脑的情感活动。史蒂文斯的诗滋养了我，这个不同凡响的经历提醒我，语言文字也以某种形式宿于我们身体之内。这是文学重要性的具体证明。

有一次，我和侏罗纪科技博物馆馆长大卫·威尔逊聊天。他说："当你不了解一个故事的走向时，也可以受到启迪，我不知道这是为什么，但的确如此。"我喜欢他这句话，对我来说确有其事。当我不知道故事将如何发展时，我会感觉更好——我说的是身体感觉更好，先是茫然不知，然后大吃一惊。当语言以这种形式完满呈现时，便成了一种天赐的礼物。人类需要语言，人类需要被认真对待的语言，而不仅是脱口而出、不经思索的随意词句。跳读、持续阅读和稍稍阅读都不够。慢下来，这于大脑有益。背诵史蒂文斯的诗迫使我慢下来，也令我意识到我可以在开车时关掉收音机。我可以大声朗诵诗歌，感受诗歌的魅力，这样真的很好。

有时，我也从自己的作品中汲取同样的养分。如果我写出了令自己很高兴的词句，就意味着语言正以某种方式在我体内嗞嗞作响，让我数周内都保持精力充沛。有时，写出一个好段落，会让我从好几个星期以来写下的糟糕篇章中活过来。写作就像在泥泞中艰难前行。

还有一件有趣的事是，那些我认为写得好的文章，好就好在它们有点儿神秘。当我放手时往往如此——顺其自然，结果反而令自己大吃一惊。不能完全看懂的文字是我最满意的。当出现让我感到可以写更多的希望时，就是打开了一扇供我探索的大门，也是写作真正开始变得有趣的时候。我感觉这关乎等待一种句子层面的探索发现。这是我写作动力的源泉。

语言毕竟是通向情节和角色的门票，因为两者均由其构建而成。如果你每天写一页，坚持三十天，然后选取语言发挥效力的部分，情节和角色便会开始有机地浮现。对我来说，情节和角色直接来源于文字，而不是突发奇想的编造。我从不这样写作。尽管我知道有些作家是这样的，但我却无法做到。我会想，哦，我对这个角色有了些了解。可我一旦坐下来写作，又感觉非常勉强，持续不过两分钟。我可以写两行，但再往下就写不下去了。对我来说，发现事物的唯一方法是从句子出发，写出带给你微妙感受的句子，它使你感觉可以继续下去。这意味着我击中了某些无意识的东西，那种不知所然的东西就出现了。在某种层面我能感觉到它，它让我继续写下去。

这也是我热爱史蒂文斯这首诗的原因：它存在于种种神秘之中，史蒂文斯将其写了出来，且并没有折损神秘之意。有些神秘之事可以变得明晰，但不是样样都需要变得明晰。我想一首好诗总应有些神秘感。最好的作品都是如此。恰如其分的词句，总是包裹着神秘。它们创造出具象的形态，活生生的景象存活其中——它们为此给出提示，但又不说透说穿。这也是我自己想在写作中做的事：我所呈现的文字是更神秘莫测之物的载体。当我感觉有什么在文字之下，即史蒂文斯所写的那个神秘的情感之地徘徊时，我便知道我做到了。

语言有其局限性，是一种存在缺陷的工具，但可在上天高照冥暗。

阿德里安叔叔啊,我囚困于思想的保留地。

——阿德里安·C.路易斯[①]

《被遗忘的奥兹莫比汽车的悲歌》

[①] 阿德里安·C.路易斯(Adrian C. Louis,1946—2018),美国作家、诗人、记者。

离开思想的保留地

谢尔曼·亚力克西[①]

一九八七年,我从贡萨加大学退学,跟随高中女友去了华盛顿州立大学(大家戏称为"屁大")。偶然之下,我参加了一个诗歌写作工作坊,它改变了我的一生。写作班第一天,一位名叫郭亚力的老师送给我当代原住民诗人精选集《龟背上的地球之歌》,里面收录了派尤特族诗人阿德里安·C.路易斯的诗歌,其中一首就是《被遗忘的奥兹莫比汽车的悲歌》。如果没有读到这首诗,我想我是不会走上作家之路的。我本会成为一名中学英语老师兼篮球教练。我的生活本会走上完全不同的道路。

那首诗有一句很特别:

阿德里安叔叔啊,我囚困于思想的保留地。

[①] 谢尔曼·亚力克西(Sherman Alexie,1966—),美国作家、诗人、导演,代表作有《游骑兵与印第安人东托在天堂打架》《一个印第安少年的超真实日记》等。

我想过当医生，也想过当律师，还想过去经商，但这行诗让我想放弃一切，去成为一名诗人。它是那么惊天动地。我就是来自保留地的原住民。我别无选择。当作家和我的前途根本不沾边。因而，这不是晴天霹雳，而是一颗原子弹。我一边读着诗一边想："这才是我想要做的事情。"

那行诗让我一下子又找回出身于保留地，身为部落民的感觉——这一事实你永远不能摆脱。我是家族里第一个上大学的，离开保留地，离开我的部落，我为此激动无比，但又感觉自己背叛了部族。当然我心里明白，不管走到哪里，不管做什么工作，我永远都在那里。我身心的大部分会永远留在那里，留在保留地。

同时，我从没想过自己会和文学产生联系。我喜欢读书，一直都很喜欢，但我从不知道原住民也写过书和诗歌。看到一行诗能把我的感受写得这么透彻，好像旁人写的这行诗就是我的自传……这种感觉就像第一次理解了人类的语言。就像听到人类说的第一句话，同时第一次理解了语言所拥有的巨大的沟通能力。

我从没尝试过把伴随自己至今的这种感觉表达出来，然后听到它被高声朗诵，看到它被印成文字。没人会把这些感情诉诸文字，至少在我们保留地没有人这么做。智性和情感上的醒悟交融于这行诗，一齐向我袭来，猛击我的大脑。

在这之前，我也写过东西，但都是些照猫画虎的贺卡语言，又或是那些高中生必读的经典名作，也是常被人模仿的对象：乔伊斯·基尔默,还有济慈的某首诗。然而,当我读到这首诗,我便明白了我可以写自己——写我的情感,叙述我的情感生活。我以前写作时总是装模作样,戴着面具,而且总戴的是白人面具。但突然,我可以真真切切显露自己的真实面孔了。

我立马开始写诗。我写的诗都是确确实实发生过的事。在受路易斯诗歌的启发之前,我从没想过原住民的生活如此重要,值得被写成诗。我的第一首诗叫《美好时光》,模仿了露西尔·克利夫顿[①]。这首诗最初的题目是《廉租房里的生活》,但后来我换了。它收录在我的第一本诗集《幻舞》里,也可能是我仍然记得的唯一一首自己写的诗。

砰!它就在那里。它静候着我。人们常说"开窍之时",想来并不是很多人会遇上这样的"开窍之时",但我遇到了。从那时起,我开始写诗,别无选择。

二十六年前,我开始在一些不知名的出版社出版诗歌。我还在一些影印和手工装订的期刊上发表,也就印刷了一百本,或连一百本都没有,标题也全是《满是实验室小鼠的托盘》和《巨人在细雨蒙蒙中嬉闹》之类。这类期刊渐渐开始接受我的诗作,因为没有任何其他原住民作者投稿。所以当他们以前从没听过的一个原住民的声音通过邮件传来——可想而知,我的作品很快就见刊了。我一开始送去的五六首诗都发表了。这些期刊常常把我跟

[①] 露西尔·克利夫顿(Lucille Clifton,1936—2010),非裔美国诗人、剧作家、儿童文学作家,曾获美国国家图书奖等荣誉,代表作有《福佑舟船:新诗选集 1988—2000》等。

布考斯基[1]放在一起。基本就是那一类的刊物。我俩的作品存在相似之处，他的更喧闹，不过都是在描述一种无望的生活。

我大学毕业了，根本找不到一份该死的工作，所以只好回到保留地。待在保留地，没工作、没钱、没希望。那时还是通信的年代，所以我给阿德里安·路易斯写了封信，他的诗歌对我意义重大。我寄出的信情绪激动、胡言乱语，他回复了我。纸的背面贴了一张五十美元的纸币，信上说："继续写你的诗吧"。于是，我就继续写了下去。

我借用女朋友的打字机待在保留地还没完工的廉价止赎屋的地下室里，写了一些诗歌和故事。打字机的色带是用阿德里安·路易斯寄给我的五十美元买的。这当然是我作家生涯中最重要的五十美元。

后来布鲁克林一家名为 Hanging Loose 的小出版社出版了我的作品。从逻辑上讲，这就应该是我事业的顶峰了。作为主要书写保留地的原住民作家，我就应该走"小出版社"路线。我也本应该待在文学界的保留地。但幸运的是，我出现在了《纽约时报书评周刊》的头版。有一篇关于原住民文学的评论，我便是其中探讨的对象之一。而那也仅仅是因为编辑理查德·尼科尔斯坐在等待审阅却无人理会的样书堆里时，正好看见了我的封面，并且一眼就喜欢上了。

---

[1] 指查尔斯·布考斯基（Charles Bukowski，1920—1994），德裔美国诗人、作家，擅长描写处于美国社会边缘的贫苦人的生活，被称为"贫民窟的桂冠诗人"，代表作有《爱是地狱冥犬》《苦水音乐》等。

所以说这一行诗总和我有缘。我知道我已经讲了无数遍。我想过去我只是死记硬背，后来才开始深入思考，这句诗行让我重新审视它，思考后，它又变得鲜活起来。它现在对我又意味着什么呢？

年轻时，我的反应更多是私人的，即它成了我的个人陈述。而现在我认为它蕴含着某种哲思。我觉得我可以凭借这行诗建立一个教派，教义第一条就是"禁止出现杉木长笛"，还有一条是"禁止出现会说话的动物"。此外，大家共同努力，让所有人离开保留地。教派的象征物是什么？应该是一个有缺口的圆环，这是一个有积极含义的标志，环上的缺口代表着可能性的爆发。原住民一直对圆环情有独钟，但他们的圆环是链条串起来的。

现在我要积极呼吁原住民儿童尽早离开保留地。美国军队发明了保留地体系，这是一种战争行为。现在大多数的保留地不过是糟糕的第三世界香蕉共和国[①]，我们为什么还要把它们伪装成神圣之地呢？"我囿于思想的保留地"这句话，如今在我看来，拥有惊人的毁灭性的含义。回想时，我发现它具有天启般的意义。人类的进程关乎运动。一个世纪前，我们搬进保留地，部族便停滞不动了。自那以后，我们的所有创新不过是对欧洲人的效仿。想想吧，我们最大的成就居然是赌场！"我囿于思想的保留地"说的就是这种创新的缺乏，原住民的想象力被束缚，被剥夺，即使是已有的创新也没有被表彰。

[①] 香蕉共和国（Banana Republic）是经济体系属单一经济、拥有不民主或不稳定的政府，特别是那些拥有广泛贪污和强大外国势力介入之国家的贬称。

"我囿于思想的保留地"对我也意味着原住民文学的边缘化。你可知道,大约百分之七十的原住民并没有生活在保留地,但通过我们的文学你可得不出这样的结论。几乎所有原住民文学都是描述保留地的。我们的文学也被困在了自己的保留地。这行诗不只是描绘了阿德里安的诗意世界以及那首诗里的世界,也不仅仅是描述了对我的影响;我想它描述的是整个原住民文学的世界。

一次,一个白人记者采访克里克印第安部族的诗人及音乐家乔伊·哈乔[①]时,问她为什么吹萨克斯,那可不是原住民的乐器。

她回答说:"既然我吹了,那它就是原住民乐器。"

如果"我囿于思想的保留地"是问题所在,那么"既然我吹了,那它就是原住民乐器"就是答案。这是一种内在条件,我们却总是花很多时间用外部因素定义自己。人们往往有一种预设,那就是你得从保留地来,才可能是原住民。事实不是这样的,这个概念限制了我们,迫使我们把自己全部的生命体验限定在与保留地的关联上。

这行诗也让我们要小心重访囡囡的方式。我们总是会回到保留地。不只是保留地原住民如此。我有一些白人朋友,他们从小成长于优越的环境中,却不喜欢自己的家庭。然而每逢感恩节和圣诞节,他们都会赶回家去。每年的这段时间他们都身心俱毁,到来年二月才能恢复。我总是和他们说:"你明白的,你不必回

[①] 乔伊·哈乔(Joy Harjo,1951—),美国诗人、剧作家、音乐家,代表作有《最后的歌》《在疯狂的爱与战争中》等。

去，可以来我家。"为什么他们如上瘾一样，非要回去被本应该爱着他们的人贬损和侮辱？所以你看，可以推而广之的是：我囿于思想的郊区，我囿于思想的农场，我囿于思想的童年小床。

我想每位作家都站在自己囹圄之门的边缘，一脚在门里，一脚在门外。讲故事本身就是一种重返囹圄的方式，这个地方折磨着我们，令我们深陷其中。而作家就像一个惯犯。你在思想上重返囹圄，在其中度过一整个旅程。或许，你会意识到囹圄也有它自身的美。一想到这一点，"我囿于思想的保留地"也可以是件美好之事。毕竟我正是在保留地上学会了讲故事。

多年以来，我对当作家不是那么有把握，毕竟这不像是原住民做的事。后来有一天，我站在台上，突然意识到：等等，我满世界旅行，到处讲故事。这不原住民吗？我做的事正是传统所在——我做的是人类所做的最古老的事情啊！在使用火和发明轮胎之前，我们人类就已经有了故事。我为什么要允许开赌场的原住民让我为讲故事而内疚呢？

所以这行诗中蕴藏着力量。我可以主动选择囹圄对我的意义了，徘徊于铁栏之间，随心所欲地在思想里返回我的囹圄。我们都注定受困于那些限制我们的人和场所，也会不断地返回。然而，如果你能自主地选择那些限制的措辞，那你就掌握了主动权，而囹圄无法再囚困你。

我们须为快乐冒险。不愉快可以过活,
但没有快乐不行。没有享受。我们须坚信能用快乐来面对。
这世界的无情火炉。

　　　　　　　——杰克·吉尔伯特[①]《辩护之概要》

[①] 杰克·吉尔伯特(Jack Gilbert, 1925—2012),美国诗人,曾获耶鲁青年诗人奖等荣誉,代表作有《大火》《拒绝天堂》《独一无二的舞蹈》等。

顽强的喜悦之赞歌

伊丽莎白·吉尔伯特[①]

二〇〇六年,我在田纳西大学诺克斯维尔分校教授创意写作。这是一个轮值教席,每年都会邀请一位新的访问作家授课。知道在我之前的那位作家也姓吉尔伯特后,我很开心,这件事一下子吸引了我的注意力。(我开始戏称这个教席为吉尔伯特教席。)那人名叫杰克·吉尔伯特,是位诗人,我从没听说过他。我开始四处打听他的事,结果发现他给学生们留下了很深刻的印象。我听到的有关他的故事让我很着迷。杰克·吉尔伯特没有教学生很多有关诗歌写作和出版发表的事,仅仅是鼓励他们勇敢地去追寻多彩的生活。

一个研究生告诉我,有一天下课她正要离开教室,杰克一把

[①] 伊丽莎白·吉尔伯特(Elizabeth Gilbert,1969—),美国作家、记者,曾入选《时代》"影响世界的一百人",代表作有《美食,祈祷,恋爱》《最后一个美国人》等。

抓住了她的胳膊。

他说:"你有勇气成为一个诗人吗?你胸中藏着的珠玑在祈求你答应呢!"

学生们被他深深吸引,因为他总是说一些类似这样的话。

所以我找到了一本杰克·吉尔伯特的书,开始阅读起来。我彻底爱上了他,爱上了他的诗,还有他不同寻常的人生经历。自那以后,他成了我生命中的桂冠诗人。他所写的内容和写作的方式,以及对待作家这个职业的方式,令他一直都是我的桂冠诗人。

二十世纪二十年代,杰克·吉尔伯特出生于匹兹堡。他在钢铁厂上过班,后来成为一名诗人。六十年代他出版了第一本书,获得了普利策奖提名,还拿到了耶鲁青年诗人奖。这就是个极富魅力、英俊非凡、美丽而迷人的人。换句话来说,他具备你想要在一位年轻诗人身上看到的一切特质。他成了一位颇有名气的诗人,也登上了《时尚》杂志的封面。他本可以轻易地依靠这些过下去,然而却消失了。

他出走欧洲,在那里旅居二十多年。他住过希腊的高山之巅,住过丹麦,去过意大利,也谈过情说过爱,但一直没有发表作品,只是不停地写。他勉强过活,允许世人将自己全然忘却。他对功名毫无兴致,甚至对此生厌。他只想专注于诗歌与发表,虽然也就每隔二十年才出版一次。他的一生只接受过两次重要的专访,一次是《巴黎评论》,非常精彩;还有一次是知名编辑戈登·利什对他的采访。利什问他隐居生活是如何影响他的写作的。

吉尔伯特大笑着说:"我想影响是致命的,但我真的不在乎!"

吉尔伯特的诗歌是惠特曼式的——宏大、浪漫、充满激情。他只爱写那些伟大的神秘之事:上帝、性欲、爱情、苦难和救赎。缺少这些成分的事物,他一概不涉足,他过的也是这样的生活,缺少以上元素的生活他绝不踏入。

我最喜欢的可能是他晚年写的那首《辩护之概要》。诗中的成熟之感是年轻人无法表现的。它宛如传道书中的箴言,无论视野还是所蕴含的智慧,始终表现出圣经式的经典。这首诗写的是关于人类意识的主要创伤,即我们如何面对所有的这些苦难,我们应该如何存活?

这首诗的开头是这样的:

> 哀伤遍野,屠杀遍野,如果
> 这边婴儿没有在忍饥,他们也会在那边
> 挨饿。孩童的鼻孔上落着苍蝇。

开篇就承认了世界之残酷,世事之不公,世间之哀伤。接着他继续叙述他从生活中认真观察到的情景:在一个饥荒横行的小镇中,一群妇女围在泉水边,"一起欢笑,在今天的苦难和明日的悲惨之间欢笑"。他描述加尔各答"令人恐惧的街巷"、孟买的牢笼里妓女的欢笑。纵使生活已经不堪到了极点,人类依然具有找寻快乐和忍受苦难的能力。这种喜悦并不来自苦难之外,而是生于其间,与其共存。

当我们谈到世界观的形成时，我们常常面对一种错误的划分方法：要么你是个现实主义者，认为这个世界很恐怖；要么你是个天真的乐观主义者，认为这个世界美妙无比，对其他一切视而不见。吉尔伯特采取了我认为更好的一种中立态度：他说这个世界既恐怖又美妙，而你的职责就是寻找喜悦，这也是这首诗取名"辩护之概要"的原因，它为喜悦而辩护——不是那种廉价无知的喜悦，而是一种真实的、成熟且真诚的喜悦。他谈论的并不是建立一座保卫快乐的堡垒，抵御人世间的困苦不幸。他想表达的是奇迹发生的那一刻的不可思议，那一刻终究是值得拥有的。诗中有几句是我读过的文字中于我而言最为重要的：

> 我们须为快乐冒险。不愉快可以过活，
> 但没有快乐不行。没有享受。我们须坚信能用快乐来面对
> 这世界的无情火炉。

这就是我想为之奋斗的事的定义——纵使身陷黑暗，人须坚持"顽强的喜悦"。我希望我能同怀快乐与苦难在心中，纵使在人生的至暗时刻，也能发现喜悦与奇迹。

有时你会有幸遇到这样的人。二十世纪九十年代初期，我在费城做餐馆女招待，有一个流浪汉经常来，坐在柜台前，大家都很喜欢他，经常给他吃的。他聪明饱学，博览群书。我当时二十二岁，脸皮厚又无知，竟然说写出《从这里到永恒》这部美丽的作品的詹姆斯·琼斯是个"昙花一现的作家"。他纠正了我

的观点。一个二十二岁的年轻人这么说可真够蠢的。他说："嘿，孩子，等你出了一本杰作，你才可以这样说。"

他年轻时接受过钢琴演奏培训。正当前途一片光明之时，一场意外使他失去了一根手指。一只手少了一根手指，让他再也无法成为钢琴演奏家。他成长于一个富庶但情感淡漠的家庭，直到手指受伤，住进医院之前，他都没有体会过那样的关爱与温情。他对我说："孩子，我告诉你，那些护士对我那么和善，那么热情，我以前从来没有见识过那样的温暖。"我记得他举起手，给我看他失去的那根手指，然后对我说："值得！"

这就是杰克·吉尔伯特所说的"顽强的喜悦"。当你用人生的天平去权衡悲伤与这些受到恩典的瞬间，你会发现我们仍旧值得来世上走一趟。

我不认为一个年轻人可以写出这样的诗句，也不知道一个不注重观察的老人是否可以写出这样的诗句。但这就是杰克·吉尔伯特的一个重要特色——把观察当作一项使命，不愿错过任何事，不愿对任何事视而不见。他还有另外一首诗，写的是他和诸神的对话，诸神许诺他，如果他放弃他那荒诞的生活，便给他一次成名的机会，但他不想为此妥协。他说：

> 让我
> 最后一次陷入爱河吧，我祈求他们。
> 快教导我生命必将遇到死神，快让我害怕
> 怕到遁入现实世界吧。

给我真实的东西吧,他在请求,他是认真的。谁会祈祷"让我害怕"啊?这是勇敢的祈求。不是蹦极或冲浪的那种"让我害怕",他想要的,是站在深渊边缘凝视它,带着审慎与警觉凝视,那是对文学、对生活的献身。

我在我姑姥姥洛莉身上也看到了这种品质。她一生坎坷,却是我遇到过的最会苦中作乐的人。她八十五岁时,我去看她,她对我说:"利兹[①],快猜猜,我得了什么?"

"什么?"

"我得了癌症,"她说着,咧着嘴开心地笑,"这不有趣吗?"

这也是顽强的喜悦的一部分:把事情的本质看成是有趣的,哪怕是最糟糕、最艰难的事情。很难说这听起来不像盲目乐观,但能做到这一点的可不是没有头脑之人。你瞧,连史蒂夫·乔布斯的临终遗言也是三声惊叹:"哇喔,哇喔,哇喔。"

即使在临终之际,还完全保持着好奇之心。

杰克·吉尔伯特在《辩护之概要》中直接表达了这种体验。"如果上帝的火车头碾压我们,"他写道,"我们应感激万分,那是有量级的碾压。"这是我总喜欢引用的另外一句。这至少是宏伟的——你活着,你死去,这本身就壮丽无比。能从你活着和死去的事实当中唤起某种奇迹和感激之情,是一种无上的感召。这是体验人生最好的方式——比我知道的任何其他思维模式都要

[①] 即 Liz,是伊丽莎白(Elizabeth)的昵称。

好。我爱之尤甚。

作为一个在焦虑和胆怯中挣扎的人（每个人都会如此），看到仍有人在全力以赴地于苦难中探索奇迹，我受到了深深的激励。这让一切都成了猜谜游戏，不是吗？灾难就是场戏剧性极强的猜谜游戏。现在，当我在写作中遇到了挑战，我会苦中行乐，皆因写作本身就是戏剧性十足的工作，充满了灾难祸患、情绪起落和失败的尝试。写作不顺利时，就把那些挣扎与努力视为奇妙的，而不是悲剧性的——当我学会了这一点，我的写作之途也变得顺畅许多。

所以，我们如何猜中谜底呢？这是个有趣的问题。我以为我能完成这本书，却办不到。相反，十一点之前我得喝点儿杜松子酒，麻木一下自己，不去想这事儿有多可怕。你可以称之为精神胜利法，这可是我练就多年的本事。我的确努力创造了这种关系——所以一切看起来就不会是无序的战斗。我不会对抗写作，让关节肿胀充血。我不和沉思较劲，我不与人争执。我试图远离自我厌恶和竞争，它们损毁了众多作家的生涯，也给他们的生活打上了印记。我试图在我的喜悦中保持顽固。

德国有一种浪漫的观点认为，如果你不在痛苦中煎熬，如果你没有通过艺术创作去制造痛苦，那你就不是真正在从事艺术这个行当。对此我一直持怀疑态度。这也是杰克·吉尔伯特吸引我的一点——尤其当我了解了他和"垮掉派"诗人们的关系之后。他认为他们很有天赋，但没有好好利用。他认为他们对工作缺乏虔诚，不想过纯洁、清醒、自律的生活，对自己所做的事情没有敬畏心。我想这出自一个浪漫的观念——听听我们用于描述创造过程的语言吧:"血脉偾张""忍痛割爱""我总算是降伏它了"。每当有人用这样的语言谈论某件事,我就想哭。你和你工作之间的关系可真够乱的!你想要折断它的脊椎?难怪你如此紧张!你把这件事情当作上战场了!我们对世界需要了解,要意识到你欲与之搏斗的对象是会反抗的。

我认识一位有才华的年轻作家,我很喜欢他,算是他的半个导师。当他告诉我自己完成了一本书时,他用性和死亡来形容自己的胜利:"我爱我写的书。我感觉自己杀了它。现在它如此性感,我要把它送给世界,让每个人都来干它!"

好吧,他才二十五岁。但我曾去过世界上其他地方,在那些地方人们并不认为艺术品是需要被我们驯服的东西。印度尼西亚艺术家说从开始到完成创作,你都应带着感激祈祷——这是与上天的虔诚沟通。我同意这种观点。人们很早就开始这么做,历史比德国浪漫主义要悠久得多,我们今天依然受其影响。我喜欢这样的想法,以一种敬重的心情与什么东西合作,而不是敲碎它,杀死它。

然而这样写作、这样生活是需要勇气的。我有一位叔叔读过很多诗歌,我与他分享了杰克·吉尔伯特的诗作。他说他不喜欢这位诗人,我询问原因,他回答说:"我喜欢他的诗,但这些诗让我觉得我活得不够勇敢,不够有趣,我不喜欢这种感觉。"这就是读吉尔伯特带来的喜乐和烦恼。他呈现给读者的是一种毫不妥协的挑战:过最极致的生活,半点都不能将就。在这一点上,

89

他为我树立了榜样，我极想跟随其后。有时我鼓起勇气想向他看齐，但又绕个圈子走开了——因为比起审视诗歌之谜的纯粹生活，我更渴望得到安全感与肯定。

"你有勇气做个诗人吗？"吉尔伯特问那个研究生。我们需要勇气来认真对待自己，毫不畏惧地近观生活，用好奇心对待生活和艺术中让我们恐惧的事物。我们总是用让我们感觉安全的东西包围自己，但它们也会把我们囚禁其中。我们有雄心，我们有壮志，我们没有安全感，我们需要慰藉。我们总说，趁着年轻，去勇敢生活吧。如果你足够聪明，退休时，也许再去勇敢生活一次吧。

杰克·吉尔伯特拒绝这样的论调：不，生命中的每一天我都会那样生活，谢谢。据说，他的确是这样生活的。

我不能，别人也不能替你走那条路，
你得自己走。

那路并不遥远，你可以到达，
或许从出生你就在走，只是你不知晓而已，
或许它在水上，在陆上，在任何地方。
——沃尔特·惠特曼[①]《自我之歌》

[①] 沃尔特·惠特曼（Walt Whitman，1819—1892），美国诗人，代表作有《草叶集》等。

逐个像素地观察

谭恩美[1]

在我的小说《奇幻山谷》里有个人物叫爱德华·艾弗里,他曾吟诵过沃尔特·惠特曼《自我之歌》中的这样几行诗:

> 我不能,别人也不能替你走那条路,
> 你得自己走。

> 那路并不遥远,你可以到达,
> 或许从出生你就在走,只是你不知晓而已,
> 或许它在水上,在陆上,在任何地方。

我是在写这部小说时发现的这一段文字。当时我正为爱德华这个

---

[1] 谭恩美(Amy Tan,1952—),美籍华裔作家,代表作有《喜福会》《灶神娘娘》《接骨师之女》《奇幻山谷》等。

人物苦思冥想，作为一个西方商人的儿子，他是怎么来到中国的呢？在写作时，我随意从书架上抽出一本诗集，这一段就映入我眼帘。这一页的文字直勾勾地盯着我，我意识到：这就是这个人物应该有的样子。不，不仅如此：我的写作就是如此，我的人生就是如此。

没有人能替你走完你该走的人生旅途；你必须自己走。我对此话的坚信源于我的童年经历。我生于一个严守宗教信仰的家庭，到了我这一代也不例外。我父亲是位工程师，也是一位浸信会牧师。每周日我都会去教堂。夏天，我一般天天都会上教堂，在那里参加圣经学习班，练习合唱，进行各种教会活动。我非常努力想要做个好教民，努力聆听基督圣言，努力想从上帝那儿得到指点，但一切均无用。我尽最大努力做个浸信会好教民，却感觉自己像个冒牌货。

曾经有一年，我的确非常努力想要相信上帝。我哥哥病了，得了脑瘤。家里和教堂里都覆盖上一层浓重的宗教气氛：我们只要足够虔诚，他就会被拯救。然而，哥哥没有好转，父亲也病了，也被发现得了脑瘤。宗教气氛愈加浓厚，但他俩都过世了。

那一年，我努力表现得特别好。因为读禁书，我被送到教会辅导员那里接受教育。我被告知我让上帝不悦了，也让父亲失望了。就在父亲生命垂危的时刻，教会的那个辅导员猥亵了我。就是这些经历最终让我不再相信这些祖祖辈辈都曾信仰的宗教信条。我决定走自己的路，去找寻独属于我自己的看待世界的方法。

我找到了一位意想不到的同盟。父亲死后，母亲才展现出她的信仰，而我以前从不知情。原来她只是假装成虔诚的浸会教信徒。母亲相信咒语、因果报应、好运噩运和风水。她那多样的信仰组合使我明白，你可以基于自身情况选择自己的人生哲学，基于自己的所见所知形成自己的个人信仰框架，选择你赖以生存的观念，丢弃使你颓废沮丧的思想。

母亲的开放思想一直激励着我。我努力成为一位怀疑论者，努力地去诠释这个词的积极意义：我怀疑一切，但也拥抱一切。我没有一成不变的信仰。我的价值观随着阅历的增加而变化成熟——如果情况发生变化，我的信仰也随之而变。

我不再相信方法论——比如说，我不再相信福音传道。我不再相信羞辱是从某人身上榨取什么的手段。尽管我可能不会赞同某人的方法，我也认为我无权评价他人的需求。正如惠特曼所说，在某种终极意义上，我们都是孤身一人。也许会有人与你同行，但他人无法真正体会成为你的感觉。因而没人能告诉你必须如何理解这个世界，你也无法告诉别人必须做什么，或者必须成为什么样的人。

这种独一无二性让我们变得特别，使我们的个人感受充满价值，但也会让我们感到孤独。感到孤独不同于"独处"：纵使身处众人之中，你也可能感到孤独。我所说的这种感觉源于一种体会，即我们永远无法和别人分享我们是谁这个真相。对此我很早就有了强烈的体验。那时我也就六七岁，常常翻辞典找寻一些能准确表达我的感受的词，可从来都找不到。我能看明白一些因表达方法不同而有细微差异的词义。比如说，我能体会动词"坠落"（fall）和"弹射"（catapult）的不同，但当我伤心时，却找不到一个词表达我内心感受到的一切。我老是觉得语言能力有限，觉得从来没有清楚地表达过自己，从来没有。即使是现在，我也很难表达我的所思所感，以及我所看到的一切。

然而这种孤独是写作的动力，因为语言是我们拥有的最好的联结工具。我找到了一种方法来捕捉人物真实的样子，不止如此，它还能映射出我的真实感受。这就是显微镜式写作。将重点放在所有微小的细节上，人物形象便跃然纸上。每个人的观察视角都是独一无二的。我的工作便是挖掘那些形成个体意识的特别事件和联系。仅仅呈现某个人物在某个时刻的行为远远不够，我想呈现能说明这个行为的整个历史和语境。

一次，有人邀请我加入美国公民自由协会的荣誉顾问委员会。我很敬佩这个协会，也很看重他们所做的重要工作。但我说："你们看问题是宏观的、望远镜般的，而我看问题是微观的。"我着眼于细枝末节，那是故事开始的地方。我没有办法这么说——对于所有人，事情总应如此。概括总结不是我的思维方式。故事总是始于微观细节，不同特质组成了每个个体的生活。这才是我的领域。

写故事的时候，我需要开放地思考各种可能性，去写人物想什么、做什么，以及什么样的方式是合适的。对我来说，这样写作最好的方法就是手写。小说的初稿我都是手写而成。手写使我保持开放地对待故事中所有的特别场景和所有的小细节，它们加起来就组成了真相。

在创作一个故事的初期,以及尤其是中期阶段时,我大部分的工作就是确立人物在面对千变万化的环境和艰难困苦时所相信的东西。无论他们坠入爱河,遭遇死亡,抑或是认为自己濒临死亡——他们会怎样表现?又是怎样的经历让他们有那样的表现?我得开放地思考他们可能会有的信仰,以及他们在面对自己的生活环境时可能会采取的思维方式。正如惠特曼所说:"它可能在水上,它可能在陆上,它可能在任何地方。"我从不试着把自己局限于某条具体的道路上,反之,我让自己漫无目的地到处探险。

我最初的手稿总是一团糟。由于我会尝试各种可能性,所以我写的内容总是被混乱所主导。因此,我怎么才能知道我正朝着顺利的写作方向前行呢?如果对于我的小说人物来说,万事皆有可能,我又如何取舍那些有用的细节呢?

我刚开始写小说时,有人给了我一本铃木俊隆的《禅者的初心》。开篇是这样的:"初修者的头脑里,存在各种可能性,但专家头脑里几乎不存在可能性。"我要做的便是找回初学者的心境,尽可能地摒弃所有的设想和常规思路,抛下困扰,放弃引导我去设计故事方向的结论。带着预设和结论开始写作是危险的,这意味着将各种可能性拒之门外。如果我保持耐心和开放的心态,那么在某一时刻,我试图传达的那种无法言表的感觉,就会让故事自行朝着终点发展,无论终点在何处。

所以,我极尽所能地观察和留心那些显微镜下的细节。对此我有种练习的方法，那就是观察全家福老照片，把它尽可能地放大，逐个像素地看。这不是我们一般看照片的方法，一般方法是把一张照片当作完整的图像，而眼睛主要聚焦在中心人物身上。然而我会先盯着一个角落开始看，观察每一个细节。然后，最奇怪的事情出现了：我注意到了那些我从没注意过的东西。有时我会发现被人忽略的关键细节，它们对于我的家族故事至关重要。这个过程成了我工作方法的一个隐喻——近距离观察，认真观察，观察那些意想不到的地方，并且欣然接纳在此发现的一切。

因此，我的错误在于，在调研和写作中过于注意细节描写，而最终又会摒弃百分之九十五的内容。但我爱这样做，这也是写作过程的一部分，我从不认为这是浪费时间。写作时我从不知道我将会写成什么样，出于同样的原因，我从不对任何事情下结论，从来没有拥有过固定不变的信仰。面对我所相信的东西，我总是处于一种不断变化的状态，我的结论也不是一成不变的。当然，从讲故事的角度看，叙述总是要到达某个地方的，否则我们永远完成不了（或许有一天我会这么做，写一本只给自己看的书，把这个过程当作框架）。但我们还是得完成它，到那时，你就需要技巧的引导。你需要厘清混乱的内容，试试这样，试试那样，尝试一切，然后应用技巧。把所有手写的东西打在电脑里，它就是你的监工，那个挥舞着鞭子的人——你不能想去哪儿就去哪儿。你要坐在这间屋里，把烂摊子收拾好。

对于我来说，写作最重要的，是保持开放，对新想法开放，对其他框架开放，对一开始不明白的细节开放。我爱惠特曼说的

"它可能在水上"，因为水是我发现的新路径。我过去很怕水，从不下海，下了也是心怀巨大的恐惧。看不到水下有什么，这一点使我感到害怕。海洋如此广阔，似乎什么东西都有可能出现。

但我有朋友是海洋生物学家，他们发现了新物种，鼓励我去探索一下水底世界。六十岁生日之时，我去了一个遥远的海岛，在那里住了一个星期。我浮潜，尽可能多地观察事物。我甚至看见了鲨鱼！所有关于海洋的一切都成了一个游乐场。我想，我怎么能错失这么美妙、这么浩瀚的海洋世界呢？它可比我们居住的陆地大得多呀。对我来说这是个隐喻，暗示着我们的生活和工作中那些无法预测的各种巨大的可能性。

她是我的心灵之友。嘿,伙计,是她把我拼在一起。我零落散碎,她把我收集起来,拼成我应该有的样子。你知道,有个心灵之友般的女人真好。

——托妮·莫里森[①]《宠儿》

[①] 托妮·莫里森(Toni Morrison,1931—2019),美国作家,作品以对美国黑人生活的敏锐观察而闻名,曾获诺贝尔文学奖等荣誉,代表作有《宠儿》《最蓝的眼睛》《秀拉》《所罗门之歌》等。

精神之友

胡诺特·迪亚斯[①]

我第一次读托妮·莫里森是在罗格斯大学上学的时候。我对我的大学心存感激，也很想谢谢我的教授们，但要是说到大学期间我最最感激的事情，那还是读到了托妮·莫里森的小说，特别是《宠儿》。与任何其他作品相比，是《宠儿》让我成了现在的我。正是这本小说改变了我身体的DNA，改变了我创造力的DNA。

当时我十九岁，正开始慢慢接受我来自多米尼加共和国的非裔移民身份。在我生活的这个国家，人们对非裔群体的看法过于简单。因此，我开始思考我的个人经历，以及更广大的非裔群体（这里我用了最具有概括性的词）的历史。正是处于那样一个思想的转变期，在一场历史的、哲学的和本体论的思想风暴中，我

[①] 胡诺特·迪亚斯（Junot Díaz，1968— ），美国作家，曾获普利策文学奖等荣誉，代表作有《沉溺》《你就这样失去了她》等。

读到了《宠儿》。

《宠儿》是一本关于黑奴的小说。那场被我们称之为奴隶制的骇人听闻的灾难的确发生过。而浩劫过后对此的讲述，则是关于如何带着灾难后遗症继续生活。当然，这也是对当下美国的一个描述。而这本小说之所以依然具有如此强大的感染力，是因为它表明了那些看似遥远的情境其实就在我们面前。《宠儿》至关重要的一点，也是它如燃烧的星星一般持续地在我内心闪耀的原因，在于它与我们对忘记奴隶制度的看法有关。

对于我们这些非洲人后裔来说，重构从来都没有停止。那种认为它只是历史上一个分离的片段，可以将它划掉，继续前行的想法是荒唐的。我们所有人，不管是否是非洲人后裔，都在努力捡拾历史的碎片。但作为一个国家，我们却说过去的就让它过去吧，这里从没发生过罪行。不经过艰难且必要的治愈过程，我们就宣称我们很健康。这也是我们常常被过去的鬼魂纠缠而不得安宁的原因。

小说中的人物被历史的噩梦纠缠，如同当今社会被我们不愿承认的历史的噩梦搅扰一样。《宠儿》表明了这样一个主题：除非我们与过去建立起一种真实而坦诚的关系，除非我们刺穿这种集体性失忆的遮掩，除非我们不再一次又一次否认它的存在，否则我们将无法拥有未来。这部小说唯一谈到未来的时候，是人物最终开始与过去和解的时候。

莫里森在其中某处写道："解放身体是一回事；宣称真正拥有自由之身则是另外一回事。"《宠儿》的中心问题是：那些被梦魔般的历史困扰的人们，或是作为个体，或是作为群体，该如何以一种有意义的方式组装、重装和重构自我呢？

这个问题出现在小说倒数第二章的最后几页，它发生在小说的主人公——"甜蜜之家"农庄的幸存者（从某种方面也可以说是美国的幸存者）塞丝和保罗·D的最后一场对话中。经历了一切不幸后，塞丝已处于崩溃边缘，彻底绝望，卧床不起。保罗·D试着鼓励她坚持下去，想诉说对她的感情，由此他回想起好朋友西克索向他描述过自己爱过的一个女人。每个周六工作结束到周一早上开始之前，西克索都会冒着生命危险开始三十英里的旅程，就为了看上她一小时。关于这位"三十英里女人"，西克索说：

> 她是我的心灵之友。嘿，伙计，是她把我拼在一起。我零落散碎，她把我收集起来，拼成我应该有的样子。你知道，有个心灵之友般的女人真好。

这种重组，这种从散落的碎片中再创一个自己的行为，是个体无法凭借自己做到的。西克索需要"三十英里女人"帮助他重塑自己。这一片段再次强调了一种观点，即不管是个人创伤还是集体创伤，任何一种治愈都是在与别人的合作中产生的。治愈创伤需要和别人产生关联。我们通常会认为一个人可以通过坚强意志治愈自己，但我的经历让我更加同意这个段落里的观点：我们需要他人的帮助，我们需要人际关系，需要感觉自己与他人相通。

这个段落不仅阐明了对这部小说至关重要的一种更广阔的哲学理念,还描述了艺术的伟大作用:拾起你的碎片,将它们按照正确的顺序重组,再完好地交还于你。文学也能通过与我们产生联结而治愈我们。如果与一个相识不久的人产生的关系可以永久地改变我们的生活,为什么一本书不可以呢?

作为一位非裔多米尼加移民,在文学中找到一个"精神上的朋友",一个对我的存在没有敌意的人,实属不易。你读了一本书,最终却意识到它并不友善,并不尊重像你这样的人,它还反映出诸多偏见,诸多政治暴力和语言暴力,让个人或群体饱受痛苦。你会很吃惊地发现这种经历再普遍不过。这就是我在上大学之前、在我开始接触非白人作家写的书之前的经历。我那时读的大都是主流书籍,而主流的作品对我这样的人是充满敌意的。在一本又一本书、一篇又一篇文章中,我时不时就会看到一个让我倒胃口的笑话,或读到直戳心肺的段落。我有无数的非白人朋友,住在一个非白人社区,当我阅读的时候,总是会感到一阵阵尖锐的痛苦。我意识到我读的这些作家和他们的作品并不是我的朋友。

第一次读到这个段落时,我意识到我找到了这些年一直在搜寻的精神之友:一个不把我看作伤脑筋的问题、不把我看作怪物、不抹杀我的存在、以我为中心、认为我很重要的人。我敢肯定莫里森是我的第一位精神之友。作为艺术家,我也试着创造《宠儿》曾给予我的礼物。我试着写书,希望它会成为某些人和某些群体的精神之友。我怀着这样的希望去写作，希望有人能意识到，他们并非孤立无援。在文学之中也有这样的社群，就和我们在生活中拥有的社群一样。

在很多方面，《宠儿》让我得以窥到巨大文学宝库的一角。在这之前，我对文学的涉猎非常有限。这并不是说在遇到莫里森之前，我是一块空白的白板。我曾经也有很多当今文化强行灌输给大众的那些愚蠢的想法和偏见。比如认为伟大的文学作品只存在于没有穷人的地方，只存在于没有有色人种和移民的地方。这便是我所热爱且感兴趣的伟大艺术作品：它开辟了新的空间，那些现实社会中不曾存在过的空间。

很重要的一点是，莫里森精神之友的原型是"她"。莫里森承袭了黑人女作家和其他非白人女作家写作的传统。非裔女艺术家和非白人女艺术家的重要性是不言而喻的，她们赋予我们作为文化的工具，让我们去描述、探讨我们自身和我们所在的社群，去发现其中的问题所在。她们创造了新的哲理和生活，来应对那个把非白人女性边缘化、妖魔化并企图摧毁她们的社会。她们的创造改变了公民身份，改变了伦理道德，改变了文学，改变了理性，也改变了存在。对我们所有人来说，她们都极其重要，都是无价之宝。

托妮·莫里森让我得以追寻传统，因为她也是这个群体中的一员，也在他人的作品中找到了友谊和支持。许许多多的非白人女性作家、许许多多的非裔女性都成了我的精神之友，都帮助过我重组自己，也在文学之旅中指引过我。不管我们讨论的是托妮·莫里森,还是切里·莫拉加[①]、格洛丽亚·安扎杜尔[②]、格洛丽亚·内勒[③],或是任璧莲[④]、汤亭亭[⑤]、保拉·马歇尔[⑥]、埃德维奇·丹蒂卡特[⑦]、桑德拉·希斯内罗丝[⑧]、阿兰达蒂·洛伊[⑨]、奥黛丽·罗德[⑩],她们都是我在文学中当之无愧的精神之友,我一生都在同她们和她们的作品对话。

再说回《宠儿》吧。小说最后一个场景是保罗·D在安慰塞丝。她为失去了"最宝贵的东西"——她的孩子宠儿——而恸哭不已。为了使宠儿免遭沦为奴隶的痛苦,她亲手杀了自己的孩子。回忆着西克索有关"三十英里女人"的话,保罗·D意识到:

他想把自己的故事与塞丝的故事放在一起。

[①] 切里·莫拉加(Cherríe Moraga,1952—),美国作家、诗人、剧作家,代表作有《心之故乡》等。
[②] 格洛丽亚·安扎杜尔(Gloria Anzaldúa,1942—2004),美国作家、学者。
[③] 格洛丽亚·内勒(Gloria Naylor,1950—2010),美国作家,代表作有《妈妈日》等。
[④] 任璧莲(Gish Jen,1955—),美籍华裔作家,代表作有《梦娜在应许之地》等。
[⑤] 汤亭亭(Maxine Hong Kingston,1940—),美籍华裔小说家,曾获美国国家图书奖等荣誉,代表作有《女勇士》《中国佬》等。
[⑥] 保拉·马歇尔(Paule Marshall,1929—2019),美国作家。
[⑦] 埃德维奇·丹蒂卡特(Edwidge Danticat,1969—),海地裔美国作家,代表作有《呼吸、眼睛、记忆》等。
[⑧] 桑德拉·希斯内罗丝(Sandra Cisneros,1954—),美国作家、诗人,代表作有《芒果街上的小屋》等。
[⑨] 阿兰达蒂·洛伊(Arundhati Roy,1961—),印度作家,曾获全美图书奖和布克奖等荣誉,代表作有《微物之神》等。
[⑩] 奥黛丽·罗德(Audre Lorde,1934—1992),美国作家、诗人、女权主义活动家,代表作有《煤炭》等。

> 他说:"塞丝,我和你,我们拥有的昨天比任何人都多。我们需要有某种明天。"
>
> 他弯下腰,拉住她的手,另一只手抚摸着她的脸。"你是你自己人生最美好的存在,塞丝,你就是。"他与她手指紧扣。
>
> "我吗?我吗?"

在感到困惑的时候,我就会一遍遍读这个片段。对于《宠儿》最后一问"我吗?我吗?",小说没有给出答案,但读者一定会有自己的答案。这个问题显然具有多重含义。对我来说,不仅仅是故事中的塞丝,而是我们全体非洲裔在问:"我吗?我吗?"我们愿意努力治愈创伤,来为自己创造一个明天吗?治愈的第一步是承认疾病的存在,评估病情,统计错误。《宠儿》不仅向书中的人物,也向读者提出了这个问题,这对我来说极其重要。直到那时,我才明白小说或文学作品可以向读者提出什么样的问题。直到那时,我才明白读者不仅仅是文学作品的被动消费者。莫里森使我懂得,文学不仅可以邀请读者创造世界,还可以让他们参与更深层次的行为,比如说治愈创伤。一本由被历史摧残的人写就的书,一本献给被历史摧残的人的书,会成为一个治愈空间,这一点是我读《宠儿》之前不会想到的。

读完这本小说,我便不再是从前的我了。我完成了自己的三十英里旅途,回来后成了一个全新的人。我想从艺术作品中得到什么?作为一个富有创造力的人,我又最想创作什么?当我思考这些关于艺术的志向时,是《宠儿》在指引着我前行。

十二年前,驰利第一次来到迈阿密海滩时,他们经历了一次严冬,这之后,又断断续续有过几次:那天华氏三十四度,他和汤米·卡洛在南柯林斯的维苏威饭店见面,一起吃午饭,他的皮夹克被扯掉了。

——埃尔莫·伦纳德《矮子当道》

握手

威廉·吉布森[①]

对我来说,写下小说的第一行就像是在一个金属坯上挫一把钥匙,用来开启一扇尚未存在的大门上的门锁。这是一件不可能的事,却非做不可,或者至少得完成得差不多才行,否则接下来什么也没法进行。那堵白墙(以前是纸做的,现在是像素构成的)只会对正确的钥匙敲开,或至少是某个类似的东西,所以我不停地挫磨,通过写作,永无止境地挫磨下去。

如果在我的电脑上装一个键盘记录器,然后观察,快进,随着第一行文字不知怎的渐渐成形,我就会想起中世纪的重写本,那种用字迹一遍遍覆盖字迹的魔力,在我这里原来的字迹倒不会消失不见,尽管可能性微乎其微,那第一个笔划仍挣扎着打破那

[①] 威廉·吉布森(William Gibson,1948—),加拿大作家,被称作"赛博朋克"之父,曾获雨果奖、星云奖与菲利普·K.迪克奖等荣誉,代表作有《神经漫游者》《旧金山》三部曲等。

堵白墙。

我知道不是所有作家都这样写作，但有些人会这样。对我而言，则别无选择。我成年后试着写下的第一篇故事就只有一句话。我秘密写了好几个月，搜肠刮肚，竭力想写出一个语气严肃的句子，呈现出 J. G. 巴拉德[①]的风格。我倒是的确完成了那个开篇句，而且从没有忘记过它。（"每天下午，坐在昏暗的放映室中，班纳曼把电影学院那位领导定的数字看作催眠魔咒，让电影如梦一般继续。"嗯。）后来我有些明白了，我的开篇句，只是个开篇句而已，什么也没开始。我想这本应是整个故事，本应是次成功的尝试。

我希望这个开篇句花了我多少心力不会太明显，但后来我发现真不能确定埃尔莫·伦纳德开始写《矮子当道》时，花了多长时间去琢磨那一句"十二年前，驰利第一次来到迈阿密海滩时，他们经历了一次严冬，这之后，又断断续续有过几次：那天华氏三十四度，他和汤米·卡洛在南柯林斯的维苏威饭店见面，一起吃午饭，他的皮夹克被扯掉了。"这句话看似平常，却表达了他想说的一切。该死，如果要我写出这么漂亮的开篇，那得花上好长好长的时间。他是个天才，很擅长去掉句中多余的内容，连标点符号都不会放过。依我的经验来看，那可是个费力活。

作为写小说的新手，我总是为开篇头几句乱忙一气（当然还有题目，我一开始以为在写第一行时就得想好）。我想，这种忙

[①] J. G. 巴拉德（J. G. Ballard, 1930—2009），英国作家，科幻小说新浪潮代表人物，代表作有《摩天楼》《撞车》等。

乱是因为我感到一种需要，需要有点什么可说的，什么都行：还未写成的全篇中的任何一部分。今天，这对我来说仍不简单，我觉得这应该是件更自然的事。如果写作就像制作小提琴，如一位工匠所说，先找到一块木头，然后剔除不属于小提琴的部分，那么作家还得同时造出木头，如同灵外质现象一般。用拙劣又杂糅的比喻来形容，开篇句就是这块木头的分形体现。开篇句必须说服我它已经包含了整部还未写就的文本。这是个极难的，甚至根本不可能的任务，但无论如何，我做到了。一旦开篇第一句成功地让我相信了那尚未存在的实体的完整性和价值所在，我就可以继续写下去。

实际上，《边缘世界》的开篇是另外一种情况。我很长时间写不出第一个句子。听上去可能有些疯狂，但一开始我想象的场景是，在美国某个郊区，一个年轻的女人下山去寻找水源。我不知道我为什么这么想。我不知道她是谁，那是哪一年，或她想上哪儿去。我只有这么一个画面感：这是个有些贫穷的郊区。

我写了一长段开篇，在大概两年多的时间里，它时而被分成两三个段落，时而又被并回一个长段。我不停摆弄着它，第一段里的几个句子被轮流用作首句。

终于，我定下了小说开篇的第一句，尽管它几乎每天都会发生小小的突变。并不是因为我有意识地选择，而是因为它在我写与重写的古怪过程中自然浮现了。

回想起来，我想我是在寻找这本书的声音。我坚信每本书都有自己的声音，而我得把这个声音找出来。

在这本书里，我找到的声音就在它的第一句里：

> 他们认为弗莱妮的哥哥没有创伤后应激障碍，只是有时触觉会对他有些干扰。

当读者第一次读到这句话时，会觉得很奇怪，完全无法理解，可是它会帮助我们进入场景。这个表达方法不是正式的英语，甚至不是正式的美式英语，而是非常口语化的美式英语。它将与你尚未谋面的书中人物置于美国传统中。（《哈克贝利·费恩历险记》的第一句也有类似的作用，只不过当年那么写比我现在这样写要激进多了。）

《边缘世界》里有两个人物视角，因此小说也有两种不同的声音。当你把全书开篇第一句和第二章的第一句（描写另外一个视角人物的第一句话）进行比较时，你会发现自己突然置身于完全不同的语言中。

> 内瑟顿在雷尼的魔符下醒来，眼睑下的脉搏以一颗平静心脏的速度跳动着。

撇去奇幻感不说，这无疑是英式英语，至少是仿英式的，还带一点新维多利亚式风格。

这两句话有一些共同之处：都包含了对第一次读他们的人来说不熟悉的词语。有人第一次读这本小说时会不明白"触觉"

是什么，也不清楚符码是什么，搞不懂某人"短路"是什么意思——这些是这本小说独特语言的一部分。要弄懂这些，更好地理解那些包含这些词语的句子，你就得继续读下去。

我认为，作为读者，当我在书店打开一本书看到第一行时，有些事物是否会与我产生关联便已注定。"一个寒冷晴朗的四月天，钟敲了十三下"：我会马上买下这本书，尽管我没这么做，因为奥威尔的《一九八四》已经成了经典。杰克·沃马克[①]的《无意义暴力的随机行动》也让我听到了这样的敲击声："妈妈说我的脑袋是夜晚的脑袋。"作为作家，我当然希望读者一打开我的小说，也能听见这样的声音，但更重要的是我自己要能听到它，实际上这对我是不可或缺的。

写这篇文章时，我从身边的书架上听到了敲击声，那是三个开篇句，风格各不相同：

> 什么样的人间灾难，也比不上一个爱尔兰人在国外被击垮。
> ——约翰·麦克拉克伦·格雷[②]《尚未死去》

> 那我们就开干吧，那个法布里克在你面前就是那德行，你写的时候，脑袋怎么也得记住整个是个什么样子。

[①] 杰克·沃马克（Jack Womack，1956— ），美国作家，以推想小说见长，代表作有《无意义暴力的随机行动》等。
[②] 约翰·麦克拉克伦·格雷（John Maclachlan Gray，1946— ），加拿大作家、作曲家、剧作家，代表作有《尚未死去》《人类中的魔鬼》等。

——彼得·阿克罗伊德[①]《霍克斯默》

去祸害秋天的城市。

——塞缪尔·德拉尼《代尔格林》

摆在我们面前的每个句子都以一种全新的语法形式展现在我们面前，词句以我们无法理解的方式组合在一起。然而这种有意的隐瞒会让你在读到它的时候产生兴奋的感觉。我作为读者最开心的事之一，就是被拽进一个复杂且精心设计的故事里。因为对于要发生什么毫无线索，我会立马开始想办法去探寻究竟要发生什么。这和读侦探小说的乐趣有些相似，但更像是"这他妈是什么"的那种趣味。

用陌生的语言把读者拉进一个陌生的世界，让他们自己去寻找真相，这已经成了我的第二天性。在二十世纪八十年代初开始创作短篇小说的时候，我一定就想到了这一点，并开始完善我日后将使用的工具箱。通过思考自己最喜欢读的作品，加上不断试错，我才学会了这一点。我爱看那些有所保留的书，喜欢需要我们付出耐心去读的小说。这种特质似乎是我的阅读乐趣中十分重要的一方面。

当然，你还是要避免某些模棱两可的东西。十几岁时，我常常读到一些缺乏想象力的科幻小说结局，这令我非常沮丧。当

[①] 彼得·阿克罗伊德（Peter Ackroyd, 1949—　），英国传记作家、小说家、评论家，代表作有《伦敦：传记》等。

然有很好的科幻作家，但我也遇到过很多懒惰和缺乏想象力的作家。我现在还记得有个故事让我很生气，开头是一个人透过不知什么的舷窗往外看，看到一个穿着银靴子的人被飞机压扁了。"银靴子"这几个字彻底激怒了我。它们是带银边的吗？它们是纯银做的吗？我到底应该看到什么？最终作者也没有作出解释。我想说的是这个作者既不知道要怎么写，也不在意该怎么写。他根本就没写好。

有意的模棱两可和懒惰的写作完全是两码事。可是神秘性与明晰性之间该如何平衡？这两者之间的张力是科幻小说的一个关键问题的结果：我们使用已有百年历史的自然主义文学创作技巧去描绘想象中的未来。这也是我一直想实现的一个重要部分，但它也向我们提出了挑战。作为作家，你想描述一些事情，使它们拥有不言而喻的效果。但描写未来的时候，不管你写得多么好，那些事物、思想和感受对读者来说都是不熟悉的，因为它们不是真实的。

创作《边缘世界》的时候，我的本能是打一场严密的科幻高尔夫，也就是说我要避免笨拙的解释或背景介绍，即使是处理读者难以理解的技术和术语（因为这些东西根本就不存在）时也要如此。重要的是避免被科幻小说家形容为"如你所知，鲍勃"式片段，作家往往以这样的方式给读者灌输大量信息。解决这个问题是件开心的事。除此之外，简洁、平实的描述会更有利于角色的塑造。在实际生活中，人们思考问题不会用那么多的副词和形容词。同时我也认为，对一些信息有所保留是对那些会回看和重读的读者的奖励。所有的这些小谜团在第二次通读的时候会发挥不同的作用。

当然，这个方法并不适合所有的人。我一直在做一些作家不应该做的事，那就是在亚马逊网站上看我新书的读者反馈。有时候，我会读到这样的评论："讨厌死了！怎么那么多俚语，我难道应该知道这些都是什么意思吗？"因此我的方法对一些读者并不适用。但我的观点是一部小说不会一切都完美，同时每个人还都能读进去。

按玛格丽特·阿特伍德[①]的话说，严格遵循科幻小说的写作规则是一种冒险，任何完全凭借想象创作科幻小说的作家都有这个风险。复杂精细的科幻小说需要一种文化结构上的阅读技巧。作为资深的小说读者，我们忘记了曾经自己并不知道该怎么阅读小说——我们得通过文化教育来获得这种技能。好的科幻小说也是如此，我们需要一种文化经验的框架来读懂并享受这些作品。作为读者，我期待遇到这种严密的想象文学——但任何一位这样写作的作家都要冒险，他们可能会失去一部分潜在的读者。

我有时怀疑自己写的开篇句（不管是有意还是无意）很可能会赶走（说得温和一些是警醒）一部分读者，他们很有可能对接下来的内容并不感兴趣。说真的，我怀疑自己有时就是用这种方法写完了开头几章，现在，我会有意识地避免这样写。

---

① 玛格丽特·阿特伍德（Margaret Atwood，1939— ），加拿大小说家、诗人，曾获英国布克奖、加拿大吉勒文学奖等荣誉，代表作有《使女的故事》《证言》等。

无论如何,开篇第一句都是作者和读者的一次握手,是作者和读者的一次照面。读者和作者握了手,而作者已经在创作时和未知握了手。假设双方都听到了那个敲击声,我们就能继续前行了。

最重要的事情总是最难说清楚。你羞于提起，因为语言使它们变得不那么重要……你或许做些出格的事，让你付出沉重的代价，你说的时候几乎哭了，可是大家只是滑稽地看着你，根本不明白你在说什么，或者说不明白你为什么会认为那事那么重要。我想这是最糟糕的。秘密紧锁，不是因为需要一个叙述者，而是需要一只听得懂的耳朵。

——斯蒂芬·金《尸体》

我想说的一切

卡勒德·胡赛尼[①]

大学一年级的时候,我找到一份保安的工作。这是圣克拉拉市的一家高科技公司,能看到工程师们进进出出。白天我坐在前台登记访客出入,检查他们随身携带的包。我也经常倒夜班,晚上十一点上班,早上七点下班。我得一个人巡视整栋大楼,四周一片漆黑。我一个小时巡逻一次,其他时间就待在前台。

在白天看书就如同噩梦一般,摄像头像老大哥一样盯着你。如果你悄悄把书放到腿上,就会收到老板不知从哪儿打来的充满警告意味的电话:"小子,把那个拿开。"相比之下,值夜班是做作业和看书的好时光——但你不应该干与工作不相干的事。可是这非常残忍:一整夜一个人熬着,什么都不干,只盯着监视屏,看着空无一人的停车场。幸运的是,夜里就没人监督我做什么

[①] 卡勒德·胡赛尼(Khaled Hosseini, 1965—),阿富汗裔美国作家,曾获联合国授予的人道主义奖,代表作有《追风筝的人》《灿烂千阳》《群山回唱》等。

了，所以我就在上夜班的时候学习、看书、写短篇小说。（或许这回，也就是三十年后，我这一通坦白会给自己招来麻烦。）

我不记得怎么就拿起了《肖申克的救赎》，但这本书的确是我上夜班时读的。我完全被它征服了。我尤其印象深刻的是一篇名叫《尸体》的短篇。故事讲的是一群孩子到树林里寻找一具尸体。我发现自己对孩童即将脱离童稚的那个阶段特别感兴趣。十二岁的时候，一只脚还留在童年，另一只脚就已经要迈入一个崭新的生命阶段了。你对这个世界的天真理解逐渐转变为一种更为复杂、混乱的看法，一旦迈出这一步，你就无法再回头。斯蒂芬·金出色地捕捉到了这一点，同时赋予故事中的孩子们以人性。等他们回到家，每个人都彻底改变了。四个男孩都不再是原来的样子了。

我读着这个故事，并不知道有一天我也会写类似的题材。我写了大量关于孩子的故事，三本书都是如此。早年生活经历是如何萦绕心头，在接下来几十年的人生中一次次再现，出现在现实生活中，甚至塑造了你最终的样子，这一点令我感到痴迷。如同其他我知晓的小说一样，《尸体》捕捉的便是这个概念。这个故事深深感动了我，今天依然也让我感动。

很多年以后，我发现这个故事的精彩开篇有着多层意义，而当时我作为一个年轻人和还没出版过作品的作者，并不能完全理解。故事中的成年叙述者戈登回想起自己的童年，害怕不能说清楚自己想要讲的故事：

>最重要的事情总是最难说清楚。你羞于提起，因为语言使它们变得不那么重要。文字让那些原来在你脑袋里无休无止的事情缩水了，讲出来的时候缩水到和他们在生活中的样子一样大。但是本来应该大很多，不是吗？最重要的事物离你隐秘心灵的埋藏之处太近了，就像你为敌人觊觎的财宝所做的标记。

第一次读到这些话时，我已经二十岁了——不再是少年，但肯定还年轻。在那个年纪，你尤其会觉得这个世界不理解你——要是人们能直直看进你内心，看到你其中包含的一切，那该有多好！这个段落表达了我的心声，我们是多么孤独啊。我们完全生活在自己的思想中，那个走在街上打招呼、握手的只不过是类似于我们内心的自我而已，我们呈现在大众面前的仅仅是我们内在自我的相似物而已——我们呈现给现实世界的只不过是压缩和扭曲的自我。因为那些对我们最为重要的事物往往最难表述。我年轻时第一次读到《尸体》时就是这种感觉。

现在我意识到了当时尚不明白之事：这一段是我读到过的关于作者身份最真切的叙述之一。你之所以写作，是因为你脑海里有个想法，它那么真切，那么重要，那么实实在在。然而当这个想法经大脑层层过滤，通过你的手写到纸上，或敲到电脑屏幕上时，它却已经扭曲变形，缩小走样。幸运的话，你写出来的东西也就只是你真正想说的话的相似物。

每当出现这种情况，便是在提醒你作为一个作家的局限性。

这会令人十分沮丧。我写作时，有时脑中的想法能不受干扰、完好无损地呈现在屏幕上，如同穿过玻璃一样清澈明晰。那一刻的感觉令人欣喜而陶醉，我觉得我的表达如此准确、如此真实。可是这种事不会经常发生。（我想也许有些作家能一直这么写，这也是伟大的作家和还不错的作家之间的区别。）

甚至我已完成的作品也只是我想表达的东西的相似物。我试着尽可能地缩小我真正想说的和最终写到纸上的东西之间的差距，但差距一直都在。这实在太难了，也真让人羞愧。

你还得考虑另外一个层面。很有可能你不能完美地表达自己，不过你的读者也不是一群完美的听众。戈登也表达了这种焦虑：

> 你或许做些出格的事，让你付出沉重的代价，你说的时候几乎哭了，可是大家很滑稽地看着你，根本不明白你在说什么，或者说不明白你为什么会认为那事那么重要。我想这是最糟糕的。秘密紧锁，不是因为需要一个叙述者，而是需要一只听得懂的耳朵。

我们惧怕被误解，而有时也的确会被人误解。最强烈的人类情感也很难以一种不折损它们，不使你出洋相的方式去讲述。与其冒险让自己出丑，被人误解，不如把这些情感保护起来，藏于内心，这样不是容易得多！

但艺术正是为此而生——为读者和作家克服各自的局限和遇见真知而生。感觉很神奇，对吗？有人能说出你内心深处那些被迷雾包围、难以穿透的东西，还说得那么清晰，那么优美。伟大的艺术可以穿透迷雾，直抵你的隐秘心灵。它令你直面自己，直面内心深处。这种体验是启示性的，又具有无与伦比的动人魅力。你觉得自己被理解，被听到。这就是我们需要艺术的原因——它让我们不再那么孤独。我们的确不是独自一人。你看，透过艺术，其他人也和你感同身受，这样你就会感觉好些。

我很小就开始写作。从能拿起笔来的时候，我就开始写作了。我喜欢那种试图说出心中的话、创造出我觉得真实的事情的感觉。我永远都不会停止写作，不会停止培养加深这种与生俱来的冲动。与此同时，知道有人读过我的作品，对我来说是一种难以置信的荣誉和愉悦。你收到一封充满激情的信，它告诉你，你写的东西是如何真真切切地触动了他人。这对于收信人来说是多么美妙的礼物啊。对一个作家来说，没有什么是比这个礼物更好的回报了。

不要思想,去梦想。

——理查德·鲍施[①]《亲爱的作者》

[①] 理查德·鲍施(Richard Bausch, 1945—),美国作家,代表作有《平静》《感恩节夜晚》等。

不要思想，去梦想

安德烈·杜伯斯三世[1]

很多年前，我读过一本书，标题是《给一个小说家的信》。约二十位著名作家受邀为人们提出最好的建议。其中有很多有分量的忠告，给大家提供了真正智慧而有益的建议。然而多年过去，只有一句话一直萦绕于我心头，如同咒语一般，那便是理查德·鲍施的一句话：

不要思想，去梦想。

我们生来便拥有梦想。每个人都如此。并且我确实相信好的小说与梦想诞生于同样的地方。这是我从多年写作中得出的结论。我认为，想要进入别人的梦中世界是一种人人都有的普遍冲

---

[1] 安德烈·杜伯斯三世（Andre Dubus III, 1959— ），美国作家，代表作有《走得太远》《如此善良》等。

动，这就是小说的样子。作为一名教授写作的老师，如果只能对学生说一点，这便是我要说的内容。

接下来我想谈谈编造和想象的区别。编造故事和想象故事是有很大不同的。当你以一种符合逻辑的方式想出一个场景，那是在编造故事。你会想，"我需要故事这样发生，然后才会发生其他的事"。这展现了你对素材的操控。我认为这不太具有艺术性。很坦白地说，不管写得再怎么漂亮，这都会导致你的作品显得刻意。你能在这种写作中听到错误的音符。

这也是我开始写作时遇到的主要问题：我想表达点什么。刚开始写作时，我有一种高度的自觉性。我写下一些故事，希望它们都能表达某个主题，或表现出我苦苦思考得来的哲理性。后来我才明白，至少这对我来说是死路一条。写作应该由外向内，而不是由内至外。

在我写作生涯初期，当然也是我发表作品之前，我开始懂得如果抛开这些有意为之的东西，人物就会自己鲜活起来。这让人兴奋，甚至还有点儿令人恐惧。如果允许人物去做他们要做的，想他们要想的，感觉他们要感觉到的，一切就会自然而然地发生。这真是一种迷人而激动人心的炼金术。这些年来，我便是为感受到这种颤栗而写作：感觉故事自己开始成形。

所以这些年来我学会了让故事顺其自然地发展，如自由落体般。然后，你会开始写一些你从没想过要写的东西。故事开始在你的笔下成形，以你未曾想过，甚至不理解的样子出现，而这个时候也就是作品的心脏开始跳动之时。

好了，我知道引用鲍施的话是一回事，可是"用语言做梦"，又他妈到底是什么意思？我想是这样的。我们可以选择使用具体而不是过度抽象的语言。我们可以学习使用主动性动词，少用被动性动词。动用五种感官知觉中的至少三种去触发一个场景。这一切都可以通过他人的教导或读书自学而习得。这些都是你工具箱中的东西。但如果作者不是真正对他/她要写的东西怀有好奇的话，这个工具箱永远都不会被打开。对我来说，这才是至关重要的。福克纳[①]晚年时曾被问及作家最需要的品质是什么，他回答说不是天赋，而是好奇心。他的话我熟记在心："洞察力、好奇心，去探究、去琢磨、去苦思冥想，揣摩那个人为什么要那么做。如果拥有这些品质，有没有天赋都无关紧要。"

所以你可以用好奇心做梦，足够的好奇心可以使你写出你的叙述之眼所看到的事物。我很喜欢E. L. 多克托罗[②]的一句话。他实际上是在说"写小说就像是开夜车。你只能看到车灯照及之处"，但你要继续前行直到你抵达目的地。这些年来我学会的就是写出我在车灯前看到的东西：那是黄色还是白色的条纹？路边是什么东西？那里有植物吗？哪种植物？天气如何？那个声音是什么？如果我捕捉到沿途所有的体会，小说结构就会开始自行呈现。我塑造故事的指导力量和准则就是跟着这道光线走。小说结

[①] 指威廉·福克纳（William Faulkner, 1897—1902），美国文学史上最有影响力的作家之一，曾获诺贝尔文学奖等荣誉，代表作有《喧哗与骚动》《八月之光》《我弥留之际》等。
[②] E. L. 多克托罗（E. L. Doctorow, 1931—2015），美国作家，代表作有《拉格泰姆时代》《比利·巴思盖特》《世界博览会》等。

构就是如此显现出来的。

你不仅要对感官知觉和物理世界充满好奇，对人物也应如此。如福克纳所说，"揣摩那个人为什么要那么做"。或者如弗兰纳里·奥康纳[1]的一句名言所说，"作家不是围绕人物写作，而是和人物一起写作"。又如尤多拉·韦尔蒂[2]所认为的那样，至高的艺术行为是深入对方的皮下，和人物一起写作。写作的大多数时间里，每隔十天八天，我就会觉得自己在和人物一起行动，他们四处活动时，我就是寄居于他们胸腔内的奇怪观察者。我想这就是许多作家写作的原因，就是为了这种感觉。这当然也是我写作的原因。

我用铅笔写作。每隔一个词就删掉一个。我删去那些词，不是因为它们落入俗套，也不是因为它们不好，而是因为它们不能反映人物的真实性。我在写一句话时，会进行一系列微观层面的措辞选择，试图找到我真正想用的那个词，那个可以反映人物真实性格的词。那就是她在那家酒吧里闻到的气味吗？那就是雪落下时她在车里看到的那盏灯吗？那就是她真的听到、想到、感觉到的东西吗？

如今，这种感觉好些日子都没有出现了。我不得不说大多数日子都不会有这种感觉。每隔十天八天我可能会有一段写作的好时光。当然不是说这几天我就什么都不干。这有点像是和别人在

---

[1] 弗兰纳里·奥康纳（Flannery O'Connor，1925—1964），美国作家、评论家，代表作有《好人难寻》《智血》等。
[2] 尤多拉·韦尔蒂（Eudora Welty，1909—2001），美国作家，曾获普利策奖和美国国家图书奖等荣誉，代表作有《乐天者的女儿》等。

黑暗中跳舞，你在灯影中看到她的脸庞一闪一闪。另外一些日子里，你则会看到月光倾洒在她脸上。这些日子就是我为之写作的日子。

我是那种会一直不断重写的作家。有时只要我感到稍微有点不对劲，我就不能写下去了。即使是一个人物说了我不太相信的事情，做出我认为不太合理的举动，我都没法继续写下去。我已经艰难地认识到一本小说就像一栋十二层的高楼，如果第四层有一块砖垒错了，就意味着后面盖的八层都得拆掉。当涉及写作内容的真实性时，我就成了一个狠毒的、毫不留情的重写者。

起初，像做梦一样把你的故事预先过一遍是非常有用的——用这种方法写第一稿或者头两稿。然而一旦开始修改，你就得改变方法。鲍施应该是第一个这样说的人，他说一旦你把一切都梦上一遍了，就得再试着像医生看X光片一样看一遍你写的东西。你需要严格而警惕。在第二个阶段，你会更理性、更有逻辑地对待你梦见的东西，同时尽可能真实地去处理它们。

所以一旦我写下了开头、中间部分、结尾，我便会远离它们至少六个月，不再看一眼。至少要六个月。修改就意味着"再看一遍"。如果你十天前刚看过，你怎么可能再看出什么呢？不可能。再隔两个季节吧。那时候等你拿起来再去读它，你可能真的已经忘记了一部分情节。你忘记了曾经写得很辛苦的那十二页，对待它们也会更严格些。这时你看到的东西更接近读者将要读到的东西。

在这一阶段，我寻求的是戏剧性的张力、情节的推进，以及坦率地说，美。我试图让故事本身尽可能真实。这便是情节开始发力的时候。这里我说的情节不是一个名词，而是一个动词，是对事件和材料的精心铺排。对此我真的是毫不留情。我并不在乎是否已经花了一年的时间从第一页写到第九十六页。如果我在第九十三页上感觉到了能量所在，那我会想，这才应该是第一页吧？那前九十二页就都不要了。比起犹豫不决的人，毫不留情的修改者更可能写出真正的好作品。这可能就是一本好书和一部伟大作品之间的差异。

要达到这种理想的状态很难，而且需要极大的勇气。我认为在没有具备两种品质之前，这是无法做到的。这两种品质是诗人威廉·斯塔福德[①]教会我的，他说："写诗之前诗人必须先敞开自己，学会感受。"在斯塔福德看来，有两种情况能够表明你正处在这种开放的状态中——一、不管发生了什么，你都乐于接受；二、你并不介意失败。可是大部分美国人都讨厌失败。我想人们不愿意面对自己真实的生活状态，是因为他们害怕失败——他们不愿意冒险。对此我表示理解。这样非常冒险，是写作中令人恐惧的疆域。但这是我唯一能做的。说真的，只有这样写，我才觉得自己还活着。

通常我都会这么做。首先前往位于我家地下室的办公室，那里就像是一个完全隔音的洞穴。（不过我也会在旅馆和飞机上写作，所以在哪儿写没什么关系。）我的一个习惯是先读几首诗。

[①] 威廉·斯塔福德（William Stafford，1914—1993），美国诗人，曾获美国国家图书奖等荣誉，代表作有《穿越黑暗》等。

我不写诗,但每天都会读诗。我家肯定有超过五百册的诗集。你知道的,这就像在床上撒几片花瓣,播放路德·范德鲁斯①的歌。它帮助我进入状态,让我进入一种舒适的冥想。

我每天都用铅笔在作文本上写作,生日那天也不例外。(今天就是我的生日,我感觉自己状态不错。)我先是读几首诗,然后戴上耳机听音乐。我一边听,一边把昨天手写的东西输入电脑。然后我关掉音乐,把几个句子重写一下——我没疯,就是想确保我相信写的这些事情是会真实发生的。我知道我会不停地重写,我不太想使用我大脑中太理性、太批判性、太逻辑性的那部分。它们会阻碍我进入做梦的状态。

然后我回到创作中去,把电脑关掉。我削好我的帕尔米诺牌铅笔,开始写作。这成了一种仪式。奥康纳是这么说的:"写小说的人总难免有那么点儿傻气,也就是不得不屏息凝视。"然后她接着说,写作即等待。我想她的意思是,你不是在等待灵感闪现。你在凝视或等待那个意象、那个瞬间、那个味道或者那个声音的出现——而当你开始描写它时,相信我,故事会就此开始。

我确实会在宗教信仰上挣扎,但不会在这种写作方法上挣扎。我过去以为自己没有任何宗教信仰。我做三个孩子的父亲已经有好些年了,在三十三岁第一次做父亲之前我从来没有祷告过。我不相信上帝,但相信冥冥之中的某些东西。它们是神秘的、隐形的,但的确存在,而我对此的信仰很大程度上就来自我

---

① 路德·范德鲁斯(Luther Vandross,1951—2005),美国节奏蓝调和灵魂音乐创作歌手,曾获格莱美奖等荣誉。

的日常写作。中国古代有一位不具名的诗人曾说过一句话："诗人敲打静寂之门，以期有乐音相应。"我写作的方式，以及我鼓励和我一起工作的人尝试写作的方式便是如此：相信你的想象力，任由自己坠入其中，然后看看它会带你去向何方。这可能混乱无序，令人恐惧。你得有心理准备。可能你需要重写大部分内容——两年的工作内容也许就会付之一炬。

我知道忍受这种不确定性非常困难。我们把自己困在一间间屋子里。我们带着自己所有的希望、所有的向往和所有的阴影。写作对我们的要求，和美国文化对我们的要求正好相反。你必须得有个五年的计划。现在的年轻人都如此小心翼翼。噢，我们没房子不能结婚；噢，银行里没有两万美元的存款我们不能生小孩。这些小心翼翼、愚蠢糊涂的人啊！你知道吗，即使活到一百岁，生命依然短暂，与其畏惧搞砸和失败，不如无所顾忌、满怀激情地死去。

有时候我怕的是这样一些念头：三十岁了我还没出版过一部小说；妈妈病了，她可能看不到我的小说出版了；我所有的朋友都出版了作品，什么时候能轮到我呢？我们把这些杂念统统带到书桌上，常常不自觉地陷入其中，因此我想真正重要的是保持头脑清醒，认清对自己真正有价值的是什么。

我认为艺术硕士项目的一个缺点在于，它让人们非常在意职业生涯。去他妈的职业生涯。让我来告诉你：我很感激到目前为止我能以写作出版为职业，这是我主要的谋生手段，也是令人难以置信的福气。它让我能更好地照顾我的家人，这是我以前不敢想象的。但当我在洞穴里写小说时，我从没想过职业生涯这回事儿。真的没想过。我试着不去想，我只是去做梦。这就是我的魔法。我只是去往那里，试图成为那些人而已。这么做并不是因为我能写书，得到稿费，然后又进行一场新书巡回之旅，尽管这些都挺不错的。我这么做是因为我感觉我对这些来到我面前的灵魂负有近乎神圣的职责：和他们一起坐坐，写下他们的故事。

我身体里住着另一个女人,我很怕她——她爱上了那个男人,我原来想恨你,我忘不了以前的那个人。那个女人不是我。现在才是真实的我,是完整的我。

——列夫·托尔斯泰[1]《安娜·卡列尼娜》

---

[1] 列夫·托尔斯泰(Leo Tolstoy,1828—1910),俄国作家、思想家、哲学家,代表作有《战争与和平》《安娜·卡列尼娜》《复活》等。

我不认识你了

玛丽·盖茨基尔[1]

我是两年前第一次读的《安娜·卡列尼娜》。我早就想读这本书了,但出于某种原因,我并不期望自己会非常喜欢它。然而当我终于坐下来读的时候,我爱上了它。最令我印象深刻的是书中对人物的细致描述,每个人物都个性分明。《安娜·卡列尼娜》成书于许多年前,然而其所描述的人物与我所见所知之人并无不同。

我发现书里有一段写得极其优美且精彩,我读着读着竟站起身来。后来我不得不把书放下,因为这一段实在令我惊讶不已。对我来说,它将这部小说提升到了一个新的层面。

安娜告诉丈夫卡列宁,她爱上了另一个男人,而且一直在和他上床。小说将卡列宁描述成一个体面高贵但又令人怜悯的人:

---

[1] 玛丽·盖茨基尔(Mary Gaitskill,1954—),美国作家,代表作有《依然美丽》《坏举止》等。

他高傲、刻板，年龄比安娜大，秃顶，嗓音尖锐得令人尴尬。他对安娜冷酷无情，也因为她怀着情人沃伦斯基的孩子而对她感到极其厌恶。在这里你的第一印象是既然在他心里没什么比他的自尊受到了伤害更严重，那么他就不值得同情。

这时他收到了安娜的电报，电报上说：请过来吧，我快要死了，我需要你的原谅。

刚开始，他觉得这是个骗局，想拒绝，但他又意识到这样太狠心，到时候每个人都会谴责他——他必须去。于是他便去看她。

当他走进屋里，安娜奄奄一息，正发着高烧，他暗自思忖。

> 内心深处他有个自己的结论，他思索着这个结论："要是欺骗我，就镇静地蔑视她，然后走开。要是真的，就礼貌一些。"

此时此刻，他依然表现得十分僵硬。我们会认为无论什么都无法消除这个男人身上的漠然。然而当发现安娜还活着时，他突然意识到自己多么希望她死去——虽然这个想法让他大吃一惊。

接着他听到高烧中的安娜的说话声。这些话完全出乎他的意料：她在说他人真好。当然了，她知道他会原谅她。当安娜终于看到他时，她用一种他从没有见过的爱意注视着他，她说：

> 我身体里住着另一个女人，我很怕她——她爱上了那个男人，我原来想恨你，我忘不了以前的那个人。那个女人不

是我。现在才是真实的我，是完整的我。

安娜以第三人称述说着对自己的裁决，好像那个背叛卡列宁的女人是个陌生人。此刻的安娜仿佛变形了，变成了一个完全不同的人。读到这里我非常惊讶。我想这是一个非常现代的视角，托尔斯泰认为人们内心可能存在两个，甚至是更多不同的人。

不仅安娜如此，当她告诉卡列宁她依然爱着他，恳求他原谅时，卡列宁也变成了另外一个人。我们以为的那个冷淡无趣的男人，也表现出了完全不同的一面。

整本书中，他自始至终痛恨自己被别人的眼泪和悲伤搅扰的样子。但当他努力挣脱安娜的话语带给他的这种情感时，他终于明白自己对他人的同情并不是一种软弱——他平生第一次感觉这种同情让人愉悦。他完全沉浸在爱与饶恕之中。事实上他跪了下来，在安娜的怀抱里哭了起来。安娜紧紧地抱住他，抱着他那半秃的脑袋。原来他一直所痛恨的是真正的自己，这种豁然开朗带给他难以想象的平静。他甚至决定要照顾安娜和沃伦斯基生的小女孩。（此刻沃伦斯基正坐在旁边，对自己看到的情景感到如此羞愧，以至于用双手捂住了脸。）

你会相信这个彻底的反转，相信这就是这些人的真实模样。我发现这真的很奇怪，人物最贴近他们真正的自我的时刻，却是当他们表现出我们从没见过的样子的时刻。我不太明白这是为什么，但很奇妙的是它确实行得通。

然后这一时刻过去了。安娜再也没有谈论过附在她身上的

"另一个女人"。一开始我非常失望，但后来一想：实际上这样才更写实。托尔斯泰的写法更高一筹，因为这样更贴近真实。我们怅然若失，因为知道这样的情景再也不会发生。

我认为这就是小说的核心所在。每个人都说《安娜·卡列尼娜》是一个关于个人欲望与社会相对抗的故事，但我认为反过来说倒是更加贴切，即社会的力量猛烈地摧毁个人的柔软情感。

以卡列宁为例，他从原来最为慷慨的那一刻回过神来，知道这种情感经不起别人的审视：

> 时间越长，他越是清楚地看到这个情景此刻对他来说多么自然，他不能一直停留在此。他感觉到，引导他生活的，除了那股正确的精神力量，还有另一股力量，如果不是更强大，那也是同样强大，十分粗暴。这种力量不会给予他期望的谦卑平和。

这些精神情感固然强大，但社会期望也同样强大且残忍。他知道如果他真的做了他想做的事情，每个人都会极度瞧不起他。实际上，我感觉如果安娜留下来和他在一起，他还是会按照他的想法去做——但她没有留下来。等她高烧退去，就忘记了自己曾经的感受，而且对他很是害怕。她很内疚，而她已经不能做回原来的自己了。或许她甚至都不记得，仿佛又被另一个女人附身了。这才是真正摧毁他的东西。

但是哪个安娜才是真正的安娜呢？哪个卡列宁才是真正的卡

列宁呢？是病床边温情的他们？还是安娜高烧退去后的他们？我想没有一个清晰的答案——这也是我喜欢这部小说的部分原因。当安娜相信自己就要死去时所展现的安娜，可能是更加真实的她。但在现实生活中，你并没有办法知道。

我相信人们最真实的自我会因为各种不同的原因而被隐藏起来。这很神秘，也很奇怪。尽管我在写作时没有有意识地想过这个问题，但我相信人性如此，所以可能在我的作品中也能看到这一点。

人有时会变得和平日的自己完全相反。这并不是他们想愚弄你，也不是因为他们伪善，而是因为他们极度渴望成为那样的人，所以他们试着那样做了。他们并不是有意欺骗你。只是因为他们心中有一个理想的样子，那是他们想要努力成为的人，但那并不是他们真正的自己。

小说中的人物又是另一回事。我不会引用纳博科夫的话，说这些人物是"划船的奴隶"，但他们由你创造，所以他们会做你想要他们做的任何事情，成为你想要他们成为的任何人。当然了，一开始构思他们时，你并不能确切地知道他们的模样。有时他们确实会发生改变。这可能不会让你大吃一惊，但是写着写着，你对他们的构思确实发生了变化。

在我刚刚完成的小说中，有一个人物的行为表现得可能与其本身的特征格格不入，我想有些读者会认为这个人物完全不可信，但我认为现实生活中人们的确会总是做一些令人难以置信的事，而小说中那些写实的事情，或的的确确的事实也不总是给人真实的感觉。在我的写作课上，这样的事一而再，再而三地发生：有时，包括我在内的每个人都认为难以置信的事，却正是作者会跳起来说"它的的确确发生过！"的事。或许它真的发生过，但这也意味着作者所做的远远不够，没能让这个事件进入故事的世界，以自身的逻辑融入故事世界的现实中去。当小说中有非常令人吃惊的事情发生时，你必须深入故事当中，深入那个时刻，让读者接受你的故事。

我不知道我是否能说明白我想在书中寻找的东西，它们要能拓宽我对这个世界的理解，而这是可以通过书中人物实现的。比如那个丈夫卡列宁，正是我在现实生活中可能从来不会接触到的人。就算我可能认识这样一个人，我们之间也会无话可说，彼此都会觉得对方很无趣，甚至很讨厌。然而通过像《安娜·卡列尼娜》这样的一本书，我们会超越这种无趣日常的表象，发现表面之下真实的人。

我感到无限好奇,无限同情。

——豪尔赫·路易斯·博尔赫斯[①]《阿莱夫》

---

① 豪尔赫·路易斯·博尔赫斯(Jorge Luis Borges,1899—1986),阿根廷作家、诗人、翻译家,曾获阿根廷国家文学奖、耶路撒冷奖、塞万提斯奖等荣誉,代表作有《小径分岔的花园》《老虎的金黄》等。

超越无限，走向永恒

迈克尔·夏邦[1]

《阿莱夫》讲述了一栋诡异的房屋、一个诡异且怀揣秘密的家庭的故事。此外还有一个对此一无所知的叙述者，他不受控地被藏于地下室的恐怖之物深深吸引。故事遵循的是洛夫克拉夫特[2]恐怖故事的经典套路，而后者的故事则模仿了埃德加·爱伦·坡[3]的部分作品。当然《阿莱夫》与其说是个恐怖故事，不如说是个奇幻故事。如果洛夫克拉夫特是个真正的大作家，是一个伟大的经典作家，《阿莱夫》完全可能出自他的笔下。我这辈

---

[1] 迈克尔·夏邦（Michael Chabon, 1963— ），美国作家，曾获普利策小说奖、星云奖、雨果奖等荣誉，代表作有《犹太警察工会》《月光狂想曲》《卡瓦利与克雷的神奇冒险》等。
[2] 指H.P.洛夫克拉夫特（H.P. Lovecraft, 1890—1937），美国怪奇恐怖小说家，因创作克苏鲁神话而闻名，代表作有《克苏鲁的呼唤》《疯狂山脉》等。
[3] 埃德加·爱伦·坡（Edgar Allen Poe, 1809—1849），美国诗人、作家、文学评论家，被誉为侦探小说鼻祖、科幻小说先驱和恐怖小说大师，代表作有《黑猫》《乌鸦》等。

子都很喜欢洛夫克拉夫特，但他可不是博尔赫斯。

在洛夫克拉夫特的小说里，宇宙是个巨大的邪恶实体，它超脱于我们称之为"现实世界"的庸常存在，两者被一层薄膜隔开。带着伟大作家会有的一种狂热，他令我们深深地相信：宇宙那猛兽般的毁灭力量一直都在那里等待，试探着找寻薄膜最脆弱的区域，伺机入侵。但他每每到此就不再继续下去了。这使你相信这是一个身心健康、神志清醒的人长时间遭受心痛、悲哀和情感折磨的经历。在《阿莱夫》里，博尔赫斯做到了洛夫克拉夫特没能做到的事情：他将一个活生生的人与无限宇宙的相遇融合在了一起。这个真实的人嘴里有口气，衣服口袋里线头散乱。

在《阿莱夫》的开头，我们知道叙述者爱上了一个女人，而她刚刚过世。从精彩的开篇句里，我们就目睹了这个人的心碎。要是让我选最喜欢的开篇句，这句话一定能夺得头筹。

> 一个炙热的二月早上，贝雅特丽齐·维特波离开了人世。我悲伤痛苦，但从没自哀自怜，从未恐惧害怕。在勇敢面对创痛时，我注意到围绕着宪法广场的路边广告牌正在宣传新的美国香烟品牌。

我第一次读到这句话时非常吃惊。我喜欢它的语言和节奏，尽管我从没体验过这句话试图捕捉的感觉：你的挚爱死了，万物却如常运转。凭这一句话，博尔赫斯便捕捉到了宇宙对你的挚爱的漠然。这就是这么多年来，我的各种开篇句一直试图去模仿的那句话。

叙述者开始每年定期在贝雅特丽齐·维特波的忌日去拜访她的家人，因而认识了住在她家的表哥卡洛斯·阿亨蒂诺·达内里，与他建立了并不亲密却又复杂的关系。叙述者是个作家，达内里也想当作家。后来达内里透露他正在写一部叙事长诗。根据他的说法，这首诗将描述地球上的一切，简直就像一张宇宙目录表。有一天，达内里邀请叙述者去看一个东西，一个他在这所房子里藏匿了一辈子的秘密。他称之为一个"发现"。

他带叙述者去了他们家房子的地下室，给他一块布——一个折叠起来的麻袋，让他跪在上面保护膝盖，然后让他抬头看向一个地方。如果他的头正好处在合适的位置上，他便能透过一个像窗户一样的东西望进去。这个片段很容易使我们想到爱伦·坡的短篇小说《一桶白葡萄酒》。有那么短暂的一刻，叙述者怀疑卡洛斯是不是疯了，想把他带到地下室杀掉。

但等他睁开眼睛，突然就看到了阿莱夫。

阿莱夫（希伯来语的第一个字母）在这里指的是一个点，透过这个点你能从所有可能的角度看到宇宙的一切。博尔赫斯用了"宇宙"这个词，但他想展现的不是卡尔·萨根[①]式的由无数星星所构成的宇宙，而更像是一种以我们的视角看到的宇宙，即我们所说的"大千世界"。当然这仍是一个无限的世界。叙述者承认他无法用文字描述他所看到的一切：

[①] 卡尔·萨根（Carl Sagan, 1934—1996），美国天文学家、天体物理学家、科普作家，代表作有《接触》《魔鬼出没的世界》等。

> 在那个巨大无比的时刻，无数场演出在我眼前上演，既有让人开心的，也有很糟心的，但没有一场占据同一个空间点。没有交叉点，也没有透明度。我眼睛是在同一时间点看到的这一切。但因为语言是有顺序的，我现在写下来也只能遵循前后顺序。不管怎样，我试着回忆能回忆起来的一切。

我喜欢他这样的构思。因为这是不可能的，不是吗？你想要表述这样的体验：你能同时从所有的视点看到整个世界，且目之所及没有重叠的部分。这是绝对不可能做到的。一个段落、一个短篇故事、一部长篇小说甚至一整座图书馆的全部藏书的篇幅都不足以描述这样的经历。因而他一开始就承认了这种不可能性——这对作家来说的确是一种有用的写作策略，也是我从研读这个短篇中学到的。在你看到任何东西之前，博尔赫斯便谨慎地降低了你的期望值。

在降低了你的期望值后，他又将这个不可思议的长段落呈现在你面前。这是我读过的最美妙绝伦的片段。它是这样开始的：

> 我看见大海涌入；我看见晨曦和夜幕来临；我看见各种美国人；我看见一个黑色的金字塔中心挂着一个银色的蜘蛛网；我看见一个残破的迷宫（那是伦敦）；我看着，闭上眼睛，在我眼睛里源源不断有眼睛观察着我，就像一面镜子；我看见地球上所有的镜子，但没有一面反射出我自己。

这个段落就是一张列表，对此作者毫不掩饰。博尔赫斯不断重复着"我看到了"几个字——"我看到了这个，我看到了那个……"然而正是这种重复赋予了这个段落神奇的魔力，它传递出一种无限性，向你施展魔咒，使你信服。

这张长长的列表包含了世界上的各种昆虫、动物、花园和飘雪，普林尼《自然史》的英译本，一个患乳腺癌的苏格兰女人。然后这一段是这样结束的：

> 我看见往昔甜美的贝雅特丽齐·维特波，今天已成尘土和骨骸；我看见自己的黑色血液在流淌；我看见爱的结合，我看见死亡的变体；我从每一个点和每一个角度看见阿莱夫，在阿莱夫中我看见地球，在地球中看见阿莱夫，在阿莱夫中看见地球；我看见自己的脸、自己的内脏；我看见你的脸；我一阵眩晕，大汗淋漓，因为我的眼睛看到了那个秘密，推测出那个人人皆知的神秘之物的名字，但是从没有人凝视过：那个难以想象的宇宙。
>
> 我感到无限好奇，无限同情。

我爱列表上那令人晕眩的最后一项：我看见你的脸。博尔赫斯写这个短篇是在一九三九或者一九四〇年，这句话在那时便应颇具分量。你，作为读者，便是这里所描述的宇宙间的对象之一。在二〇一六年读这个故事，你感觉作者仿佛跨越时间来到了你身边。你感觉自己也深陷其中。最后的八个字——"无限好奇，无限同情"——它们如此简单却充满力量,成为前面所述一切的巅峰。

当然,博尔赫斯在这个故事里没有揭示一切,即一个完整宇宙的所有混沌和复杂性。他怎么可能做得到呢?相反,这里展现的是一些难以置信的宇宙之物的混合,那些叙述者从没见过的事物和从没去过的地方被博尔赫斯以一种深刻又巧妙的方式跟相当个人化的东西组合在了一起。这些细节突出刻画了一个男人身处的浪漫而动情的窘迫之境,他绝望、无言地爱着一个女人,而这个女人无法以爱回报他。多年来,这无望的爱与他如影随形,透过那些细节被充分地展现出来。这就是一个小说家需要掌握的重要技能之一:学会从如海洋般浩瀚的选择里找到准确合适的细节。这些细节不仅要看上去真实可信,而且还得反映出人物的性格特质。作为作家,你有无数细节可以选择。从某种程度来说,这一段既是对如何选择的一种假定,也是一种示范。

对我来说,文学中基本上一切事物几乎都能归结为视角的选择。这是谁的故事?又是谁在讲这个人的故事?最终这些又要落实到文字的选择上,你选择的文字要能够说服读者,让他相信这就是某个特定人物的视角。在我自己的作品里,重要的便是为我要讲的故事找到一个合适的声音,尝试去找到那个合适的叙述者,合适的声音,正确的视角——无论是有所局限还是无所限制的视角,无论是第一人称还是第三人称的视角。一旦我对此有了把握,就要思考该用什么样的语气写作,以及如何处理叙述者与叙述内容的关系。如果是第一人称叙述,叙述者是否是带着一种历经沧桑的智慧来回顾这件已经发生的事呢？还是说叙述者在讲述的时候正深陷其中呢？

有时，这些问题会瞬间得到解决。当我创作第二部小说《奇迹小子》时，开篇第一句自然而然地浮现在我脑海中，最终也原封不动地出版了。这一句话是以第一人称写的："我认识的第一个真正的作家是以奥古斯特·范·佐恩的笔名写作的。"这向我提出了一系列问题：谁是奥古斯特·范·佐恩？谁是这个叙述者？为什么说范·佐恩是他认识的第一个作家？小说的源头，包括谁来讲这个故事以及这是个怎样的故事，便都在这第一句话里，而这句话就在那里，我所做的只不过是把它们都梳理出来，这部小说就是这么写出来的，它也的确写得相当快。

更常见的情况是，我苦思良久才能找到合适的叙述视角，找到合适的地点，通过那一点瞥进小说的阿莱夫中。你的视线落在看似相关的事情上，然后你抓住它们，希望这些细节能自行组合起来，变成一位条理清晰的叙述者的讲述。一旦你找到这个声音，你就得牢牢抓住它不松手。这种毫无缝隙的一致性可能是阅读过程中最令人满意的体验了，而它取决于这些逐字逐句的选择。

在博尔赫斯的小说中，叙述者对阿莱夫的反应是："我无限好奇，无限同情。"这不是我日常写作时会产生的感悟，但它提醒我在写作时应该产生这样的感觉，因为我是在描述人的行为和这个世界的运行。当我坐在书桌前，凝视阿莱夫，看见世间万物，尝试将它们写出来时，我应该无限好奇和无限同情。好奇是对新事物的恰当反应。当你从自己作品的阿莱夫望进去，期待以全新的眼光看到事物，你便有了责任在身。你通过那些小说人物（他们可不是你）的眼睛看世界，他们则以你从没用过的方式看待世间万物。

而无限同情，便是对待你小说中的人物的恰当态度。它并不是想要表达我们惯常理解的同情，即屈尊俯视弱者时展现的怜悯。这不是博尔赫斯表达的那种同情，也不是写作过程中需要的同情。这更像是一种自我剖析的同情，在这里你看到也理解人们的悲剧和日常所犯的错误，你的人物达不到他们为自己设定的目标——正如你也没能实现对自我的期望。

也有一些了不起的作家，他们相对而言更加冷酷无情。他们的作品毫不留情地对小说人物的弱点，甚至是全人类的弱点大加讨伐。这些作家有的确实很不错，也很重要。然而我认为最伟大的作家应该是像托尔斯泰那样，他以延伸性而著名，对待自己笔下最软弱、最优柔寡断和最狭隘的人物，就算不能予以饶恕，也能赋予深切理解和同情。他不仅仅会说："我们不都是这样的吗？"更会从根本上表明："这就是我，既然我也是这样，我无法评判他人。我仅仅能以同情之心呈现我们所有人真实的样子。"这不是每当我尝试窥探阿莱夫时便可以做到的事，但我认为这一法则非常有用，富有价值，值得每个人去尝试。

他在看着我,眼睛和枪都一动不动。他平静得就像月光下的一堵土坯墙。

——雷蒙德·钱德勒[①]《漫长的告别》

[①] 雷蒙德·钱德勒(Raymond Chandler,1888—1959),美国作家、编剧,以"硬汉派"侦探小说著称,代表作有《漫长的告别》《长眠不醒》等。

我如何觉醒

沃尔特·莫斯里[①]

四十四年前,我读到了改变我一生的一个段落。当时我十几岁,看到任何感兴趣的东西都会去读。那时候我只是无知无觉地一本接一本读,想找到好的故事。每当我读完一本小说,它便隐退到我的大脑深处,为下一本让出空间。那时我没有一点儿当作家的念头。作家对我来说,就是一门消失的艺术的从业者,一些老古董而已。

就这样,我读着书,先是史蒂文森[②]的《金银岛》,然后是黑塞[③]的《彷徨少年时》,再就是《漫长的告别》。我一页一页地读着,

---

[①] 沃尔特·莫斯里(Walter Mosley, 1952—),美国推理小说家,曾获欧·亨利奖、美国笔会终身成就奖等荣誉,代表作有《蓝衣魔鬼》《红色死亡》等。
[②] 指罗伯特·路易斯·史蒂文森(Robert Louis Stevenson, 1850—1894),英国作家,代表作有《金银岛》《化身博士》《绑架》《卡特丽娜》等。
[③] 指赫尔曼·黑塞(Hermann Hesse, 1877—1962),德国作家、诗人,曾获诺贝尔奖、冯泰纳奖、歌德奖等荣誉,代表作有《荒原狼》《东方之旅》《玻璃球游戏》等。

开心得不得了，尽管我当时并没有意识到。快到小说结尾时，书里的两句话让我从醉生梦死的状态中直接惊醒过来。就像遭到了两击组合拳。拳击手是一个男人，一个危险的男人，他毫不留情地看着小说主人公。男人手里拿着枪，但并不屑于把它举起来。他坐着，但也觉得没必要站起来。然后一记右勾拳向我挥来——小说中的第一人称叙述者告诉我这个危险的男人安静得就像月光下的一堵土坯墙。

我被这个意象惊呆了。这样的景象我见过无数次，但它们从没印刻进我的脑海过。雷蒙德·钱德勒向我展示了我已熟知但从没真正体悟到的事情。南加州荒漠中，月光下的一堵土坯墙——这样的场景展示了一种最消极的姿态，是对静谧理想的表达。

然后作者将这种绝对的寂静之感与一个持枪的危险男人放在一起，制造了强烈的对比。我人生中第一次理解了语言的力量，它可以超越现实，进入抽象和隐喻的世界中。

这几十个字提醒了我写作的无穷潜力。写作能够带领我们超越现实世界，进入一个新的场域，在那里对立之物可以相遇，神乎其神地成为其他什么东西。

"不一样啊,爸爸。"我试着说,但他摇摇头。

"当然一样了,小姑娘。你的一生就是一件艺术品。一幅画不是一幅画,是你每天生活的样子。一首歌不是一首歌,是你与你爱的人一起分享的东西。一本书不是一本书,是你作为正派人每天做出的选择。"

——帕特里夏·恩格尔[①]《这不是爱,这只是巴黎》

[①] 帕特里夏·恩格尔(Patricia Engel,出生年不详),美国作家,代表作有《这不是爱,这只是巴黎》等。

所有移民都是艺术家

埃德维奇·丹蒂卡特

当我为写这篇文章挑选段落时,我感到有点儿紧张,因为我选择的并不是什么经典作品。可是我对帕特里夏·恩格尔的《这不是爱,这只是巴黎》产生了如此强烈的共鸣,觉得不得不谈一下这部作品。我是在这个初夏拿到的这本书的样稿,那时我正要去海地旅行。我带着书到了海地,并且彻底被它吸引了。书的大部分内容令我感到很熟悉。故事背景设置在巴黎,我在那里度过了我的大学三年级。小说讲的是作为双重外国人的体验:叙述者是身在巴黎的外国人,而在她的国家美国,她也是一个异乡人。

有这么一段一下子吸引了我,我读了一遍又一遍:

> 我想起了父亲。有一次,大学毕业前,我提到可能要改方向,不按原计划读外交专业了。爸爸以为我想加入他和桑迪,经营家族企业,但我说考虑做点儿有创造性的事。然

而就好像我一直以来都误解了一样,他摇摇头对我说没有必要。血统上,我已经是个艺术家了。所有移民都是艺术家,因为他们只是基于一个梦想,就创造了生活、创造了未来。移民生活就是最纯粹的艺术。这就是为什么上帝对移民特别垂青,因为迪奥西托是第一位艺术家,耶稣则是个流离失所的人。

"不一样啊,爸爸。"我试着说,但他摇摇头。

"当然一样了,小姑娘。你的一生就是一件艺术品。一幅画不是一幅画,是你每天生活的样子。一首歌不是一首歌,是你与你爱的人一起分享的东西。一本书不是一本书,是你作为正派人每天做出的选择。"

当叙述者告诉父亲自己考虑走创作之路时,她遭到了反对。通常在移民家庭中,如果一个孩子说"我要当艺术家,而不是当医生、律师或是工程师",那可就是离经叛道的。书里的父亲告诉女儿的,也是许多移民家长会告诉自己孩子的话:从事艺术不是一条安稳的人生道路。我们牺牲这一切不是为了让你走上这条危险的道路。

同时,这位父亲试图安慰女儿,告诉她移民已经让她成了艺术家。这个观念非常有趣:以移民的方式重塑自己,是重塑你的一生,这种形式的再创作不逊于最伟大的文学作品。这就把艺术带进了普通人为生存而奋斗的现实生活中。它消解了艺术对于普罗大众来说过于崇高的这一理念,将艺术置于日常生活之中。我从没见过有谁能如此直接明确地把艺术家和移民联系起来。这令我豁然开朗。

来到美国之前,我父母一直生活在海地。他们对美国知之甚少,只知道那里充满机遇。他们基本上只收拾了两个行李箱就来了。在一个完全陌生的国度落脚的经历,就像面前放了一张全白画布:一切从头开始,一笔一笔地勾勒出你的生活。这个过程需要的便是创造伟大艺术所需的一切——冒险精神、希望、充沛的想象,这些都是铸就艺术所必需的品质基石。你必须敢于梦想几乎不可能实现的事,然后努力地去实现它。

正如创造艺术一样,移民生活也处处有惊喜。对我父母来说,下雪就是这样一个惊喜。寒冷!他们以前从没为寒冷焦虑过!御寒也是一件需要创造力的事。因为宗教信仰的规定,我的母亲不能穿裤子。其他妇女告诉她穿裤子能帮助御寒,但她知道她得找找其他方法解决这个问题。最后她学会了给自己织类似暖腿套的东西,穿在裙子里面保暖。

艾丽斯·沃克[①]写过一篇漂亮的文章叫《寻找母亲的花园》。文章讨论了一些曾是奴隶的妇女,她们极度渴望成为画家或作家。因为这一渴望无法实现,所以她们就把自己的创造力转移到了家居艺术上,这体现在她们缝制的被子和打理的花园上。我在母亲身上看到了这种艺术冲动。在另一种情况下,在另一个时空

[①] 艾丽斯·沃克(Alice Walker, 1944—),非裔美国作家、诗人、社会运动人士。作品多反映黑人妇女为自身权利而奋斗,曾获普利策小说奖、美国国家图书奖等荣誉,代表作有《紫颜色》等。

中，她会是一位杰出的设计师，一位优秀的裁缝。一起逛服装店的时候，每当我拿起一条裙子，她总是会摸摸料子，然后说："质量太差了，我给你做一条一样的，但质量比这个好。"于是我们就去布料店买些布，然后她就能复制出一条同样美丽的裙子。

小时候，我对她的这一套解释深信不疑：店里衣服的质量不好，她想给我穿更好的。可能也确实是这样。等我更大些后，才意识到做衣服会比买更便宜。一直到高中，我穿的衣服大多是母亲自己做的。在我自己能赚钱之前我们是不买裙子的。说起来有些奇怪，我穿裙装比穿其他衣服要频繁得多。不过这就是人们赖以生存的方法。买不起衣服的话，你还可以自己做——那就自己做吧。特别是经济不宽裕的时候，你得自食其力，运用你的创造力和想象力。

这就是这篇文章要谈论的另外一件事：第一代移民常常用自己的艺术行为为孩子树立了榜样。他们没有必要认识到这一点，正如那位说移民生活就是最崇高的艺术的父亲。但我意识到，在父母的选择中，在他们善于创造、坚定不移的品质及我们身处一个新的国度的现实中，我看到了艺术的特质。他们就像不同学科里的艺术导师一般——通过学习、观察、阅读，你将他们的生活视为榜样。我母亲抚养四个孩子，还要去工厂上班，她是没有时间去创作什么的，但她的自律、智慧和自我牺牲的精神成了我人生的动力源泉。她所做的事和她的选择使我的艺术生涯成为可能。对此我后知后觉，但她让我明白成为一名艺术家是有意义的。

尽管移民家庭的孩子想成为艺术家是很自然的事,但他们的父母对艺术家这个职业感到担忧也很自然。作为一个母亲,我完全理解这种想法。当你付出那么多,牺牲一切,做出这么大的改变,你当然希望你的孩子过上更安逸的生活。尤其是在牺牲了一切以后,你希望他们能免受生存焦虑之苦。第一代移民认为他们开创了一条路。他们做出牺牲、披荆斩棘,那他们的孩子理应过得安定平静、踏实满足。当然,这可不是成为艺术家的重要条件。

因此,作为移民的孩子,你的创作之路上又多了一重风险。如果失败,你面临的险境会更多。和小说里的主人公一样,你会感觉到父母历尽千辛万苦给你创造了机会,一旦你失败了,就不只是你自己的失败,也是家庭的失败、父母的失败。它不只关乎你个人的冒险,你在艺术上的失败意味着整个家族发展计划的失败。

二〇〇五年,经过长期的疾病折磨,我父亲因肺纤维化而去世。弥留之际,他还在与"我的人生一无所成"这样的想法做斗争。他会问我这样的问题:"我对这个世界做过什么贡献吗?"然后他得出结论:好吧,你们——我的孩子们。你们就是我对这个世界的贡献。我想也许是我和弟弟们在生活中都有所成就,这才让他欣然得出如此结论。父亲一直想让我当医生。如果在他临死前,我既没有成为医生,也没有当成作家,我会很害怕他认为自己的一生一事无成。我感到一种沉重的负担,无论你如何界定成功,成功都是至关重要的。

移民父母所能产生的最糟糕的感觉是:"可能我们不应该来这里。我们应该留在老家。"他们常常把背井离乡的决定和孩子们的命运与事业紧密联系起来。那么,如果孩子们真的事业有成,就会出现以下喜庆的场景:当他们谈及这个家庭所经历的这段跨文化旅程时,孩子们的成功就是对父母决定的正确性的公然验证。我也是在父亲临终时才意识到这一点的。通过我在自己书里写的东西,其他人得以知晓他为我和弟弟们的成长所做出的巨大牺牲,这让他感到慰藉。这种成功最终使他相信自己做出了正确的选择。他在那么多年以前所做出的那个决定终于被证明是正确的。

《这不是爱,这只是巴黎》里的这段话让我产生了不一样的感觉:一种和上一代人全新而突然的联结。读了这段话以后,我再也不能说我是家里唯一的艺术家了。这一段话扩大了我的艺术社群,它不再局限于我的作家同行们。当我思考艺术家的定义以及对他人的看法时,这一群体也变得更加广阔。透过艺术的棱镜,我对其他移民的生活方式,以及他们所做出的艰难选择产生了崇敬之情。我成了一个更大的社群的成员,它不是单纯的艺术家社群或移民社群,而是把两者联系起来的社群。这使我得以从另一个角度看待自己的作品以及自己的父母。

我就要起身去远方,因为日夜不息

我听到湖水低吟,轻轻拍岸;

站在大路上,站在暗灰行道上,

心灵深处,我听见那湖水拍岸。

——叶芝[①]《茵纳斯弗利岛》

[①] 指威廉·巴特勒·叶芝(William Butler Yeats,1865—1939),爱尔兰诗人、剧作家和散文家,"爱尔兰文艺复兴运动"领袖,曾获诺贝尔文学奖等荣誉,代表作有《当你老了》《丽达与天鹅》《为女儿的祈祷》等。

直抵心灵深处

比利·柯林斯[①]

大学期间，我第一次在叶芝的诗集里读到《茵纳斯弗利岛》。那时我觉得他的部分作品很难懂，尤其是《驶向拜占庭》和《一九一六年复活节》等需要了解相关历史背景的作品。但《茵纳斯弗利岛》这首十二行的小诗立刻吸引了我。

里面的情感很清晰：诗人决定前往一个小岛，并想象自己已经在岛上。诗的语言十分华丽，唯美而富有节奏，有一种几乎可以催眠的魔力。这首诗虽然重在抒情，但结构紧凑。每一段四行诗节都各有论点，第一节的四行是这样开始的：

> 我要起身去远方，去茵纳斯弗利岛，

[①] 比利·柯林斯（Billy Collins，1941— ），美国诗人，2001 至 2003 年连任两届美国桂冠诗人，代表作有《漫无目的的爱：诗选与新作集》《绕着房间独自航行》等。

> 搭起小屋，筑起柳条土房；
> 支起九行豆架，一排蜂巢，
> 独居在林荫，听那蜜蜂歌唱。

首先诗人将你置于他将要前往的理想的休养之地。他讨论了这个地方的自然环境和自己的物质需要。他需要栖身之所，所以他要建个小屋。他需要食物，所以他描述了他要种的芸豆和为了酿蜜而养的蜜蜂。（我的确搞不懂用豆子和蜂蜜能做什么菜，不过——也没关系。）

在第二节诗中，诗的意境逐渐升华。诗人脱离物质生活，转向谈论自己的精神需求：

> 我想要安宁平静，就在茵纳斯弗利岛，
> 安宁在朝霞朦胧中，在蟋蟀歌唱处；
> 午夜星光闪烁，正午紫气茵茵，
> 傍晚红雀挥动双翅。

除了蜂蜜和豆子，他又拥有了平静安宁。当他带领我们经历从朦胧朝霞到星光闪亮的午夜的一天，我也感受到这种安宁徐徐显现。诗人按照时间的自然流逝，向我们展示安宁如何依循每日节律扩散开来。

在最后一节，他再次宣告他即将离开的决定：

> 我就要起身去远方，因为日夜不息
> 我听到湖水低吟，轻轻拍岸；
> 站在大路上，站在暗灰行道上，
> 心灵深处，我听见那湖水拍岸。

他听到"湖水低吟，轻轻拍岸"，但冲击随之而来：诗人是在城市里，"站在大路上，站在暗灰行道上"听见低吟的湖水拍岸。这是他的臆想。他说"我就要起身"，但从没真的起身远行。他听见湖水低吟拍岸，但那是在城市里听到的，是在伦敦听到的。我们这才开始明白茵纳斯弗利岛是内心之处，是一个虚构之处，是从心灵深处向他召唤的逃避之处，而不是一个他能去拜访的真实之境。诗歌以强烈的内心活动，自心深处蔓延至结尾："心灵深处，我听见那湖水拍岸。"

这是对一种朴素情感的强烈且出乎意料的表达：我想去一个地方，一个比我现在所在处更好的地方。

读到后不久，我听了叶芝朗读这首诗的录音。我爱他对这首诗的演绎，他仿佛吟唱一般，用悦耳的声音慢慢拉长每个字词，让你浑身战栗。

在录音里介绍自己朗诵的这首诗时，叶芝显得很急躁，说他花了不少心思调整朗诵的节奏和声音，将它们注入诗歌，因此要把这些全无保留地展现出来。这是他为自己如吟唱般充满魔力的朗读的解释。

与流行音乐相比，诗歌有一点是居于弱势的。如果你写了一首流行歌曲，当人们在车里听到时，会很自然地记住它。你不需要背诵保罗·西蒙[①]的歌，它就在你脑海里，你能自然唱出来，但对于一首诗来说，你得下决心去背诵。对于《茵纳斯弗利岛》我就是这么做的。我已十分熟悉，反复吟诵，在课堂上向学生讲解教授。但我还是记得，在某个时刻，我对自己说："我要把这首诗拿下。"这个从非常熟悉到完全牢记掌握的过程是一个挑战，也是极大的享受。在反复熟读不同的诗句时，你会变得前所未有的专注，对每个辅音、元音都更加敏感。

几年前，我写了《诗歌、快乐以及作为享乐主义者的读者》这篇文章。在文章中我列举了读诗的五六种快乐，其中一种终极快乐便是诗意的快乐。当诗歌蕴含的情感开始具体化，并且你也能明确地说出它对你产生的重要意义的时候，你便能感受到这种快乐。至于读诗能体会到的终极的快乐，我称之为"陪伴的快乐"。这里我谈论的是背诵诗歌这件事。当你内化了一首诗，它就变成了你的一部分。你可以将它随身携带，它成了你的陪伴。因此你对它的判断也不再客观了。如果有人批评这首诗，那就是在批评永远与你相伴的东西。

几年前，我去做了一次核磁共振，遇到了神经科里一位十分不体贴的蠢医生。那时核磁共振技术还没有被广泛使用，我以前也从没体验过。我以为就像拍 X 光片或者做 CT 扫描一样。这个医生预先根本没和我说清楚。他并没有告诉我做核磁共振就像被

[①] 保罗·西蒙（Paul Simon，1941— ），美国流行音乐唱作人、制作人。

活埋在一个高科技的棺材里，也没说吃半片安定，别喝咖啡。

当我到了那里，听到操作医师问"你要不要听音乐？"时，我非常吃惊，并不知道他在说什么。然后他指指那个高科技塑料棺材说："你要在里面待半个小时。"所以我选择了不要音乐，怕正好听到尼尔·戴蒙德[①]的经典老歌之类的东西。

我没有幽闭恐惧症，但在做核磁共振时你不需要患上幽闭恐惧症就能体会到那种感觉，就像被活埋了一样。我躺在那里，双眼紧闭，从记忆里把《茵纳斯弗利岛》拎出来，让它整个在我面前展开。慢慢地，我开始背诵，我放缓速度，将这首诗从头到尾背了好几次，然后我把它看作一张图解，开始全神贯注地研究起来。我喃喃念着每一行的韵脚：茵纳斯弗利（Innisfree）/筑起（made），蜜蜂（honey-bee）/荫阴（glade），徐徐（slow）/歌唱（sings），闪烁（glow）/翅膀（wings），诸如此类，然后我试着跳行背诵。等到核磁共振检查结束时，我正试着倒着背诵这首诗。它就像一个知心伙伴，拯救我于几近崩溃的边缘。

《茵纳斯弗利岛》便是如此给人以无限抚慰。归根结底，这是从城市深处所发出的对田园风光、世外桃源的一种神往，它让你尤其在深陷围城之时，听见一处平静安宁之地的召唤。站在"暗灰的行道上"，叶芝听到了召唤。但也可以是"躺在核磁共振仪内我听见这声音""夜晚在监狱里我听见这声音""卡在电梯里我听见这声音"或是"等公交车时我听见这声音"。你不必非得

[①] 尼尔·戴蒙德（Neil Diamond，1941— ），美国流行歌手、音乐创作人。

身在一种极端的处境中,或者说你可以身在一种极端的处境中,但一旦你在记忆里储备了这首诗,无论你身处何方,它都能给你以慰藉,或至少可以让你分分心。

我想,这是我总让我学文学的学生选一首诗背诵的原因。哪怕它非常短,比如说艾米莉·狄金森[①]的一首小诗。一开始他们都很抵触。当我告诉他们要这么做时,听到的是一阵集体的抱怨。我知道这是因为背东西很辛苦。你不能像回答一个论文问题一样蒙混过关。你要么将它铭记于心,背得滚瓜烂熟,不然不会就是不会。

然而一旦他们真的背会了一首诗,他们便都迫不及待地跑到办公室向我展示。我喜欢观察这样的过程,从将背诵诗歌看成是份苦差事,到把一首诗内化、将它变成自己的所有物的过程。它不再只是课本里的内容,而是某样被你置于心中的东西。如果你背会的是一位仍然在世的诗人的诗,那你可能比诗人自己还具备优势呢。并不是所有诗人都能背诵自己写的诗,你却可以以他或她所不能的方式拥有这首诗。这就成了一件令人激动的事情。

诗歌往往比散文容易背诵,因为诗歌就是为背诵而生的。就像我们讨论的叶芝的这首诗,格律严整,节奏一致,分行利落,几乎是在乞求读者将它牢记于心。这首诗被完美地分为十二行,每四行一节,共三节,采用了常见的隔行交互押韵法,变成了一种能让你在里面四下游动的网格。不同于完整的线性向前的散

---

① 艾米莉·狄金森(Emily Dickinson, 1830—1886),美国诗人,现代主义诗歌的先驱之一,代表作有《云暗》《逃亡》《希望》等。

文，诗歌是被写出来替换书页上的静寂的。你可以把它看作是能悠然进入，漫步其中的东西。你可以隔行念，你可以进入结构内部，玩文字游戏。如果你被困在某处，正如我在做核磁共振检查时，你可以把一首诗变成图解，任意赏玩。

格律严整的诗歌让我们想起诗歌起源于易于记忆的特性，以及其韵律、尾韵、类韵和头韵。这都是前文字时代的人类用来辅助记忆、储存信息的有效手段。诗歌帮助那时的人们回忆基本的生存信息，如怎样狩猎和播种，也帮助储存更加模糊、更具精神内涵的内容，用以回答你的族群从哪儿来，你的部落在几千年前做过什么这样的问题。诗歌能储存有关个体和集体身份的内容。萨满巫师、部族流浪艺人、吟游诗人，这些彼时社会的诗人都是最擅长保存这些信息的人，也大多热衷于学习和吟诵这些内容。

当人类发明了文字语言后，实际上诗歌已经超越了其实用功能，开始承载其他用途，成了一种启蒙形式，一种记录你内心生活的方式。但诗歌还是大体保留了文字发明之前强大的特点。

我在自己写作时就开始明白这些事情。那些使一首诗变得易于背诵的东西对我来说很重要：诗行的韵律、句子的节奏、句法的流畅。对于这些要点的考虑占据了我一大部分的创作构思，纵使我的诗不是什么格律诗，节奏不那么分明，通常也不押尾韵。很明显自由体诗比律诗更难背诵，但与背诵散文相比还是更加容易，因为自由体诗仍以诗行为单位，不同的诗行对应不同的思想和句法。我很努力让我的诗能顺畅流动，句法上也保持紧凑，就像弗罗斯特或叶芝那样，只是我的诗没有严整的格律，也没有押尾韵。但我对诗歌的节奏很注意，我想这也是我的诗歌或许不难背诵的原因。

写自由体诗，你很难确切知道一行什么时候能达到你想要的韵律感。尽管你能很清楚地感觉到，却很难描述出来。在我看来，这跟优雅与否有关。我想写出优雅的诗行、优雅的句子。我试图使我的作品变得简单洗练，我使用简单的词汇和传统的主谓宾结构。我希望读我的诗是进行一场想象力之旅，而不是完全陷入文字的迷宫。我心中始终装着读者，我希望引导他们一起走过这场想象之旅。如果我的诗歌能在读者心头激起些许回响，我希望那不是由玩弄文字，或者对语言的古怪使用而带来的。我希望诗歌带给读者的是想象力的震撼，它带领他们去往一个不同寻常的地方、一个富有挑战的地方或一个令人迷失方向的地方，但这一切都依靠极为简单的文字来实现。我不想文字本身成为旅途，我希望我们能一起穿越探索，去往想象之地，这才是我想要的旅途的模样。

我知道这可能与你读过的某些精雕细琢的诗歌语言相违背。当然，诗歌是由文字语言构成的，这也是我们打交道的对象，但我不希望读者只盯着诗歌的语言。我想带领读者从堪萨斯州进入奥兹国：从一个简单、熟悉的地方去往一个有点不同寻常的地方。

诗歌是清晰与神秘的混合体。重要的是，你得知道什么是清晰的，什么又该保持神秘。我发现很多诗歌之所以不太好读，是因为它们试图永远保持神秘。一首诗的开头要让读者感觉受到指引,否则后面他们就不会产生渐入迷境的感觉。很多时候,我发现一首诗开头几行就完全让人摸不着头脑。我想去那个想象之地,但我想让人引导着前往,而不是让人一把给推到那地方去。这就好像你刚读完一首诗的标题,正等着那辆进站的火车带你踏上旅程,却突然被人推下月台。

我想一部分原因可能是近年来诗歌的读者一直在减少。现在诗歌只有一种读者,即诗人自己。对过去三十年来说,这是个好消息,也是个坏消息。好消息是与诗歌相关的各种活动随处可见:即兴诗歌表演、诗歌工作坊、读诗会、诗歌奖等等。坏消息是这些活动的主要受众正是那些已经获得认证的诗人。诗歌再也不像以前那样面向普通读者了。如今诗人的焦虑不是能否获得影响力的焦虑,而是一种关于清晰性的焦虑。我认为很多诗人都对自己能否清楚地表达而感到焦虑。

然而即便今天诗歌失去了公众地位,它却仍然和以往任何时候一样重要。当你读诗时,它的作用就清楚地显现出来。诗歌重视主观性。它突显诗人的内心生活,而诗人又期望读者能进入其中。诗歌让读者和诗人的主观生活产生接触。这一点在当下尤其重要。如果你环顾自己生活的社会,你会发现我们总是不断被拉扯进一种公众生活之中,这不仅仅指的是像脸书那样令你自愿交出私人空间的社交软件。如今私人的避难空间非常稀有。那些类似"我要出去买披萨""乔安在沙发上睡死过去了"的庸常言论正在广泛传播。我最近读到一个观点,说我们不是在遭受信息的泛滥,而是在遭受无价值的琐屑的泛滥。若真如此,诗歌便是一片绿洲，或者一个避难所，使我们远离那些不断把我们拽入社交和公众生活的各种力量。

此外，诗歌还对我们产生了一种不同的引力，一种趋向意义和主观性的力量。它像那日日夜夜轻拍湖岸的水声。在《多佛海滩》中，当马修·阿诺德①描述他听到来自英吉利海峡的浪涛时，他说很久以前古希腊剧作家索福克勒斯在爱琴海边也听到过。这是每个人都听到过的声音——圣女贞德听到过，古罗马哲人西塞罗也听到过。诗歌带给我们的就是这样的感受：它们穿越历史的长河，直抵心灵深处。

---

① 马修·阿诺德（Matthew Arnold，1822—1888），英国诗人、评论家，代表作有《迷途浪子》《文化与无政府状态》等。

因为黑暗还原的是光明无法修补的。

——约瑟夫·布罗茨基[①]《论爱》

[①] 约瑟夫·布罗茨基（Joseph Brodsky，1940—1996），美籍俄裔诗人、散文家，曾获诺贝尔文学奖等荣誉，代表作有《诗选》《小于一》等。

请停止思考

凯瑟琳·哈里森[1]

我不记得第一次读到约瑟夫·布罗茨基的《论爱》是什么时候了，但我记得是什么重燃了我对这首诗的兴趣。那时我在波士顿，去哈佛大学看罗斯科[2]的画展，诗中的一句话突然浮现在我的脑海里，仿佛受到了罗斯科的召唤。

那是一首关于一个男人梦见逝去恋人的诗。被失去恋人所毁灭的种种生活的可能在梦中得到了实现：他们做爱，生儿育女，相互陪伴。诗的结尾强调了一个承诺，它超越现世生活，到达了一个无意识、非当下、非物质、非理性的疆域。你可以说这是个神秘的领域，或一个不可言喻的空间。不管你怎么称呼它，那都是我信仰的域界。

---

[1] 凯瑟琳·哈里森（Kathryn Harrison，1961— ），美国作家，代表作有《亲吻》《暴露》等。
[2] 指马克·罗斯科（Mark Rothko，1903—1970），俄裔美国抽象派画家，代表作有《红色中的赭色和红色》《绿色和栗色》等。

在整首诗中,布罗茨基设置了一个光明与黑暗的对立世界。当光亮熄灭,梦中女人的记忆便袭上叙述者心头。它来势汹汹,几乎令人信以为真。然而他一开灯,她便消失不见了:

> 拧亮电灯
> 我知道我留你孑然一人
> 在那里,留在黑暗里,留在梦里,你在
> 那里静静等待,等待着我回返。

在幽暗中发生了很多人与人之间的互动往来。在无意识层面,通过梦境——甚至从某种程度来说,是通过人们无声交流的默契。我称之为幽暗,并不是指缺了光亮的一片漆黑。我所说的幽暗是生活中那些理智无法领悟、到达之处。

这首诗的真谛便蕴含在这一行中:

> 因为黑暗还原的是光明无法修补的。

我认为布罗茨基的意思是,光明能"修复"那些物质世界里的东西,但这种修复有其局限。比如说,医药在光明之中能治愈疾病。但是如果人的灵魂生了病,生命也不复存在。有时候除了做梦和幻想,再没别的方法恢复我们所失去的一切。

我并不觉得自己在说很悲伤的事情。事实上,存在这样一个幽黑的,或者说晦暗不明的世界,对于有意识的理智生活来说,是一种救赎。这个世界具有治愈和恢复的功能，让记忆得以延续，为当下的人提供一种近乎神圣的慰藉。这一行诗关乎存在于我们心中的神圣性和创造力。也正因如此，我认为这行诗是关于上帝的，是关于上帝居住的疆域的。

或许我们也可以如此评论罗斯科的画作。

这行诗也定义了写作，至少对我个人的写作体验来说是如此。对我来说，写作过程既是大脑有意识思考的过程，也是无意识参与的过程。我的写作受无意识的需求指引，通过那幽黑晦暗的过程，我可以恢复已经失去的东西。在小说里，我可以恢复已经消失的声音，通常是一个女人的声音，重新赋予被噤声者言说的能力，在回忆录里也是如此，《亲吻》恢复了我的声音，打破了禁锢着我的沉默。

我必须写作，别无选择。当我写作的时候，我是真真切切在用文字为自己筑起一处生存之地。一旦我在故事的叙述中扎根落脚，它便成了每天早上我醒来思考的第一件事。我不是理智地分析它，像"哎呀，我还没写到关键的地方，居然就已经二百页了，我得抓紧了"一样。这更像是向着一个我最想去的地方奔跑。

当我无法前往那个地方时，我会感到不安和沮丧。我热爱写作。如果不能写作，我会变得无比悲惨。随着时间推移，我周围的人也会跟着倍感煎熬。

很有意思的是，在教授写作课程之前，我不可能想到我最常说的一句话会是"请停止思考"，但人们往往在不思考的情况下会写得更好。这里我所说的思考指的是自我意识。

我不会对要写什么进行精确的计算，也就是说我并不打算控制一切。我并不会先决定写什么，然后去执行目标。更像是我向着什么摸索前往，而在到达之前我甚至不知道那是什么。这些年来我已经能欣然接受这样的状态了。

当然，理智想介入，而在往后的写作草稿中，也确实应该让理性智识参与进来，但在一本书的写作初期，我会消除脑海里的批评之声，尽量减少潜在的自我意识。总会有声音说"嘿，那不是你想写的""你现在不应该写这一部分"，或是"为什么不用现在时呢"，一刻也不停歇。任何写过东西的人都不会对此感到陌生。

写第一稿时，这些声音会让你动弹不得，所以我不得不请它们安静一点。我赞赏它们的洞察力，告诉它们我非常需要它们——但那是在之后的写作中。现在我不能听它们的，因为它们让我困惑不已。

我不会呆坐着等待漂亮优美的句子出现，因为我知道如果是那样，我一定会坐着一直等下去。所以，正如我告诉学生们的那样，磕磕绊绊地开始吧，为什么不呢？摔倒，再起来，再摔倒。就这样一直走下去。

当我按照我热爱的方式写着我想写的东西，不去过多思考我正在写什么的时候，奇怪的事情发生了：我感觉我无比贴近最真实的自我，同时又完全从自我中解脱出来。我想，我成了一个未经生活的碎屑和混杂过滤的我自己。在现实生活中，我们无法掌控生活中可能发生的种种情况。甚至我们的行为有时都会以我们无法预测的方式展开。但在我们的内心深处总会有这样一个自我，一个不受任何影响的自我。它不存在于光明之中，但它就在那里，在黑暗处等待着。

一旦完成了一本书，我就不再幻想自己能够控制它在这个世界上的未来了。这就像把一台收音机交给听众：他们打开开关，收音机开始播放，然后他们会想"太好听了"，或者收音机不响，于是他们就把它扔到一边。把书送给评论家又是另外一回事，而且是更糟的一件事，像是看着你的收音机被拆卸，根本就听不到它播放。

我不是很喜欢出版。不要误会，能靠做自己喜欢的事养活自己，我对此心存感激。虽然我热爱写作，但我确实不太喜欢当作家，对于凯瑟琳·哈里森这个作家我没有什么概念。她其实和我没有什么关系。

有些时候，我得出门扮演一会儿那个人，这非常耗费精力。我是个非常内向的人，但对于我在意的事情，也就是写作，我十分愿意配合与合作。所以如果这意味着出现在公众场合、参加朗读会和接受采访，即便会耗费不少精力，我还是会很高兴地去做。如果能帮助我继续写作，那以作家的面貌示人也无妨。

我总是会想起卡夫卡那句美妙的话："一本书就像一把斧子，劈开我们内心的冰封之海。"我希望艺术成为那把斧子。我希望艺术能撕开光明与黑暗之间的薄纱。艺术就得以这样的方式存在，因为艺术本身是物质性的，尽管它表达的是不可言喻之物。一本书可能诞生于黑暗幽深之处，但它是一个具象的实体，由文字构成，由真实的事物组合在一起，于你于我都大致如此。这就是我做的事，也是一个画家所做的事，是任何创造行为的意义所在：在黑暗与光明的边界上保持平衡。

女儿异装。姐姐异装。母亲异装。妻子异装。法官异装。富人异装。穷人异装。英国人异装。牙买加人异装。每个人都需要一个不同的衣橱。但考虑到这些人迥异的态度,她挖空心思想着什么才是最真切的,或者什么才是最不真切的。

——扎迪·史密斯[①] 《西北》

[①] 扎迪·史密斯(Zadie Smith, 1975—),英国作家,代表作有《白牙》《西北》等。

身着异装,梦想翩翩

罗克珊·盖伊[①]

我们如何在多个身份中安然自处?这个问题曾长久地萦绕于我心头,也是我在写作中一直以来所关注的。尽管现在我学会了提出更加尖锐深刻的问题,这个问题却始终存在。在我大约十五年前发表的那些早期的文章中,我试图写下自己对于身份的矛盾情感。作为大多数时间在美国中西部郊区长大的海地移民的孩子,我常常好奇我到底属于哪里——我既不是纯粹的海地人,也不是纯粹的美国人,更不是纯粹的黑人,仿佛在这个世界上没有一个归属之地。

我在不同的身份间挣扎,作为美国的黑人,美国黑人中的海地人,海地的美国黑人。我还是中产阶级的一员,而我这样外表的人很少会被认为是中产阶级。我试图弄清楚我的欲望与性向,

---

[①] 罗克珊·盖伊(Roxane Gay, 1974—),美国作家、学者、社会活动家,代表作有《饥饿:一部身体的回忆录》《一种未驯服的状态》等。

我渴望那些被视作禁忌的东西。我试图搞明白我是谁，我拥有什么样的可能性。我试图在我的写作中开辟一个空间，在那里可以做我之前无法做到的事，向认识的人展现最真实的自己。

我的小说也讨论了很多这样的问题。住在密歇根半岛上的一位黑人妇女决心关闭自己的内心，远离过往的伤痛，却遇到一个人，让她想要重新敞开自己小心保护的内心，在一片陌生的土地重新筑起自己的家。在不久的未来，美国南方重新脱离联邦政府，一位父亲必须在自己的妻儿和他已经深深扎根于南方土地的家族之间做出决定。在我的小说《一种未驯服的状态》里，一位海地裔美国妇女被绑架，不得不面对来自父亲与国家的背叛，试图找回原来的自己。

我一直在问：我们究竟属于哪里？对于我们所归属的地方和群体，我们又该如何表达感激？

写作需要勇气，需要大无畏的精神。我不是说写作是一个英雄主义的行为，但我的确相信把文字和思想呈现在纸上，需要作家付出勇气。不管写的是虚构还是非虚构作品，大多数作家都在某种程度上展露了一部分自我。他们袒露自己的脆弱，这是写作对作家的要求。每当我遇到一位甘冒风险坦然展示自己脆弱的作家，我都心存敬畏。扎迪·史密斯就是这样一位作家。她的小说《西北》一发表，我就惊叹不已，这部小说是复调的、杂乱的，也是巧妙而温柔的，令人感到不可思议。

在这部小说中，一股贯穿全书的能量紧紧抓住了我。《西北》是一部关于地方和身份，以及人们如何与自我及生活中的他人达成妥协的故事。史密斯把不同的叙述方式和叙述声音杂糅在一起,讲述了共同成长于工人阶级社区的两个朋友的故事。书中有一部分完全以罗列清单的方式讲述了娜塔莉·布莱克(原名凯莎·布莱克)的故事。凯莎长大后,成了一名律师、一位妻子和一个母亲,并把自己的名字改成了娜塔莉。我们看到她在不同身份之间的挣扎,在为自己创造的全新人生中,尝试找到自己的归属之地。

在其中一个段落里,史密斯用异装这个隐喻来描述凯莎/娜塔莉与自己多重身份的较劲。她试图弄明白什么才是最真实的自己。

170章 异装

女儿异装。姐姐异装。母亲异装。妻子异装。法官异装。富人异装。穷人异装。英国人异装。牙买加人异装。每个人都需要一个不同的衣橱。但考虑到这些人迥异的态度,她挖空心思想着什么才是最真切的,或者什么才是最不真切的。

在小说结尾,原来叫凯莎·布莱克,也就是曾作为凯莎·布莱克的娜塔莉·布莱克仍然在寻找最符合自己的服装。她和朋友利亚一起打电话到警察局报案。

"我有事要告诉你。"凯莎·布莱克说,用自己的声音假装自己。

我们就停留在这一刻，停留在如此恰当且华丽的模棱两可之中。史密斯做出了一个大胆而优雅的选择，她用未竟的结尾完结一部小说，用无解的答案回答一个徘徊在多重身份中的女人的问题。这便是我在写作中要做的，至少是我尝试去做、希望去做的事——用自己的声音假扮自己的声音，来讲述事实的一种版本。

至少,挑选无关紧要的一天。选你生活中最不起眼的一天。它就足够重要。

——桑顿·怀尔德[①]《我们的小镇》

[①] 桑顿·怀尔德(Thornton Wilder,1897—1975),美国小说家、剧作家,曾获普利策戏剧奖和小说奖等荣誉,美国现代戏剧先驱,代表作有《我们的小镇》《圣路易斯雷大桥》等。

芸芸众生

汤姆·佩罗塔[①]

孩童时期，我从《读者文摘》上得到了很多信息。我第一次读到《我们的小镇》，就是在父母随处乱放的一期里。《读者文摘》并没有直接摘录这部戏剧，而是选取了其中几个细节，写成了一篇人生哲理小品文。文章说，在这部戏剧里，一个已故的女人重新过了十二岁生日，并意识到她曾把生活里的那么多事都看作理所当然。文章的主旨是提醒人们珍惜每一天，感激所拥有的时间，去爱眼前人。

"活在当下！"——这个观点并不新鲜，但还是给我留下了深刻印象。一个人死而复生，带着痛苦和懊悔回望了自己的生活。这一点非常吸引我，带有一种类似电视剧《阴阳魔界》的魅力。我记得自己想着应该去读读《我们的小镇》。

[①] 汤姆·佩罗塔（Tom Perrotta，1961— ），美国小说家、编剧、制片人，代表作有《剩余者》《身为人母》等。

但我整个高中都没读过这个作品。我选修了高级英文课程，而《我们的小镇》被纳入了基础课程教材。上大学时，我的英文课程大纲从没出现过怀尔德的作品。如果我选了美国戏剧写作课，我肯定会读到，但我没选。我到快三十岁的时候才第一次观看这部剧，是八十年代后期在纽约上演的斯波尔丁·格雷主演的那个版本。我非常喜欢。一年前，我又带上了我的小孩们一起去波士顿观看新版本。

我很投入。仿佛有什么东西突如其来地卸下了我的心防，看到第三幕时，我开始哭泣。我想一定把孩子们吓坏了，但我就是控制不住自己。

《我们的小镇》就是能以这种方式让你措手不及。如果你读过或看过，你就知道它是如何从平淡无奇开始，发展出一个宇宙般宏大且情感跌宕的结局的。它拥有一种只有某些艺术作品才会产生的魔力，促使你去做它描述的不可能完成的事情。它哀叹我们无法从已故者的视角检视自己的人生，却偏偏又让我们尝试这么去做。

《我们的小镇》是一部三幕剧，包含了平淡无奇的生活，是三年后的婚礼，再是九年后的死亡。就这样，寻常的一天、婚庆和死亡——作家仅用了三个元素，便让我们感受到时间不可阻挡地飞逝带来的巨大无力感。从艺术的角度看，这是一部了不起的作品。它几乎剥离了一切外物，舞台布景极其简单，也没有使用道具，演员用默剧的方法表演动作。角色也多为简单的模式化人物，而且真的没有情节，一切都被精炼成一个基本事实：这些人活着,然后死去。然而就是凭借这个关于生存的基本事实,这部戏剧激发出了大量的喜怒哀乐。

但如果我们一开始就不相信戏里角色所经历的平庸现实,肯定也不能感受到怀尔德努力营造的宇宙般的永恒宏大之感。这就是为什么剧作家用第一、第二幕来建立一个令人信服的世界,表现出角色的真实性。第一幕通过一系列生活片段展现了格洛弗角的日常生活:孩子们准备上学;主妇抱怨她们的丈夫;牛奶工送牛奶,乡村医生出诊返回;孩子们嬉戏打闹,大人们闲话家长。我们看到的一切都美好而单纯。从这一点来看《我们的小镇》可以说是《欢乐时光》①的先驱,所有的细节时刻都如此真实。

第二幕的主题是恋爱和求婚,重点围绕着乔治和艾米丽两个角色的关系加深而展开。这里怀尔德又通过一些细微处的描写来增强情感。在一场戏中,艾米丽指责乔治变得太自负,于是乔治决心改变,艾米丽为把乔治叫出来而道歉——这是一段令人动容的倒叙。我们意识到少男少女之间这种普普通通的坦白其实就是一种求婚。围绕着婚礼也有许多令人信服的细节描述:父母笨拙地提出对新人的建议,新娘新郎双双感到胆怯。这都是些再寻常不过的情境,却体现了作家信手拈来的娴熟技巧。这部作品的成功之处便在于它让所有这些琐碎的时刻都显得非常真实。

只有成功塑造了一个令人信服的平凡世界后,怀尔德才能在第三幕中跨出大胆的一步。突然间,我们便身处一片墓地。时间

---

① 即 *Happy Days*,于二十世纪七十年代开播的美国情景喜剧,描绘生活甜蜜、美好的一面。

来到九年后，我们熟知的大多数角色都已死去。墓地本身就像一个独立的小镇。居住在坟墓里的亡灵们聚集在一起聊天。虽然他们能去观察活着的人在做什么，但这样做太过痛苦。慢慢地，他们学会了从生者的世界离开。

从死者的角度去想象自己的生活是令人恐惧的，但这正是怀尔德要求我们做的事。然后我们重重地遭受到情感上的打击——艾米丽，这个我们看着长大、恋爱、结婚的女人，躺进了坟墓。而其他死者都漠然地接受了这一事实。艾米丽死于第二个孩子难产。突然间，这部戏的天真简单，那些光影和笑声都有了完全不同的意义。

令我们意想不到的是，以死者的身份旁观活着的人的生活是多么痛苦。刚进入往生世界的艾米丽依然紧紧抓住原来的生活，倍受煎熬。"我究竟怎么才能忘掉那种生活呢？"她说，"那是我知晓的一切，是我曾拥有的一切。"

在墓地待得久些的其他亡灵知道遗忘才是最好的选择。虽然往生世界的所有亡灵都一再警告她不要那么做，但艾米丽坚持要回到过去的某一天，重新感受那一天的生活。当然，她想选一个开心的日子，比如她爱上乔治的那一天。但艾米丽的婆婆，死于肺炎的吉布斯太太，警告她不可以选择太过特别的日子，那样她会太过紧张。

> 至少，挑选无关紧要的一天。选你生活中最不起眼的一天。它就足够重要。

当艾米丽不情愿地回去观察她十二岁生日（一个她认为非常平常的日子）时，她吃惊地发现那一天的每个时刻都非常重要，伴随而来的则是无限的怅惘与失落。我们跟随着艾米丽从墓地瞥见了简简单单的情景：母亲给她生日礼物，亲戚们前来祝贺。这都是前两幕中我们看到的欢快无忧的情景，然而正是这种日常感有着一种可怕的力量。艾米丽想细细品味每个时刻，因为它们已永远地逝去了。她完全不知所措：

> 我不能忍受。他们那么年轻，那么漂亮。他们为什么得变老？妈妈，我在这儿！我已经长大了！我爱你们！爱所有的一切！我怎么也看不够这一切。

"我怎么也看不够这一切"：悲剧就在于，活着的时候，我们并不会带着"日子会一去不复返"的认识去看待一切。我们没有也不能因知道有一天他们将远去，而迫不及待要珍惜我们的生活，珍惜我们的挚爱。艾米丽绝望地注意到她和母亲几乎都没有相互看一眼，为我们的自我中心意识，为我们的漫不经心，为无数将我们分开的事物感到悲哀。"啊，妈妈，"她哭道，"再好好地看我一分钟吧，就像你真正看见了我那样……让我们看看彼此。"但是母亲和女儿依然忙着各自的事情，沉浸在各自的想法里。那个彼此了解、心意相通的时刻从未出现。最终艾米丽不得不转身离开。

有的人认为《我们的小镇》太过感伤。显然，这部剧里有愿望成真的成分：女主角回到了过去，一时间超越了死亡。但它也有冷酷无情的一面，主人公的经历令人心碎，难以承受。剧中并没有真正让情绪得到宣泄和净化的时刻，有的只是对横亘于小镇和墓地之间的巨大鸿沟的坦然，这已是对情绪的巨大考验。生者无法体会亡者的情意，甚至也不会在乎活着的人。对我来说，这不是感伤——这是难以置信的冷酷。这部戏呈现给我们令人难以面对的事实，并迫使我们久久地、专注地凝视它。

我想还有一件值得探讨的事，即怀尔德在这部戏里运用的艺术技巧。我们之所以认为某事感伤，是因为能看到它会发生。我认为这部戏很诡异，它让你认为这是一个我们熟悉的、友好的世界，每个人都善良可爱，也不那么好奇八卦，然后用残酷的、终极的事实向你猛击一拳。这种惊讶的成分或出其不意的情绪和感伤是不一样的。感伤则是由一种可预见的手段激发的程式化的情绪。

我不清楚我是在什么时候意识到《我们的小镇》深深影响了我对《剩余者》的考量。失去和铭记逝者、伴随着失去活着，一旦开始处理这些问题，显然我其实已经在以一种自己都不甚理解的方式和怀尔德对话。作为作家，我不希望对自己每时每刻在做什么都有所察觉。而这部作品如此深刻地烙印在我心里，以至于它对我的影响变得微妙而不可察。

而在有些时候，我又能意识到这种影响，便在我的写作中对其点头致意。比如说，我的人物吉尔没有好好地在英文课上读《我们的小镇》。就像怀尔德笔下的生者不能珍惜他们的生活一样,在英文课堂上被要求去读《我们的小镇》的高中生们也在重复剧中人所面临的困境。可能是他们失去的不够多,所以还无法体会这本书的深奥之处。就像怀尔德笔下的人,他们所失去的还不足以让他们意识到自己的生活是多么重要。我的书里就有这样一些对《我们的小镇》的致敬。

这部戏还在其他一些方面为我创作《剩余者》和其他的作品提供了启示。例如,我对于文学的态度很民主,这一点也来自于怀尔德的影响。每当读到那些关于非凡之人或控权之人的小说,我都会有些紧张。我试着在写作中遵循这样一条原则,即描写普通人和寻常事。对我来说,这部戏就是美国文学最伟大的民主产物之一。它给你一种感觉,不管你是生活在巴黎的世故都市人,还是生活在格洛弗角的农民,这个深刻而可怕的事实都同样适用于你。

对此我们还能提出一种与之相契合的政治观点。我们都听说过"一人一票"这种说法,它被用来宣传一种思想,即在政治进程中每个人都拥有发言的权利。而我呢,喜欢"一人一真理"的文学,即每个人的经历,不管多么微不足道,都蕴含着一种能量,可以告诉我们人之所以为人的重要意义。当然,很多情况下,小说并不是对于普遍经验的书写:它多半曾经是中产阶级的产物,也有这么些人被完全遗忘,因而他们的生活未曾被记录下来。所以作家不应该沾沾自喜。不过有一种重要的思想是可以借助小说的形式传达的,那就是扩大文学的焦点。小说试图告诉我们,"普通人"的生活和那些大人物的生活一样充满戏剧性、充满感情，甚至还有重要的政治意义。《我们的小镇》就是我用来阐述这个观点的例子之一。

寻常百姓的生活和杰出之人的生活一样重要——如果我在写小说时把这个观点作为核心价值，它也会帮助我表达我与细节的关系。写作时，力量往往蕴藏在普通的细节中。那些琐屑的小事让我们建立起精彩的戏剧情景，或带领我们通往重大的真理。作为作家，我的直觉是：越要使某个时刻显得紧要，你就越要从细节处入手，赋予它真实之感。这种方法可回溯到《我们的小镇》中那个令人心碎的时刻。艾米丽发现那些她忽略的细碎片段是如此美妙，这让她不知所措。作为作家，我试图寻找拥有这种力量的平凡时刻，将它们呈现给读者。

这是我创作《剩余者》的困难之一，因为我写的是消失之后被剩下的人物。人们消失前的瞬间显得尤为重要——尽管那一天没什么特别的，尽管他们是在做普普通通的事时消失的。《我们的小镇》里的那句台词——"选那个在你生活中最不起眼的一天。这就足够重要。"——成了我写作的灵感来源，因为我寻找的便是简单日常的生活片刻。诺拉的女儿把果汁弄洒了，她去厨房拿纸巾，而这个时候女儿消失了。吉尔和她的一位老朋友在房间里看 YouTube 视频时，朋友突然不见了。清理洒了的果汁和看无聊的视频——正是通过这样微小的生活细节，这些片刻才鲜活起来。

我并不认为我是有意识地计划这样去写的，但我现在意识到，当这些人消失的时候，和他们在一起的人并没有看到。我们甚至都没有相互看一眼——这便是《我们的小镇》使我们感受到的残忍。

这些年来，我写过一些影视剧本，也将自己的作品改编成了电影。我和别人合写过《身为人母》的电影剧本，那就是由我的一部小说改编的。但这是另外一个项目，我们不是要把我的小说改编成两小时的电影，而是要变成十小时的电视剧。这意味着我们得放开手扩充故事，把小说文本作为一个起跳点。电视剧不同的一点是，这个小镇比起书中的小镇来说更像是一个角色。小说呈现的是微观世界，一直聚焦于家庭，但电视剧更多的是把小镇当作一个集体角色。为寻找线索，我又求助于《我们的小镇》。

要把一群人写得有声有色，充满戏剧性，你需要找到冲突和分歧点。比如威胁到主流思想的次文化，甚至是狂热的宗教教派。在《我们的小镇》里，分歧点便存在于生者与死者之间。生者的生活的确和谐宁静，展现出美国小镇上牧歌般的图景，而死者则被完全隔开，这种激烈的视角转换让我们看到小镇完全不同的一面。在《剩余者》这部小说里，反叛的一方也是死者，作为消失了的人，他们和活着的人被彻底隔绝开来。（尽管他们令人生厌，用自己的缺席不断提醒活着的人生活并非他们想象的那样。）我认为《我们的小镇》中的双重视角以一种有趣的方式被转换到了《剩余者》中。那一群离开现世的人让我们对生活是什么有了完全不同的深刻体会。

最后，我想谈谈《我们的小镇》是如何巧妙地呈现时光的流逝的。我认为这部作品运用了非凡的方法捕捉到了时间转瞬即逝的残酷，这在《剩余者》中也是至关重要的。很大程度上，我这部小说讲的是人的消失是如何把时间断然分为"……之前"和"……之后"的。两者之间有着不可逾越的鸿沟。我把故事开始的时间设定为事件发生的三年后，原因之一是三年的跨度非常暧昧模糊。这是一段足够长的时间，让人物开始对已发生的事情产生不同的看法。对有些人来说，这三年的时间已是永远——这事是三年前发生的，我不知道要怎么办，但我决定向前看，开始新的生活。对其他的人来说，三年后则像是一个新时代的开启。他们把这三年看成一个美丽新世界的时间轴上的三个记号。而对另外一些人来说，时间好像停滞了。他们被困在消失的那一刻里，无法接受别人已经开始向前看的事实。人们看待这三年时间的方式是主观且相左的，这成了故事矛盾冲突的主要来源。

《我们的小镇》把时间划为分明的"生前"和"死后"，并从死者的角度探索这道不可逾越的鸿沟。我想我深受这种写法的影响，在围绕大范围消失事件前后展开的故事中，我从生者的角度探讨这件事造成的后果。这是我在无意识中对怀尔德的一种回应。如果《我们的小镇》是关于时间的残酷，那么《剩余者》探讨的则是时间流逝对不同的人产生的完全不同的意义。

一个人应对生命负起责任：那是在可怕黑暗中小小的灯塔，我们从黑暗中来，我们向黑暗中去，返回我们应该返回的地方。

——詹姆斯·鲍德温[①]《下一次将是烈火》

[①] 詹姆斯·鲍德温（James Baldwin，1924—1987），美国作家、社会评论家，代表作有《向苍天呼吁》《下一次将是烈火》等。

抵抗虚幻

阿亚娜·马西斯[①]

我第一次读詹姆斯·鲍德温大概是在十九或二十岁那年。那时，我已经不再定期上教堂了，却依然在试图理解我从小受到的狂热的宗教教育。在这种情况下，我读了鲍德温的《向苍天呼吁》。小说非常精彩，充满力量且富有启发性：在二十世纪三十年代的哈林区，一个男孩在十四岁生日时经历了一次信仰转变。在后来的岁月里，我一遍又一遍地读这个故事，每次都会有不同的体会。

鲍德温的《下一次将是烈火》由两篇非虚构作品组成。在第二篇文章《十字架下》中，他再次探讨了《向苍天呼吁》中的主题，只不过这次是以自传的形式。鲍德温本人十四岁时，就经历了一次信仰的改变。文章叙述了少年时期的他是如何成为哈林区

[①] 阿亚娜·马西斯（Ayana Mathis, 1973— ），海地裔美国小说家，代表作有《十二族》等。

一所教堂的牧师的。他在那里一直布道到十七岁，然后脱离了教会，踏入了外面的世界。

《十字架下》探讨了很多事，开头鲍德温讲述了他作为年轻的宗教信徒的经历，着重谈到了他在周围人身上和自己内心感受到的恐惧，对这个由纷繁事物组成的世界的恐惧：部分是对通过教堂的角度看到的罪恶的恐惧，而更多的是对通过种族的镜头看到的世间丑恶的恐惧。

如果你是一个生活在尚未颁布民权法案的美国的黑人，即使身体健康，你的智识、灵魂、心智、经济潜力——这一切都会处于危险之中。鲍德温认为民权运动是一个革命的机会，但这意味着整个国家，这个白人的美国，要承认种族迫害和种族暴力这些丑恶的现实。这意味着美国要做出一个关键的抉择——是作为一个国家向前走，还是保持白人至上的现状，任由国家逐渐衰败，走向死亡。这是以白人至上主义为核心的美国社会的必然结局。

在文章关键的一段中，他探究了人类为什么如此容易受到摧毁性恐慌的摆布，在畏惧的阴影下瑟瑟发抖：

> 我们眼中的俄国威胁的背面，是我们不愿意面对的，也是美国白人看向黑人时不会面对的——现实，即生命就是悲剧。生命是悲剧，正是因为地球转动，太阳无情地升起、落下。对我们每个人来说，都会有那么一天，太阳将最后、最后一次落山。或许我们所有麻烦的根源，人类麻烦的根源，都源于我们必须牺牲生命之美，将自己囚禁在图腾、禁忌、

十字架、血祭、教堂尖塔、清真寺、种族、敌人、旗帜和国家中，只为抵抗死亡这个**事实**。这是我们唯一拥有的事实。对我来说似乎就应该是这样，一个人应该为死亡庆祝，应该决意用激情直面生命难题，**获取**死亡。一个人应对生命负起责任，那是在黑暗中小小的灯塔，我们从黑暗中来，我们向黑暗中去，返回我们应该返回的地方。为了那些紧随我们的人，必须尽可能高尚地开辟这一通道。可是美国白人不相信死亡……

他从最贴近字面意义的角度讨论死亡，即我们生命的终结。"生命是悲剧……对我们每个人来说，都会有那么一天，太阳将最后、最后一次落山。"然后他继续谈道，否认这一事实会导向另外一种死亡：政治死亡、精神死亡、心智死亡，所有这一切死亡都比生命的死亡更糟糕。鲍德温认为这种对死亡的拒绝，这种在虚幻中度过的一生，可能是"人类所有问题的根源"。对于终极的现实的恐惧，反倒使我们白白浪费了我们视若珍宝的过短的生命。在鲍德温看来，一个人活着，就应该满怀激情地面对生活。他写道，我们"对生命负有责任"，因为我们的生命是终点之间的小小灯塔，是介于生命存在前后的虚无中的一点亮光。

最后，鲍德温说了一句我从未在别处读过的话。他说，"美国白人不相信死亡"（写这篇文章的时候，"白种性"这个词还没有被启用，他便用了"白人的美国"和其他的替换词指代）。当然，白种性赋予美国以实质，是社会的主导力量。在此基础上，白人至上主义塑造了这个国家。既然白种性主导了美国的社会、政治和法律等等，那么这个"拒绝承认死亡"的概念（鲍德温以此隐喻白种性对种族和其他事实的否认），就告诉了我们为什么美国至今无法承认一个最最基本且致命的问题的存在：种族不公。

这就是说，这个国家被怀旧情绪所劫持，而那正是一种终极的、落后的虚幻现实。基于对过去的一种幻想，这个国家妄想维持虚幻的旧日时光：你可以永远在工厂上班而不用担心丢掉饭碗，可以凭自己的力量打拼未来，生活就是吃着爆米花看棒球赛。可是，那些从来都不是美国的现实，至少不是对所有美国人来说都是这样。我们还是向前走了，无论在政治上还是在实践中，仿佛我们怀念的虚幻过往是真实的一般。

这一切都因我们拒绝承认我们是在虚幻中行动而雪上加霜。我们说着"我们真的不是种族主义者""我们没有仇恨外国人""这里已经没有贫困问题了"。我们假装这些事实并没有构成社会的方方面面。因为我们拒绝承认问题就在眼前，所以我们不会去纠正它们。因此这种恶劣的心态便得以持续，没有人去探究和审视它。究竟发生了什么？作为一个国家，对死亡的否认就已宣判了我们的死刑，作为一个国家，我们会不可避免地腐败衰退下去，这种腐败会贯穿我们的生命，遍及整个国家。

詹姆斯·鲍德温关于艺术最有趣的观点之一，这也已经成为我思考自己作品的一种方式，就是写作是一种抵抗虚幻之敌的方法。

某种程度上，写作是对一个人的存在以及存在的权利的确认，在试图否认这一切的语境中，写作赋予了人性以完整。对我来说，作为作家，做到这一点的方法之一便是将我的人物，即我的那些黑人角色置于小说的中心。在西方文学中，种族问题通常是不被谈及的，除非出现了有色人种的角色。他们可以是萨摩亚人、黑人、波多黎各人等各种不同肤色的人。在写《十二族》时，我有意识地反其道而行之。我无意对人物不是白人这点做出特别说明，不愿把白人视作标准，否则笔下的这些人就成了他者，是违背标准的异类。我感兴趣的是把黑人角色做为标准。因为对我来说他们就是标准。鉴于种族议题在这个国家以及在整个西方的大体情况，如果不加解释地把黑人角色介绍给读者，的确会被视为一种激进的政治主张。如此一来，我的人物就不会被以白种性的标准评价，或是被理解成白种性的反射。他们就是他们自己。

我想，写作最艰难的一点，便是做到恰当观察。我越来越觉得，这是写出好作品的关键。这也是我从鲍德温小说中学到的东西。他给予我们无数独到深刻的观察。像他那般精准地把自身经验描述出来，是最困难的事，也是我渴望达到的目标。

我想鲍德温会说，凭借其对真实的描述，艺术也可成为反虚无主义、反否定主义的力量。正视现实，带着满腔热情一丝不苟地描述现实，其实是爱的表现。这并不容易，恰恰相反，这往往很难做到。在鲍德温的作品中，在围绕民权运动的语篇中，爱被作为一种具有生发力量的原动力受到召唤，它不是一种感觉，而是一种力量，尽管很难获得。想要做到这点，付出爱的一方需要约束，需要牺牲，接受爱的一方则需要严肃对待。

我想鲍德温的艺术需要我们付出这种爱。他举起一面镜子，让我们看清自己。我们可能会对在镜子里看到的自己感到厌恶。但这不是非难。我想这就是我们长久以来一直热爱他的原因，我们还会继续热爱他。他的作品并不好读，但他举着镜子对我们说：看啊，我把这些全展现给你们看，这样你们才不会被宣判死刑。对于明天我们总是心怀希望。

写作时，我会试着把自己置于这样的语境下去思考爱。我自然没有鲍德温那么博爱宽厚。但有一样东西帮助了我（也是他教会我的）：从根本上来说，我不相信绝望是人类处境的一个真实侧面。我相信世间存在巨大的困惑、悲痛、苦难。是的，这些都有。但是绝望？我不相信绝望，也不会在绝望中写作。当然，我的写作源自困苦。我写那些处在极度痛苦中的人，写孤注一掷甚至走投无路的人。但是绝望对我来说就是希望的彻底缺失，什么都没有。绝望是坟墓。如果这是人类境况恒定而确切的一面，那么我们应该在很久以前就杀死了自己。因为我不相信绝望，所以我不会轻易屈服。

在《十字架下》的结尾，鲍德温回忆了他年轻时的哈林区，他在那儿长大。他记得那些在街角闲逛的人，记得在满是尿渍和酒迹的过道里的儿时玩伴，那些时运不济的年轻人将无法成为他们想要成为，或本可以成为的那种人。你能感受到这些人身上散发的巨大悲剧感，看到他们的生命即将被白白荒废。但鲍德温随即说出了这个世界上最令人震惊的话：

会有什么降临在那美好之上呢？

尽管这些年轻人命运悲惨，但这个世界上没有纯粹的悲剧、纯粹的绝望和纯粹的厄运。在那些游荡于街角的年轻人身上，在他们的哀伤之中，依然存在一种美。这不是指穷人流露出的高尚美德，那是种可怕的、居高临下的视角。这种美源自他们作为一个人的完整性。当我们把一个人当成完完整整的人来看待，不考虑外部境况等因素时，我们将看到一个陌生、可怕却又不可侵犯的人。

鲍德温笔下的年轻人很美，因为他们和周围的白种性不一样。那是竭尽全力地想要置他们于死地的白种性。尽管这些年轻人是虚幻之敌要俘获的对象，他们仍努力地生活在现实中，无论这有多么艰难。不在奇怪的谎言中生活，这本身就弥足珍贵，尽管这些年轻人要为此付出代价。

会有什么降临在那美好之上呢？鲍德温能够说出这样的话，因为他是个慷慨、深刻又视野开阔的观察者，这是一个艺术家必备的素养。作家并非仅仅照亮了黑暗之地，照亮腐败和堕落（不是喋喋不休的基督教徒口中的堕落，而是真正的堕落，是我眼中对人类价值的贬损）。这只是作家的一部分使命。除此之外，他们还能在其他人忽略的地方发现美。这两者相加，使得艺术成为一种狂野奔放、无拘无束的预言般的语言。

"她本可以当个好人的,""格格不入"说,"要是每分钟都有人朝她开枪的话。"

——弗兰纳里·奥康纳《好人难寻》

本性难移

吉姆·谢泼德[1]

第一次读到《好人难寻》时，我就像每个初读它的人那样，把它当作一部突然转向随机性暴力的社会讽刺作品，结尾还有一点点理不清的神学思想。可是如果你多花一点儿时间去读它，你就会清楚地发现，这个故事强有力地表现了奥康纳作品的关键主题之一：出现在被邪恶控制的领地上的恩典。

作家常常在短篇小说里讨论"顿悟"，有天主教背景的奥康纳则称其为"恩典"。我认为我们一直误读了乔伊斯关于顿悟的概念，以至于认知受到了限制。我们以为短篇小说应该按照自己的轨道朝着一个时刻发展，人物会一下子理解他们原来不明白的事。就在那一刻，他们升华了，变成了更好的自己。

你意识到：突然比利明白了，祖母已经吃了很多苦，他下定

---

[1] 吉姆·谢泼德（Jim Shepard, 1956—   ），美国小说家，代表作有《恶童安伦》《正如你了解的那样》等。

决心，再也不要那样对待她。

这种转变往往基于一个宽慰人心的观念，即如果我们懂得足够多，我们就会表现得更好。这也是"格格不入"告诉祖母的这句话的伟大之处。我非常喜欢这句话。他说的不是濒死的经历会把她变成一个好人。他给出的前提是，需要有人威胁她每分钟朝她开上一枪。

换句话说，这种转变是暂时的，或者说持续不了很久。当我们与自己的非理性抗争、逆流而上时，我们需要一遍又一遍地不断接受再教育。

（在奥逊·威尔斯导演的电影《公民凯恩》里有一句著名的台词，主人公的一个宿敌对他说："你需要不止一次的教训。而且你会再一次接受教训的。"）

在这里，奥康纳真心相信神迹显现所呈现出的恩慈会短暂地充盈我们内心。可我认为她也相信我们在本质上都是有罪的。她告诉我们：根本不要认为，仅仅因为受到一时的启发，突然看清了自己，你就再也不会重蹈覆辙。

我发现这个想法在写作中很有用。我笔下的人物总是在尝试着弄明白什么是正确的事情，并避免去这么做。我们都具有自我毁灭的天赋，这在某种程度上违背了顿悟的传统意义——告诉我们故事便是为人物提供他们急需的信息。从某种程度上说，顿悟是预先安排且无关紧要的。

可你还是不应该彻底否定它。人与人之间的联结和共情都是短暂的，往往如昙花一现，这一现实可能会让你觉得不应该对于顿悟小题大做。当然我们不能这么做。当一个人终于成为我们所期待的样子，或是超越了自己成为更好的人时，我们要予以重视。我们需要称颂这些时刻。正是由于瞥见了这种能力，你才得以创造出那些浑身缺陷的人物。很多伟大的文学作品都是关于跌跌撞撞背离常规的人，因而了解到他们具有努力奋发的能力，对读者继续阅读下去是至关重要的。

奥康纳在这些小说里展现出的对于人性的思考，就是大多数人在大多数时候仍在原地打转。我们的确是这样。然而你仍然想要珍惜这样的时刻，那些人们表示出他们能变得更好的时刻。

当劳离开时,我感到如此糟糕,我以为我要死了。这并非不寻常。

——安妮·卡森[①]《玻璃随笔》

[①] 安妮·卡森(Anne Carson,1950—),加拿大诗人、作家,曾获 T. S. 艾略特诗歌奖等荣誉,代表作有《丈夫的美丽》等。

论寻常

莱斯利·贾米森[1]

我心里的某个原始部分仿佛在与诗人安妮·卡森对话,这一部分的我早年也喜欢多莉·艾莫丝[2]和安妮·迪弗兰科[3],还有后来的珍妮特·温特森[4],我内心张着饥渴的嘴,想要听到以各种不同的方式讲述的欲望和心碎。后来我开始需要一些更加细微、自知的声音来讨论这些话题,但我的初衷始终如一:渴望听到有人用极致的语言表述痛彻心扉的情感。我站在一旁渴望找到同伴,而卡森使我对早期多个版本的自我产生了确信,验证了我年轻时被那些小说主人公吸引的原因。

---

[1] 莱斯利·贾米森(Leslie Jamison,1983—),美国作家,代表作有《在威士忌和墨水的洋流》《十一种心碎》等。
[2] 多莉·艾莫丝(Tori Amos,1963—),美国另类摇滚与室内流行创作歌手、钢琴家。
[3] 安妮·迪弗兰科(Ani DiFranco,1970—),美国另类摇滚与民谣摇滚创作歌手。
[4] 珍妮特·温特森(Jeanette Winterson,1959—),英国作家,代表作有《橘子不是唯一的水果》《我要快乐,不必正常》《写在身体上》等。

卡森的《玻璃随笔》是她那些伟大、奇异、难以归类的散文诗作品的其中之一，描写了一件巨大而可怕的伤心之事。在一帧帧快照中，你看见叙述者去一处荒凉的沼泽拜访母亲。（这篇诗作在很大程度上是一场与艾米丽·勃朗特的《呼啸山庄》的对话。）她试图剖析一场已经破碎的恋情，与母亲共同度过这段失落的时光。

这篇作品我已经在课堂上讲解过很多次，以至于我现在依然能听见学生的各种讨论声堆叠交织。我还记得在法国的一间教室里，我看着叙述者回忆自己往日的恋情：

在这一天的下面流失着另一天
我能感觉到像一盘旧录像带——
我们很快转过最后一个拐角
上山来到他家，青柠

和玫瑰影子，枝叶婆娑，探进车窗，
收音机里传出音乐，他唱着
亲吻着我的左手。

当时我站在讲台上，尝试向学生们解释，有些被我们认为多愁善感的煽情故事实际可以构成精细微妙的场景。但有个学生认为卡森没有脱离对于爱情的一种老套的怀旧叙述。她说："我觉得这就是煽情，多愁善感。"这种矛盾情绪也存在于作品当中。《玻璃随笔》散发着热烈的情感，同时蕴含着一种自知情感过于丰富、过于殷勤的羞愧感。在某一刻，叙述者的母亲成为了这种羞愧感的发言人。

> 你想起来的太多，
> 母亲最近对我说。
>
> 为什么要总抓着这些不放呢？我说，
> 我该放到哪儿去呢？

为什么要总抓着这些不放呢？长时间沉浸在痛苦的情感中，这一行为似乎蕴含着一种羞耻。但我喜欢叙述者的回答。"我该放到哪儿去呢？"这是一个很好的回答，值得放进备用语口袋里，如果你被指责太浮夸了，就把这句话拿出来用。随后她写道，"我很痛，所以记录下来 / 我不是一个很戏剧化的人"，这两句诗要表达的意思是：我想告诉你那有多痛，可我还想告诉你，我心里有一个声音，每时每刻责备我，一旦我太过用力地想告诉你那到底有多痛。经历了强烈的情感，同时处理这些因情感丰富而令人羞愧的声音，两者都是这首诗的一部分，彼此互不干扰。

卡森的自我意识并没有为这份情感道歉。她仅仅是承认，无论我们感受到了什么，都会预先考虑他人的凝视——我们期待他人的共情，或是做好他人难以共情的心理准备。我能从她写下的诗句中感受到这种心境：

> 当劳离开时，我觉得很糟糕，我想我要死了。
> 这再正常不过了。

这两行诗仿佛在刻意煽情。它们几乎是在说：我不想用创造性的语言，或是独特的隐喻修饰我想传达给你的情感。卡森的语言令人震惊，你已经知道她能够以一种疯狂的、专属于她的风格来传达任何情感，她却说："我以为我要死了。"这是有意为之的平实。这句话如此尴尬且直白，却蕴含着某种打动人心的东西。

下一行"这并非不寻常"可以有不同的解读。它可以是冷静的、不以为然的——这种心病症状并非不寻常。但这也是在承认她的经历并非特别的，这是一种曾经有过，以后也还会再次体会的感觉。她拥有这种寻常的感受，不会为此道歉，也不会放弃。

我的确认为，即便是无比寻常的经历，也可以讲出不同寻常的故事。我教授非虚构写作时，学生们关于个人写作最大的困惑是：为什么别人会关心发生在我个人身上的事？生活平庸是令人羞耻的事。他们并没有错。毕竟，围绕郊区生活写一本回忆录并得到出版确实是很难的。我听到学生们表达的这种无力的焦虑，以及自己也感受到的，正是"这再正常不过了"这句话所要传达的经历：试图为一种重要的情感找到合适的表达，同时坦承这是世界上最寻常的情感。

我想我执着于寻回这种普遍性。有些事情被常常提及，或是常常被感受到，但这并不是你避免谈论它、表达它、承认它有多么强烈的理由。

当然,如果"我感到如此糟糕,我以为我要死了"是平庸的戏剧辞海中一句非常熟悉而普通的话语,它不会具备同样的冲击力。但此刻我们面对的是一个会使用这样的比喻的作家,如"四月热浪里的蓝绿菱形窗玻璃""录像带戛然而止/像玻璃载片上滴上了一滴血"。这是打断抒情的、理智的声音,代之以直白坦率的语言。这是卡森的独特之处。抒情的声音和直白的"我以为我要死了"的冲击对抗,是我产生触电般强烈情绪的原因之一。

整首诗就像一个处于对话中的自我,不仅仅是和他者的、外在的声音对话,而且是和自我的不同部分对话。其中一段中,叙述者想要停留在怀旧情绪中的那部分自我,和想要放手前行的那部分自我相互对抗:

> 在那高高的蓝色房间里
> 当她投进他的怀抱,在我体内我能感觉到
> 美人的心跳——
> 不,我高声叫道。用力放下胳膊
> 空气突然像水一样又冷又重

那个破折号和后面的"不"对我来说充满了情绪。它如此真实,让我想起我曾迷失在怀旧情绪里,然后告诉自己适可而止吧。在这个破折号里,你再次体验了那种悲哀——不,已经不在了。这

些诗句展现了一种真实的矛盾心理——既想要铭记，但同时又提醒自己不要再沉湎于回忆中。

我写作时，时常会有一种自觉，它将我从一种情绪中抽离；或者是在某个时刻，想要为刚才说过的话道歉，或是自嘲似的加上引号。这可能会导致十分不好的效果，尤其是在写第一稿时。对我来说，第一稿的写作过程是我不会对任何事情说不的那一部分。我放任自己浸入一种情绪中，在想写的场景和情感上花上足够的时间，肆意联想。虽然那时我便知道，三稿以后，身为编辑的那部分自我会认为这些内容太肤浅，太自我放纵。那个说"不"的自我自然有属于它的责任。但对我来说，那是以后，在往后的几稿里，那时我将会问自己更加深刻的问题，即到底哪些文字是真正需要被保存下来的。

我已经发现，冒险多说一些是很重要的。在学生的作品里，我能看到他们有时因为担心不够引人注目和太过平庸而进行浓缩精简。然而我常常发现，他们恰恰是通过压缩，将作品变成了他们所害怕的流俗之作——"我和那个人分手了，可是我无法从这段感情中走出来"——他们不愿对一次寻常的心碎进行过多的描写，往往只用一个句子带过，但如此概述性的方式表达的情感绝对是乏味的。《玻璃随笔》拒绝停滞在含糊的陈述上。通过深入的叙述，这首诗将熟悉的情感变成一种我们从未见过的、完全陌生的东西。

有一次，我的老师查理·丹布罗西奥①给过我一个建议，一个我思考过无数遍的建议。每次遇到什么情况，这条建议就会以不同的方式出现，仿佛他在一次又一次地叮嘱我：写文章遇到的问题本身就可以成为主题。它让我明白，如果你听到内心有一个批判的声音在说"不"，那并不意味着你不应该走到那里，只是意味着你应该写一篇关于抗拒本身的文章。《玻璃随笔》以强有力的方式做到了这一点。它不屈服于编辑的批评，而是把抗拒编织进了文本。你从那个"不"中能看到这一点，从"我不是一个戏剧化的人"上能看到这一点，从母亲说"为什么要总抓着这些不放呢？"也能看到这一点。比起完全消解这种羞耻感，当它从来不曾存在过，将克服的过程清晰地呈现在纸页上反而更有效。尤其是当这种羞耻感源于恐惧，这种恐惧让你害怕被贴上坏人或被损毁者的标签，害怕自己看上去过于羸弱、过于自我。这些限制是值得突破的，即便它们在纸上会留下痕迹，我们也可以从另一面去寻找可能的表述方式。

通常，我用于修改那些书写个人经验的文章的时间，会比用于修改读书报告和评论文章的时间长很多，因为时间能让你的审视更精妙、更复杂且有用。你把写好的东西搁置得越久，就越容易舍弃那些看似不重要的部分。当你正处于刚写完停笔的状态中，很多内容看起来依然鲜活珍贵。谈到个人经验，我想它还存在另外一层用途：随着时间的流逝，对待自己生活中曾发生的那

---

① 查理·丹布罗西奥（Charles D'Ambrosio, 1958— ），美国作家，代表作有《死鱼博物馆》《游荡》等。

些事，你会产生完全不同的看法。这并不意味着最真实的故事是你八十岁时写下的那个版本，但你看问题的视角不停在变化。我对这样一种写书的方式很着迷，就像看待树的年轮一样，选一个事件，一年以后去写它，五年以后再写，十年以后再写，十五年以后再写，那本书便会成为这些不同叙述的累加。

我所拥有的最美妙的夏日时光便是在和《玻璃随笔》一起度过的二〇一二年。那时我正在写一篇文章，名为《女性痛苦的大统一理论》。文章庞杂无序。内心深处，我深知自己在寻求某些紧迫之事，和这些痛苦及其讲述密切相关，和对发出这种声音感到羞耻密切相关。我已经有了我想编排的各部分内容，但不知怎样编排。最终是卡森不断探讨的那个概念救了我：裸者像。

> 每天早上我看见一个幻影。
> 渐渐地我明白他们是我赤裸心灵的影像。
> 我叫他们裸者。
> 裸者一号。女人独自在山丘上。
> 她站在风中。

诗里有十三个裸者像，摆出不同痛苦状态的女性自画像，她们成为我的一个组织原则，使我不仅能将这篇文章作为美好的物体去感受，同时还能将其作为一个美好的工具，用以把杂乱的材料编排整理成一系列伤痛的快照。我喜欢这首诗里的裸女，部分原因在于她们打破了痛苦和美丽的二分法。她们都是未经雕饰的灵魂，却又完全是精美的人工制品。处在中心的自我暴露无遗，但这又是设计的产物。这就是我爱卡森的主要原因：她的写作饱含情绪，呈现方式又充满巧思。技巧和情感不会相互阻碍，而是相互推动。这便是我写作时想做到的。

豹子闯进了寺庙,喝水喝到祭坛里只剩下渣滓;这个情景不断地重复;终于能预先算出它们什么时候来,这成了庆典的一部分。

——弗兰兹·卡夫卡[①]《寺庙里的豹子》

[①] 弗兰兹·卡夫卡(Franz Kafka,1883—1924),奥匈帝国作家,代表作有《审判》《城堡》《变形记》等。

放豹子进来

乔纳森·勒瑟姆[1]

我第一次读卡夫卡的《城堡》大概是十五岁的时候。那时我看的是一本旧旧的Schocken出版社出版的精装版，是在我高中的图书馆找到的。我上的是拉瓜迪亚艺术高中，是纽约市的公立中学，旨在培养音乐与视觉艺术专业的学生。我是学校图书馆的常客，当时那可不是个有人气的地方，里面摆满各种不可思议的精装书，很多都朽烂了。同时，我也会去城里各处的二手书店。那时到处都是二手书店。因为租金相当便宜，所以这种俱乐部式的古怪二手书店越开越多：满屋子都是书，通常是由某个上了年纪又不太上心的书商经营着，他的暴躁脾气会吓跑一半顾客。

那时正是我大量阅读小说的时期。我漫无目的，尽量什么都

---

[1] 乔纳森·勒瑟姆（Jonathan Lethem, 1964—   ），美国作家，曾获美国国家图书奖和世界奇幻奖等荣誉，代表作有《枪，偶尔有音乐》《布鲁克林孤儿》《孤独堡垒》《久病之城》等。

读，而且热衷于找卡夫卡的书来读。我读了不少科幻小说，还发现了博尔赫斯，从某种角度把卡夫卡和这些联系在了一起，因为我听说如果我喜欢病态的、异想天开的、哥特风格的东西，他的作品就适合我。所以我读了《城堡》，读得很快，结果读到结局时非常生气。我理所当然地认为每本书都会通向某处，而显然这本书去往的是城堡。就应该在城堡里设置个辉煌宏大的结局——书名都叫《城堡》了，精彩的高潮部分还不应该发生在城堡里吗？读的过程中我全神贯注。我跟着K，逐字逐句读过每个段落，等待着结局揭晓。最后等到的却是故事的骤然坠落，我勃然大怒。我想要退钱。（只是我根本没花钱。）我简直不敢相信这么令人失望的书竟然可以成为名著。我还记得当时想，他把你骗得这样惨，怎么会成为著名作家呢？一切看起来就是场灾难。

后来，在感觉被这本书粗暴地欺骗后不久的某个时刻，我觉得我还想要更多。我需要再次进入那种思维状态，所以我读了《审判》。

读《审判》是我十几岁时至关重要的阅读经历之一。它使我成为作家，成为现在的我。如果我从没读过卡夫卡的另一本书，如果我没有继续了解他的短篇小说、格言、日记和写给父亲的信，这些我二十多岁时如饥似渴地吸收的东西，即使只有《审判》和隐在其后的《城堡》，我也会把卡夫卡当作此生最喜欢的作家之一。我完全属于他。

我巨细靡遗的系统还包括这么一个方面，如果我喜欢一个作家，我就得一字不落地阅读这个人所有的作品。（我已经这样对待过格雷厄姆·格林[①]、雪莉·杰克逊[②]和菲利普·迪克[③]了。)我不一定立刻就读完所有的作品——当然,有时我也没法立刻找到他们所有的书。但我知道我会读完所有能找到的。我想我在二十四五岁的时候已经看完了所有找得到的卡夫卡作品。可能就是在那时我邂逅了关于豹子的这句格言。

> 豹子闯进了寺庙,喝水喝到祭坛里只剩下渣滓;这个情景不断地重复;终于能预先算出它们什么时候来,这成了庆典的一部分。

这可能是他的作品里我最不感兴趣的那一类,这是我作为读者的天性所致。我喜欢故事。我寻来的并不是格言警句,那和我喜欢文学的初衷根本不相干。我是一个很纯粹的文学读者。我想要的是有人物的故事,很多事件发生,许多场景存在,这才是我读书的目的,也是卡夫卡最初吸引我的地方:极端的、反常的、却令人难以抵抗的叙事。博尔赫斯评论卡夫卡的时候,把希腊哲学家芝诺当作他的先驱,因为卡夫卡的叙事都是基于芝诺悖论:你总是在半途上,却永远无法真正抵达。那是一种极其令人沮丧的叙

[①] 格雷厄姆·格林(Graham Greene,1904—1991),英国小说家、剧作家、编剧、评论家,代表作有《命运的内核》《恋情的终结》等。
[②] 雪莉·杰克逊(Shirley Jackson,1916—1965),美国哥特惊悚小说家,影响了尼尔·盖曼、斯蒂芬·金等后辈作家,代表作有《摸彩》《我们一直住在城堡里》等。
[③] 菲利普·迪克(Philip K. Dick,1928—1982),美国科幻小说家,曾获雨果奖和星云奖等荣誉,代表作有《高堡奇人》《流吧!我的眼泪》等。

述，但它自成一派，如迷宫一般，令人欲罢不能，具有催眠效果。这种叙事特质让我成为卡夫卡的读者，并且认同他在哲学上的寓意（尽管很难说清那究竟是什么）。一切都始于故事。

从这个角度看，寺庙里的豹子就是个小小的故事。在这个时间段内，产生了一个令人兴奋的激烈情节。而其中令人着迷的一点是，究竟要多长时间才能将豹子纳入到仪式中？是经过了千百年的文明进程，曾经令我们祖先抱怨不已的豹子才被纳入仪式的吗？或是——你瞧，上周三我们还觉得这是个问题，而这周我们就决定解决它了？不管时间有多长，总有一种深刻嵌入的叙事情境，处于其中的人物做出决定来解决某种冲突，将失序纳入他们的世界观。

但对我来说，这也好像是一幅 M. C. 埃舍尔[①]的画，那是我十五岁时觉得很酷的另外一样东西。我在卡夫卡小说里仍然能隐约感觉到这种拓扑特质。豹子是外部世界的一部分，最终与内部世界嵌合在了一起。不知怎的，它们完善了一个一开始宛如负空间的形状，但实际上负空间是构成正空间的必要条件。寺庙和圣餐杯就像是埃舍尔用浅色画的一幅画，你会把负空间构成的轮廓看成豹子，然后你会意识到——等等，豹子就是这幅画本身。在这两种东西在空间上相互依存的方式中，有种阴阳性。

对我来说，庙宇里的豹子是一则关于高雅和大众文化的美丽寓言。毫不掩饰地说，我这样定义小说的文学追求：吸纳通

---

① M. C. 埃舍尔（Maurits Cornelis Escher, 1898—1972），荷兰版画家，因作品中的数学性而闻名，代表作有《画手》《凸与凹》《画廊》等。

俗。小说总在狼吞虎咽地吸收市井、商业与流行文化的语言。事实上，它被丰富自我的需求所驱动，即便所用的填充物一开始看似与它水火不容。人们总想把小说捧上神坛，奉它为一种高贵的艺术形式，就像教堂里马克·罗斯科的画，或是贝多芬的交响曲。他们想让小说成为一种纯粹的高雅形式，这是很有意义的渴望，因为当小说改变生活时，它们会让你抵达无上的境界。但事实上，小说只是由日常生活中各种下层的东西有机地组成。你无法净化它们，无法提取出通俗的素材。因而你可以把豹子和圣餐杯当作小说家立场不纯的象征——当作是上层冲动和下层来源的调和者。

几乎每一代小说家都得找到一种方法把豹子请进来，即把那些引起老一代人反感的东西请进来。当我开始融入这么多让我激动的本土文化和商业化的东西，比如广告、漫画、类型小说、低俗读物、摇滚音乐，从某种程度上说，连我自己都认为是在玷污这个领域。可是我还是忍不住。后来我开始变得听不进任何意见。我心想，等会儿，狄更斯就是这么做的。然后我把它融入了仪式。

作为一个人、一个艺术家，你也可以把这句格言当作试图保护自己免受惊吓和威胁的愚行。因为一个没有豹子的仪式多乏味啊，对吧？一旦知道豹子可能出现，谁还想看一场没有它们身影的仪式呢？昨天晚上在一个虚构写作工作坊，我对学生这样说：这种想确保仪式安全，让那些令人钦佩且值得救赎的角色发挥作用的冲动，是极其无聊而且可疑的。这里一定有什么你想保护自己免受其影响的东西——何苦呢？损害已混入其中，且本应该如此。豹子出现之前仪式是为何而举办的呢？很可能是出于对豹子不会出现的希望。可你并不真的想让它实现。你的损害和沮丧是眼下最可靠的两样东西，你得对此敞开心扉。

某种程度上，我是通过写《布鲁克林孤儿》和《孤独堡垒》明白这点的，这两本属于布鲁克林的书应对的正是关乎我出身的焦虑和创伤。我运用了我最混乱激荡与迷惑不清的感受，我的反抗、骄傲与窘迫，以及一种永远无法解释的占有感，尤其是在我只想飞快地远离那个现场的时候。那么我能声称哪些是属于自己的呢？但我打开了那扇门——某种程度上，这是偶然的。我把布鲁克林引入一个奇巧的设定，里面有一个患有图雷特综合征的侦探。这本书不一定是有关布鲁克林的，以前我也没写过这样的书。但把侦探放到这个环境中后，我发现自己在挖掘这些焦虑，并且处理得相当到位。我就是这么对自己宣告，豹子真的需要喝圣餐杯里的水。

《孤独堡垒》正是我放豹子进来的一本书。从此以后，对我来说，失望和窘迫成了我最鲜明的主题（我可以说，失望和窘迫也是卡夫卡作品中的基本主题）。发生在那句格言里的一个事件是，圣餐杯里的水被喝光了，这就又带出一个问题：本来应该是谁喝呢？如果水只能被浪费掉，那留着它干什么呢？这在一定程度上是个寓言，认为有什么东西值得守护本来就是愚蠢的。

尽管有这些象征和比喻，我还是很欣赏这个格言写的是真实的动物。不是鬼魂、怪兽，也不是傀儡。写的是豹子，而且这也并非无关紧要。这与我直到最近才明晰的一个特殊兴趣有关，它的源头也许是《爱丽丝梦游仙境》，那是十一岁的我爱上的第一本书，也标志着我真正由儿童读物进入文学阅读。它也存在于杰克·伦敦[1]的作品和菲利普·迪克的《仿生人会梦见电子羊吗？》中，这类作品对我的意义在此后不久也会变得十分重大：真实的动物作为一种谜题、驳斥或是暗号出现，让人类苦思冥想。动物是一种不可破解的密码，承载着我们必须服从的信息。

我花了很长时间才注意到动物作为一种文学象征，对我来说有多么重要。当然我的第一本书《枪，偶尔有音乐》充满了会说话的动物。（它很大程度上是硬汉派侦探小说和《爱丽丝梦游仙境》的混搭。）后来在《久病之城》里，老虎在纽约的出现似乎传递了某种类似"寺庙里的豹子"的信息；这个生物全方位地入侵了这座城市的生活。他所代表的信息没有人能理解。《地洞》几乎是我最喜欢的卡夫卡的作品，其中有个像鼹鼠一样的生物，叙述完全让他变了质。他变成了潜伏在地道里的作家的头脑，生命的内部和外部全蛰伏于地下，不敢出来，同时捍卫着有着难以置信又难以定义的价值的洞穴。卡夫卡还在《致某科学院的报告》和《一条狗的研究》里写了一只猿猴，在《变形记》里写了一只蟑螂。卡夫卡是写动物的高手，尽管这很困难。像杰克·伦敦和桑顿·W. 伯吉斯[2]一样，他很会写动物。这是一种属于城市

---

[1] 杰克·伦敦（Jack London，1876—1916），美国现实主义作家，代表作有《热爱生命》《野性的呼唤》《马丁·伊登》等。

[2] 桑顿·W. 伯吉斯（Thornton Waldo Burgess，1874—1965），美国儿童文学作家，代表作有《快乐的松鼠杰克》《兔子彼得夫人》等。

人思维的冲动，朝向已经被推到边缘的东西，以及蛰伏在最远处的东西。我不认为这里说豹子是我们动物同伴所属世界的一部分是一种心理投射，它们的冷漠和敌意也把我们排除在外，但我觉得我们必须去理解，因为这一切一定蕴含着了解我们自己的关键。

所有的这一切都在这短短的三行里。它们读起来几乎就像圣经一样。这怎么能属于某一个作家呢？卡夫卡的许多格言都是这样——某种程度上它们似乎象征着意识本身，就这么把自己刻入了人类的源代码中。我并没有初次读到的感觉。我有的是一种一直都很熟悉它的感觉。

光滑如菱鲆，蜿蜒蠕动，

缠绕如藤萝，转动裕如，

模仿诚可信，真伪难辨，

反应虽敏捷，难掩愚蠢。

——刘易斯·卡罗尔[1]《伽卜沃奇》[2]

---

[1] 刘易斯·卡罗尔（Lewis Carroll，1832—1898），英国数学家、逻辑学家、童话作家、牧师、摄影师，代表作有《爱丽丝梦游仙境》《爱丽丝镜中奇遇记》等。
[2] 此诗出自《爱丽丝镜中奇遇记》第一章，引用版本为贾文洁、贾文渊译本。

理智的边缘

杰西·鲍尔[①]

小时候,父亲常常会给弟弟、母亲和我朗读。在我的童年时代,他有几次花了好几个星期念《爱丽丝梦游仙境》和《爱丽丝镜中奇遇记》。这两本书是我们大家的最爱。

我们是个十分亲密的小家庭,住在长岛一个市镇郊外的铁路旁。我和弟弟常常会在树林里疯跑一整天,父亲回家永远是件大事。我们很穷,然而母亲总是会把不起眼的小事当成惊天动地的大事,所以父亲下班回家就是大事。当我们跑出树林迎接他,他总会一边走过来,一边说:

你已经把伽卜沃奇给杀了吧?
快让我抱抱,得意的小家伙!

[①] 杰西·鲍尔(Jesse Ball, 1978—),美国小说家、诗人,代表作有《自杀式疗愈》《不语》等。

这让我和弟弟十分激动。我想那时候我不认为自己是"得意的小家伙",但我当然愿意认为我在树林里杀死了伽卜沃奇们。

开始上学后我遇到了很多麻烦。还在上幼儿园时,我就远远落在别人的后面,然后我接受了特殊教育。老师们对我没有什么信心。有一次,还对我进行了心理评估呢。大约一年前,在我们翻找母亲家里的箱子时,我看到了那次评估结果。测试很长,它给我所有不同的特质、倾向和可能性都打了分。我的确得分很低。实际上,评估结论是我可能有某种大脑损伤。好吧,幸运的是,如果这是真的话,我一直都在设法坚持生活下去。

但有一项特质我的得分非常高,实际上超过了所有成年人:重复冗长荒谬的话。我猜我不仅超出了我年龄组的水准,而且超出了测试中所有可能的结果。现在对我来说这个结果十分值得注意,因为胡说八道一直是我毕生荒谬与努力的核心。

关于什么是荒谬,人们一直是有误解的,认为这个概念就是好玩,这就是它的全部。荒谬不是"无理智",而是在理智的边缘运作。它充满了理智,同时拒绝任何一种普遍的理解。

我相信卡罗尔一开始写《伽卜沃奇》时,是当作盎格鲁-撒克逊诗歌的一节来写的。(荒谬的言论往往会玩弄和破坏一些已知的领域。)他玩遍了所有讲述精彩之事的语言,它们来自《坎特伯雷故事集》与《珍珠》,以及我最喜欢的《高文爵士与绿衣骑士》,还有《埃克塞特之书谜语》这样的古老篇章。他在古英语和中世纪英语的传统里挖掘这些美妙的头韵小诗,以及它们丰富的声音历史。写出来的是这样的东西：

> 光滑如菱鲆，蜿蜒蠕动，
> 缠绕如藤萝，转动裕如，
> 模仿诚可信，真伪难辨，
> 反应虽敏捷，难掩愚蠢。

他的诗没有被其他理智的事物所取代。事实上，这首诗很精确。你找不到能替代它的写得更好的东西。它保留了卡罗尔自身感受到的这些盎格鲁－撒克逊文字的声音、色彩和指向的真相。

此处有一个问题是写作时，你在为什么样的人服务。如果你想叫人疏通厕所，这就是个很具体的情绪：去，疏通厕所去。这可以实现，也可能实现不了。但如果你想做的是以某种方式在仅仅一首诗中，传达你对盎格鲁－撒克逊诗歌的全部体验呢？这时候近乎荒谬的言语就出现了。奇妙的是它不是无中生有，也不是没有理智，而是与理智一起迸发出来。它不是为了你无话可说的时刻出现，而是为了你有许多话同时要说的时刻出现。

这首诗为盎格鲁－撒克逊诗歌的声音提供了这种具体见解的同时，又避开了对诗的清晰解释。写作时，人们往往希望能准确交流，想要写出存在于他们大脑中的精确表述，然后让这些表述留存于你的大脑中。但我认为卡罗尔对交流的理解比这个更有趣。他认为自己创作的文本是一个和读者的思想碰撞的物体。这样，就产生了一个完全不可知的第三者。他对此非常满足，这种满足让他能将《伽卜沃奇》写得尽量有趣、尽量漂亮、尽量可爱。这首诗的结构允许你被送到《伽卜沃奇》航线沿途的某处，虽然这个地方只有你自己知道。

但这种体验需要信任。这就是为什么这首诗会在理智和荒谬之间摇摆不定：随着主人公和一个奇妙的生物展开战斗，卡罗尔给了我们一些坚实的基础，让这个英雄故事变得扎实可信。这足以给读者信心与把握，坚信事物的含义。这很管用，因为你坚信你在卡罗尔完美精确的掌握中。他是一个逻辑学家，喜欢游戏，又是极其严苛的人，甚至到了让人精疲力尽的地步。当他决定要荒谬一下，那么你就把自己完全交给他好了，因为他完全赢得了你的信任。

无论什么样的作品，关键都在于它必须得是份礼物，读者必须，甚至比作者更应该拥有这份礼物。礼物必须得被完完全全地送出去。《伽卜沃奇》就是这样被送出去的礼物，因而你可以放心，把内心世界融入其中是不会错的。你不应该怕自己犯了一个错误。它就是你的诗，这就是重要的。

写作时，写的那一页本身是不是漂亮、是不是无可挑剔，对我来说都不重要，只要它方向正确，就会在读者头脑里产生点儿什么。不幸走向另外一个方向，可能就会创作出一页接一页看着完美漂亮却不温不火的文章。你很难否定它，因为它写得很完美。从头到尾看下来，该有的都有了，一切都很正确。然而，有的东西看上去粗糙、古怪，实际上对写作而言会很实用、有效，因为它会在头脑里引起一场必要的火花迸发。

对我来说，写作的一条核心原则来自于丹尼尔·哈尔姆斯[①]，他说：

> 一首诗，如果被扔到一块玻璃上，应该能打碎玻璃。

影响是至关重要的，这就是我试图采取的方法：不是为写作本身的成功而自豪，而是为其产生的影响。

我们拥有的时间极其短暂，所以这种方法是实用的。设想我对你说："五分钟以后你祖母要死了。你得进去和她讲点儿美好的事情，她想听个美丽的故事。"你不会去创作一篇任由你的同行组成的委员会评判的散文，不会写一些极其和谐平衡、既讽刺幽默又正确无比的东西，或者是某个《纽约客》供稿人所认为的好的作品。你只会去在你和祖母共享的语言里，尝试冲破束缚，创造共鸣。这种共鸣是你唯一的目标。不能产生共鸣的，你都会舍弃。这才是真正的作品。

在这种情况下，把文字当作声音是必要的。毕竟阅读时，你会在脑海里听见它们的声音。声音为书面语提供了一个好的检测方式，检测出什么是矫揉造作的，什么是老掉牙的，什么是本质的和真实的。如果你读了一些文字，听者不明白其中大部分的内容，那么有可能就需要文化片段作为支撑加以解读。但没有理由说，为了欣赏这本书，你需要读上别的五十本书才行。一部作品

[①] 丹尼尔·哈尔姆斯（Daniil Kharms，1905—1942），苏联超现实主义及荒诞主义诗人、作家、剧作家，代表作有《伊丽莎白·巴姆》等。

必须得包括所有的工具，而声音提供了线索，告诉我们什么是必要的、什么是真实的。

一旦真正动笔，我会在嘴里低声念出我在写什么，上气不接下气。如果我在公众场合，一边坐着一边对着自己叨叨，那可能就太尴尬了。（通常我会尽量坐在远离别人的地方。）他们都说完成一部作品后，最终得以看上一眼，你就再也说不清里面都有什么了。你如何能真正看清自己的作品以便评判它呢？一种方法是大声朗读，读给你有点害怕的人听，这种人的观点很重要。大声朗读的时候，你可能想跳过去一部分，因为你发现这是自己不想念出来的。那就是写得不好的地方。除了朗读，别的办法很难发现这些部分。但等你听到、感觉到作品的声音的时候，你就可以更清晰地评判它了。

我父亲用《伽卜沃奇》来强调并庆祝他每天回家的那一刻，这是一种使用诗歌的美妙方式。使用文学没有什么正确不正确的方式，只有用代代相传的、不断说出口的声音创造出美妙仪式的时刻：这就是使用诗歌的绝佳方式。也许这正是我们大家都能努力的方向。

如果耳朵有同情心,如果耳朵知道,嘴就不会空虚。
——佐拉·尼尔·赫斯顿[①]《骡与人》

[①] 佐拉·尼尔·赫斯顿(Zora Neale Hurston,1891—1960),美国作家,代表作有《骡与人》《他们眼望上苍》等。

一个属于我自己的地方

安琪拉·弗卢努瓦[1]

在开始写《特纳之屋》,这个关于一家人和底特律的一栋房子跨越五十年的关系的故事时,我第一次读到了佐拉·尼尔·赫斯顿的《骡与人》。同时,我在纠结:凭什么该由你来写这本书?我的意思是,你以为你是谁?

我父亲来自底特律,但我不是那里人。而且我这辈子从来没见过所谓的幽魂[2]——出现在我书里的独具南方传统的鬼怪。经过一番研究,我找到了许多有用的关于底特律的非虚构作品,虚构类倒很少,尽管黑人工人阶级占这个城市人口的百分之八十,却并不会有很多小说描写他们的日常生活。所以我立刻感到了关于再现的压力:如果我写了这本书,它就一定得符合人们的期

---

[1] 安琪拉·弗卢努瓦(Angela Flournoy,1985—),美国作家,代表作有《特纳之屋》等。
[2] 原文为 haint,在美国南方方言里意为鬼魂。

许。谁知道什么时候会再出一本以底特律为背景、描写工人阶级黑人的书呢？等我意识到这一点，压力就更大了，而且怀疑也更重了。

但这不仅是以令人信服的方式写一座陌生的城市，以及那里的人们，我还担心故事里超自然的元素。我不懂这些民间传说的背景，只知道家人一直在讲这类故事。于是我开始读所有能找到的关于非裔美国人的民间传说。我常读的一本书叫《骡与人》，那是我在爱荷华图书馆借到的。

赫斯顿回南方去收集和记录她听着长大的故事，因此这本书是她在南方的人类学研究成果，也包含了她在新奥尔良当"胡毒魔法"学徒的经历。我们必须考虑到她的写作背景。那个时期，说到黑人文学和黑人学术研究，没多少人感兴趣。那时正值大迁徙的高潮时期。人们纷纷离开南方前往北方，证明自己"有价值"，不管这到底意味着什么。一部分原因是他们不想被描述为迷信之人，不去追寻不合常规的精神信仰，把日子过得一团乱。可是《骡与人》是本毫无歉意的杂乱之书。

这是佐拉·尼尔·赫斯顿的小说最吸引我的原因之一：她从不热衷于美化黑人生活，使它们更符合那些才刚接触的人的胃口。她就是对此不感兴趣。甚至今天，我知道还有很多作家苦于如何用积极的方式再现我们这个群体。八十多年前她就已经根本不在乎了，这个事实实在是令人吃惊。

这本书的开头有一句很特别的话，一直让我记忆犹新，是赫斯顿解释她在南方收集民间传说的方法时说的：

> 如果耳朵有同情心，如果耳朵知道，嘴就不会空虚。

这句话改变了我对自己要写的作品的想法。我意识到，这跟让背景与人物相符无关。那不是一个小说家的责任。你的责任是要有同情心，也就是移情。要了如指掌地去理解，或至少渴望去理解你所写的人物。我认为这句话不是说你需要非常谨慎地对待人物。我想它是说在开始写之前，你至少应用基本的移情能力去写真实的事物。

我立刻把这句话写在索引卡片上，放到我的软木板上。在我写这本书的四年里，它就高高地住在上方。它每天都在提醒我，如果不铭记我的任务是同情、是了解，我永远也贴近不了人物，没法让他们活灵活现。它提醒了我，如果我能去同情、去了解，我就可以自由地做我想要做的一切。

一旦读者感觉作家描绘的都是些刻板的人物，不像他们自己时，他们会把这样的作家拒之门外。当你没法创造出极其细微的立体人物，人们会说：你有什么权力这么写？但如果角色跳脱出刻板描写，就没人会质疑作者的目的。人物的背景、性别不过是他们人性的一面，就像真实的人一样。如果作者成功了，使你看到角色身上的人性，那么不管写什么，这些质疑都会烟消云散。

当然，有时这很难，你会担心再现是否可取，或者你是否有权这么做。但从某一点上看，作为作家，你得对自己友好一点儿，要相信自己的写作动机。你得相信你的初衷是好的。你得允许自己放松，找个好故事，创作出栩栩如生的角色。他们不好，也不坏，当然也不完美——仅仅是真实。

你还得跟随故事，不管多难，这样角色才有时间去他们应该去的地方。你有权写那些你选择的角色，但你也有责任帮助他们渡过难关，允许他们花时间成为有血有肉且真实的人。一旦动笔，你就得一路走下去，不可半途而废。

我发现，如果每天集中精力写作，想象力就会自主发挥作用。想象力美妙的一点在于，它能够敞开大门，让你的角色穿过。这会让你大吃一惊，如果你解放自己，让一切自然发生，他们就会穿过这些大门。

我和这本书里的角色一起度过了四年。我自认最不了解的角色反而是那些我极尽努力去了解的。人们总是说，为了了解你的角色，你需要知道他们追求什么，需要什么，渴望什么。但我在此采取了另一种方法：我感兴趣的是他们不想要什么，选择让他们与之抗争。我思考他们不喜欢什么样的音乐，不喜欢什么样的人，在公共场合从来不做什么事。可能这是看待人比较负面的方式。不过我想，在虚构的世界里，魔力往往会在你不希望发生的事情发生时出现。

有趣的是，现在人们告诉我他们觉得最了解哪些角色时，那些角色常常是我觉得我最不了解的。我一直在追逐某些角色，试图更好地了解他们。对我来说，他们总是躲在角落里偷窥，但读者说他们最理解这些角色。不知怎的，我能传达出去的东西比我对他们的了解还要多。我猜是因为我意识到这些角色难以捉摸，所以才在下笔时付出更多的努力。

然而对我来说，最大的挑战是不能过度理解。我是个同情心泛滥的人。尽管角色的所作所为可能会让他们被叫作"坏人"，我仍会试图发现、了解他们身上好的一面，把它传达给读者。在修改和编辑的时候，这种过度理解是我一直试着摒弃的一种东西。读者的背景各有不同，不需要我去告诉他们应如何理解角色，不需要我暗示他们出于这样那样的原因，角色的行为应该得到原谅。他们会自己判断。因此我总是挑战自己，特别是以第三人称视角写作时，让自己少评论正在发生的事情。

人们依然在读佐拉·尼尔·赫斯顿的作品，因为她知道如何达到这种平衡。她移情她笔下的人物，很了解他们，但从不美化或浪漫化。她真实地展现他们，而在他们身上我们看见了自己。

"这一定是个宽敞的衣橱!"露西想,继续往里走。她推开叠放在一起的柔软大衣,给自己腾出点空地。然后她注意到,脚下踩碎了什么东西。"大概还有更多的樟脑球吧?"她想着,弯下腰,用手摸了摸。没有感觉到衣橱底部硬硬的、光滑的木头,却摸到一种软软的、冰冰凉的粉状物。"好奇怪呀。"她说着继续往前走了两步。

——C. S. 刘易斯[①]《狮子、女巫和魔衣橱》

---

① C. S. 刘易斯(Clive Staples Lewis, 1898 —1963),英国作家、学者,代表作有《狮子、女巫和魔衣橱》《凯斯宾王子》《黎明踏浪号》等。

走进魔衣橱,走进自我

莱夫·格罗斯曼[①]

我不能十分准确地说出第一次读《狮子、女巫和魔衣橱》是什么时候。我不是一个特别早就开始读书的孩子,所以第一次读一定不是在七八岁之前。但纳尼亚系列在我家享有特殊地位。我母亲是英国人,闪电战时期,她在伦敦,大概就和露西·佩文西一样大。像刘易斯小说里的孩子们一样,为了躲避轰炸,她被从伦敦送到了乡下。小说开篇是佩文西家的孩子们从伦敦来,所以你会看到一种奇怪、阴沉的背景,感觉到战争还在继续,而这些人物刚刚侥幸逃脱。

当然,和佩文西家的孩子们不一样的是,我母亲没能穿过魔衣橱,走进魔幻世界,经历种种历险。事实上,她声称自己表现得非常糟糕,以至于寄宿家庭把她赶回了伦敦。我不知道她做了

[①] 莱夫·格罗斯曼(Lev Grossman, 1969—),美国小说家、记者,代表作有《魔术师三部曲:魔术师》《魔术师之王》《魔术师之地》等。

什么，但她显然是太淘气了，淘气到还不如被希特勒炸死。伦敦的穷人和郊区的英国绅士，在文化上存在巨大差异，彼此间很难找到共同点。我想对我母亲来说，他们根本就没有共同点。

因而纳尼亚系列在我母亲心目中有着特殊地位。我想她一定以一种特别引起人注意的方式把它呈现在了我们面前。我很肯定，打动我的第一本书就是《狮子、女巫和魔衣橱》。我想这本书阐明了小说应有的用途，以及如果它们足够好的话会为你做什么。这就是我此后所有良好阅读体验的模板。

为什么刘易斯对我如此重要呢？部分原因是就技术而言，从写作技巧的角度看，他讲的故事真的有着堪称典范的简洁。仅仅读了《狮子、女巫和魔衣橱》六七页，我们就已经认识了四个佩文西家的孩子，知道了每个孩子对其他三人的态度，而且还看到了露西穿过魔衣橱，走进了纳尼亚。作者以难以置信的速度，让我们熟悉了这些角色，凭一两个恰好的细节，我们就足以了解他们，随后马上踏入冒险。

更重要的是，他运用语言的方式和此前的奇幻小说家完全不一样。没有怀旧情结，没有中世纪的绚丽，也没有屈尊去用适合儿童读者的那种童话般的语言。小说非常直接，非常简洁，没有涂抹凡士林的镜头。一切都看得清清楚楚，没有闪烁、华丽的惊奇感，只有特别真实具体的细节。看看露西穿过魔衣橱时，作者是如何注意细节的：

"这一定是个宽敞的衣橱！"露西想，继续往里走。她推开叠放在一起的柔软大衣,给自己腾出点空地。然后她注意到,脚下踩碎了什么东西。"大概还有更多的樟脑球吧?"她想着,弯下腰,用手摸了摸。没有感觉到衣橱底部硬硬的、光滑的木头,却摸到一种软软的、冰冰凉的粉状物。"好奇怪呀。"她说着继续往前走了两步。

不一会儿,她发现有什么东西蹭着她的脸,又蹭着她的手,不是柔软的毛皮,而是硬硬的、粗粗的东西,还带着刺。"哎呀,就像树枝一样!"露西大声喊道。然后就在衣橱本来应该在的地方后面没几步,她看到有亮光,但实际上光亮离她很远很远。有什么东西落到身上,又凉又软。不一会儿,她发现自己站在一片树林的中间,夜幕降临,脚下踏着雪,雪花在空中飘飘洒洒。

她感受到大衣的柔软,听见脚底下的嘎吱声,弯腰摸摸雪,摸到树上毛刺刺的,就这样穿过了魔衣橱,进入了纳尼亚。这一段没有什么特效。他在创造魔法,却是通过非常普通的身体感觉创造魔法。特别有感染力,也非常新鲜。我认为在他之前,没有人这样写过。他用一种新方法描述魔法,让它感觉起来比过去任何时候都真实。

这个方法之所以管用,是因为他写的是奇幻小说,使用的却是现实主义的工具。尽管写的是美妙浪漫、令人向往的怀旧情怀,他却像是个现代主义者。他的手法像海明威,像乔伊斯的《都柏林人》。尽管他稍晚于现代主义时期,但他用了现代主义者那种一丝不苟、几乎毫无幻想的方法，并且创造了另外一种完全不同的效果。

对于现代奇幻小说，这是一个起点。你正在见证原子的首次分裂。此后书写的很多东西都源于这个简单时刻，源于露西穿过魔衣橱的那一刻。

《狮子、女巫和魔衣橱》有力地诠释了为什么奇幻作品很重要。是的，纳尼亚系列是为基督教辩护的作品，是歌颂喜悦和爱的作品，但作为一个小男孩，哪怕不进行任何分析，我也能意识到书里蕴藏了深深的悲伤。尤其是开头魔衣橱的那一段有一种愤怒、悲伤、绝望的感觉，让刘易斯想舍弃整个战争，去构想更美好的事情。你能感觉到他在向你诉说："我知道这很糟，真的很可怕，但世事并不都是这样，还有别的选择。"当露西走进魔衣橱，她就做出了另一种选择。我依然记得孩童时期我也有这种感觉。还记得当时自己想："是的，当然有。当然并不都是这样。一定还有别的什么。"

连刘易斯都走过来说："是的。我也这么觉得。"真是太有感染力了。

每当奇幻小说被贴上逃避主义的标签，我就很愤怒。对奇幻小说的这种描述是不太准确的。其实，我想奇幻小说是一种理解自我的强大工具。这里的魔法把戏和小花招是你穿过大门，在奇幻世界里又遭遇了你以为留在现实世界里的种种问题。爱德蒙穿过了魔衣橱，但他的不满和人格障碍的问题依然没有解决。如果要说有什么不同的话，那就是在纳尼亚的经历使这些问题恶化，并给他带来了危机。即便你去了纳尼亚,你的烦恼也会一直跟着你。纳尼亚只是成了一个你想办法处理这些烦恼的地方。

整个现代现实主义的传统是关于自我对周围世界的观察,感觉它多么不同,多么陌生,和你内心发生的一切多么不一致。在奇幻小说里,这些都彻底被颠覆了。你居住的这个地方是你内心世界的镜子。里面的东西能出来四处游荡,以地点、人物、物件和魔法的形式出现。它一旦出来,你就能抓住它。你可以与之搏斗,与之交友,可以杀了它,可以引诱它。奇幻小说把你内心深处的一切抽取出来,放到你能看见的地方,然后进行了一番处理。

纳尼亚系列是关于基督教的。我成长的家庭不仅缺少基督教精神,也几乎没有任何宗教色彩。虽然妈妈被培养成圣公会教徒,但家里几乎没有任何跟基督教有关的东西。在某种程度上,宗教是个我完全不懂的概念。这本书给我的体验完全与宗教故事无关。我的体验更像是心理剧。对我来说,这种明显是逃避的小花招成了邂逅自我的方法,成了面对自身问题的方法,于我而言,好像这才是阅读的基本逻辑,也是这本小说的基本逻辑。

这样,《狮子、女巫和魔衣橱》的大门就成了阅读自身的华丽比喻。露西打开魔衣橱门时,就像翻开一本书的封面,穿过大门走向某地,就和读这个段落的经历类似。露西做着和你一样的事,只不过她是用一种戏剧化和理想化的方式而已。

我想,对魔衣橱标准的精神解读是和返回子宫挂钩的。你知道,这指的就是穿过那些毛茸茸的大衣进入一个安全地方。虽然这个观点也许有文本证据支持，可是对我来说却从来不是至高无上的。对我来说，打开魔衣橱的门就像翻开一本书，引导着露西和读者进入全新的想象中的梦幻王国。我渴望成为这样的作家：能帮助读者实现这种从现实世界进入奇幻之地、从现实生活进入阅读王国的无缝穿越。

有趣的是，刘易斯在某些方面算是一个很草率的作家。他为《狮子、女巫和魔衣橱》创作的世界真的说不通，这里面的生态系统根本行不通。如果他想要法翁，就把法翁放进小说里。如果他想要圣诞老人——嘿，圣诞老人就来了！让我们把他也放进来吧！他从每个人那里都拿了点什么，看到闪闪发光的东西，他就想："哦，闪闪发光的！"然后就放进小说里了。这会让托尔金[①]发疯，因为他是个一丝不苟建造世界的人；而刘易斯不在乎，他以这种极其华丽又十分即兴的方式写作。尽管看起来很草率，人们，包括我自己，也完全会相信。

这与今天的奇幻小说家拥有的传统智慧背道而驰，他们总是特别小心。他们觉得好像自己创造的虚构世界必须得是什么都有、什么都说得通的。大家对《冰与火之歌》中的维斯特洛的生态讨论很多，比如：四季如何更迭？气候模式是什么样子？作为生态圈如何运作？也得考虑一下它的经济情况吧——这是一个有效的封建社会模型吗？小说写到人物施展魔法时总是很极端，热力学是奇幻小说家常常要谈论的：你瞧，他用魔法点燃蜡烛。他

[①] 指 J. R. R. 托尔金（J. R. R. Tolkien, 1892—1973），英国作家、诗人、语言学家，被誉为"现代奇幻文学之父"，代表作有《魔戒》《霍比特人》《精灵宝钻》等。

能把热量从屋里其他地方抽过来,让平衡得以保持吗?

这是从托尔金和他精心创造的中土世界里延伸出来的思想流派。刘易斯的流派则不一样。对他来说,魔法是一种更狂野怪异的东西,是远没有被驯服的东西。当我再一次阅读《狮子、女巫和魔衣橱》时,我觉得我们似乎离刘易斯写的那种真正的魔法太远了。可能我们并不想太在乎那些热力学的东西,而是想努力读懂他不费吹灰之力创造出来的奇妙感。

然而,他所做的有些事情是无法复制的。在小说的结尾,树林中的路灯柱再次出现。这个意象有一种难以形容的古怪和浪漫。在某些方面,读着刘易斯的作品,你会想:我可以从他那里学习学习。可是有时你坐下又一想,我永远也不会知道他是怎么做到的。

我跟你说,据说牛津有纳尼亚中的灯柱,我看到过。对我来说,它看上去就是根普通灯柱。我是不会看到那根灯柱然后回家去写《狮子、女巫和魔衣橱》的。你得是刘易斯才能看到灯柱本身的模样。

我应该写一下我母亲和C. S. 刘易斯的另一桩轶事。故事是这样的:回到伦敦后,她没有被希特勒炸成碎片,长大后去了牛津读大学。三年级时,在去考期末口试的路上,她和别人一样,走进一家酒吧,要了一品脱酒,想坚定一下自己的决心。一个老头坐在吧台的另一头。他们聊了起来,他说:"你要是去考试,就该先喝杯白兰地。"

在那之前,我母亲还从来没喝过白兰地。当然,那个在酒吧的人就是 C. S. 刘易斯，他给母亲买了杯白兰地。她喝了。她声称不记得那一天后来发生了什么。至少她通过了考试，所以事情不会那么糟。

就让风吹,就让罂粟跟康乃馨和卷心菜结合,就让燕子在客厅筑巢,就让蓟拱翻瓦片,就让蝴蝶在扶手椅褪色的印花布面上晒太阳,就让破碎的玻璃和瓷器躺在外面的草坪上,野草和野浆果缠绕。

——弗吉尼亚·伍尔夫《到灯塔去》

岁月流逝

麦吉·施普施戴德[①]

在《到灯塔去》里,弗吉尼亚·伍尔夫写道:

> 就让风吹,就让罂粟跟康乃馨和卷心菜结合,就让燕子在客厅筑巢,就让蓟拱翻瓦片,就让蝴蝶在扶手椅褪色的印花布面上晒太阳,就让破碎的玻璃和瓷器躺在外面的草坪上,野草和野浆果缠绕。

对我们如何体验生命,如果真有放之四海皆准的真理,"时光流逝"便是其中之一。(我建议把更残酷的对应句"每个人都要死"作为另外一条真理。)时间是我们存活的媒介,分隔这次心跳与上次心跳,是测量出生与死亡之间距离的轴线。时间也是

[①] 麦吉·施普施戴德(Maggie Shipstead, 1983—),美国作家,代表作有《座次》《大圆》等。

文学必需的导体。阅读，这个动动眼睛看看字、让感知穿透思想的基本动作，是需要花些时间的，即使在最好的和最超凡的阅读体验里，向前滴答行走的时间也会停下来。

或许，与其说我们忘记了时间，不如说我们把自己交给了一件替代物，一个人造的版本，一种为适应故事需要而由作家操纵的东西。时间在小说里是可塑的，我也许会拨快人物的钟，把指针都转到模糊不清，让他们完全停留在某个时刻。这是神的能力，对我书中的角色而言，我就是神，唯一的神。

对我来说，弗吉尼亚·伍尔夫的《到灯塔去》是不容置疑的杰作，这是由中间的二十页决定和显著升华的。这被称为"岁月流逝"的二十页视野宽广，美丽无比。小说里的另外两章"窗"和"灯塔"更长些，各写了拉姆齐一家在斯凯岛上的夏屋里度过的一天。他们的节奏已设定好；对于他们，伍尔夫的注意力集中在随意的语言和细微的姿态引发的心理活动以及复杂的情感共鸣上。"岁月流逝"则相反，是一段恢宏的、无关个人的突袭，跨越十年。这段时间里拉姆齐一家没有再来斯凯岛，他们中有三人去世了（他们的死亡只是一笔带过），如伍尔夫描述，丰美而无知无觉的大自然爬入被这家人抛弃的房子，住了进来，实现了占领。在最后一刻，是看管房子的麦克纳夫人和巴斯特夫人的介入，才使房子免于完全坍塌。

纯粹从结构上看，这一章是没有必要的。想象一下这种失去就很可怕了，从"窗"过渡到"灯塔"，伍尔夫本可以用寥寥几句，解释十年过去，拉姆齐夫人、普鲁和安德鲁死了，房子年久失修。如果情节意味着角色间的往来，那这里谈不上有任何真正的发展，但同时，什么情节能宏大过岁月流逝，或者说比岁月流逝更重要呢？在拉姆齐家空房子的里里外外，季节一次又一次轮替，海水潮涨潮落；生命盛衰循环，无休无止。生命的顽强与死亡的必然之间的对抗扣人心弦。

作为读者，我想让房子被保存被修复，可以再供人居住，但我也想让它分崩离析，走上所有事物的必经之路。我想看到这一切。就让风吹，让燕子筑巢，让破碎的玻璃被野浆果缠绕。"只有灯塔的灯光照进房间一会儿，在冬日的黑暗里突然盯住床铺或墙壁，平静地看着蓟、燕子、老鼠和干草。"但我想跟随这一切，去没有人类凝视的地方，成为人类的凝视。

地球对任何一个生命的起始或终结都漠不关心。拉姆齐夫人的死折磨着她丈夫，却对这栋她曾经居住过的房子毫无意义，现在房子被这些"懒散的风啃啃咬咬，湿冷的空气跌跌撞撞"占据。对海浪、蓟、老鼠和风来说，我们没有什么影响。对于我这个孤单、有限的生命来说，唯一重要的就是我经历了生命，当我明白了这点，我禁不住想要进一步挤入它的范围，极尽所能，而至于怎么做到这一点，我有两个绝佳的主意。第一是阅读，获得丰富的间接经历，像放扑克筹码一样，把它们放入我的一段生命里。第二是写作，尽管我更喜欢阅读，因为那更简单，更令人满意，更有趣，也更快。以地质学作比的话，写作是个漫长的过程，是一滴一滴形成的钟乳石，而从本性上讲我不是一个有耐心的人。

说实话，我没有耐心。我父亲是个毫无耐心、喜欢抖腿的人。对他来说，每次通勤就像公路拉力赛一样，而且他看体育节目喜欢静音，因为受不了解说员满篇废话。而我母亲大多数时间都花在做被子上：把碎小的布片缝在一起，如果边角对得不齐，她就拆了重来，每道小小的边缝都要熨平，手工绣上装饰物。她喜欢棒球。我小时候，她开车时经常听春季棒球训练赛。观众慵懒的喧闹，播音员慢悠悠的叫喊，都让我觉得无聊到要命。显然，在这件事上，父亲的基因盖过了母亲的基因，决心占据上风。

我从写作中得到的快乐，像胆小的夜行动物，来来去去，难以预测，但挫折总是如影随形，不离不弃。哪怕是特别顺利的日子，我也只能写一本书中的很小一段。更有可能的是，某一天写成的东西，会在第二天，或一年不到，总之不定什么时候就被删掉，彻底遗忘。对写作来说，最终消失的句子、段落和篇章，就和幸存的那些一样，都是必需的：理智上我知道是这样的，也相信是这样，但我还是在思考，这个想法好像十分可信，也许这次我要坐下来，开始写完美的第一稿（和最后一稿）。

大脑呈现给我这个奇幻的想法，似乎在逃避拖拖拉拉、枯燥无味、混乱不堪的写作，这种逃避可能是意志力或运气的问题。一旦写下小说或故事的第一个字，只要意识到这个过程不会使我着魔，也不会不费吹灰之力，我就开始渴望写另外一部小说或故事的开篇第一个字，那会带来一种惊人的安逸和速度，当然，这只不过是如海市蜃楼般的幻想。没有什么比小说中的海市蜃楼更真实的了。

然而，随着我自己的岁月流逝得越多，我越能抛弃这种愚蠢的愿望，即加速通过写作与生活的中间部分。渴望的事情不可能发生：让时间慢下来，有机会虚度一下。小说提供了这样的机会；它让我们通往一个已然留存下来的时间之楔，助我们以单凭自己永远无法实现的方式重访过去、现在和未来。小说也提供了一种机会，让人能高速穿过任何人生命的长度，用二十页，或者二十个字写完十年，去追寻几代人，去感受遥不可及的过去或未来。它是一桩交易：作家坐在书桌前（或是其他地方），在她有限的生命中度过许多安宁寂寞的时光，以此换来创造更多生活的机会。这些是想象中的生活，她把它们悬在自己的那片天空，再送进浩瀚苍穹。读者也用时间交换，以便接触到这些生活，以及不规则的年表，这些生活依循这张年表，就如骨架上的血肉。伍尔夫把她的时间缩短了。我想我永远不会明白她怎么能用这样清晰的目光看待死亡，然后选择了它，但我们都做出了自己的交换。

别伤心了,我知道你会伤心的,
可是不要放弃,
真爱一定会来到你身边。

——丹尼尔·约翰斯顿[①]

《真爱一定会来到你身边》

[①] 丹尼尔·约翰斯顿(Daniel Johnston,1961—2019),美国音乐人、艺术家。

诠释潜意识

杰夫·特维迪[①]

我第一次听丹尼尔·约翰斯顿的磁带是在二十世纪八十年代末或是九十年代初——我记不清具体是哪一年。当时我们在得克萨斯州的奥斯汀巡回演出,约翰斯顿曾在那里生活和演出,他的磁带在滑铁卢唱片店有售。

从一开始我就喜欢他录制的方法。他的歌里有很多潜在的东西,但很少能被完全领会,这就是美妙之处。就像在听尼尔·杨[②]的样带,或一首好歌早期的精简版。像我这样的歌曲创作者,听到这首歌这么自然真实的样子是很激动的。里面有很多东西吸引你。你会沉浸于它的潜力中,沉醉在有待诠释的东西中。

大约在那时,因为那张由 Shimmy Disc 唱片公司发行的 *1990*,

[①] 杰夫·特维迪(Jeff Tweedy, 1967—),美国另类摇滚音乐人、唱片制作人、Wilco 乐队成员。
[②] 尼尔·杨(Neil Young, 1945—),美加双国籍摇滚音乐人、导演。

约翰斯顿开始渐渐引起全国的关注,其中包含了他最知名的歌曲之一《真爱一定会来到你身边》。那首歌里有一段好得惊人的歌词,表达的东西非常丰富,远远超出你能用这么几个字表达的意思:

> 别伤心了,我知道你会伤心的,
> 可是不要放弃,
> 真爱一定会来到你身边。

这段歌词捕捉到一个非常真实的内心的时刻。我想这是一扇窗,透过它,能看到一个人在告诉别人不要伤心时的所思所感。说话者告诉听者快快好起来吧,"别伤心了"甚至可以说是命令。同时他知道这是不可能的。事实上,在这句话说完之前,他已经收回了这个想法。

我还很喜欢这一行里没有"但是"这个词,显然此处应该写作"别伤心了,但是我知道你会伤心的。"约翰斯顿这样写更加有力。这意味着并不是非此即彼,而是囊括以上全部。"别伤心了"和"我知道你会伤心的"——同时体验两种矛盾的情绪。它捕捉到一种深邃的情感:渴望提供安慰,以及其中所含的不可行性,两者并存。

真切得令人心碎,精准得令人心碎。我想这表明了我们需要诗歌、需要歌曲的原因,有些东西只能用这种优雅又难以言说的方法表达。可以直截了当解释的东西,不需要诗歌,也不需要歌曲。我特别着迷于丹尼尔·约翰斯顿这种真正的天赋,能探究情感到这样的深度，而他的录音作品中到处都是这样的歌词。

在我自己的作品中，我思考了很多有关约翰斯顿的事。写歌词是很棘手的活，因为在我看来，歌曲由旋律主导。我的确相信旋律承担了所有深沉的情感表达。当我写歌词，或是把诗歌改编成歌曲时，我真正想做的是不受旋律的魔咒形成的干扰。基本上，我只是不想搞砸。我不想挡着旋律的路。同时，我希望这些歌词最好能加强一下某些含义，或是以某种方式把我对旋律有感觉的地方阐明一下。

我想这是很长时间以来我常常不在乎歌词的部分原因，我不想它们挡道。事实上，我写歌词的主要方法之一是唱录声音，没有字词，只有元音、辅音，听着像是语言，但其实什么意思也没有。我甚至会叠录，称之为"喃喃音轨"。很多时候人们听这些录音，以为我在唱真的歌词，但我什么也没唱。我的混录频率很低，你得努力听，但音量足够大，以至于你能获取你想要的声音，旋律贯穿其中。用这种方法，你可以写一首歌，甚至不用歌词就可以完成它。

然后我会带着录音去我们的夏季木屋，坐着听上几个小时，做做笔记。我翻译它们，努力听懂我说的像什么，这大概是最恰当的描述。等我把呢喃记下、翻译成文字，我会看看自己写了些什么。这个阶段的歌词常常是毫无意义的、荒谬的，尽管有时不那么荒谬，而这就有点儿妙。翻译完后的第二步是一轮编辑和润色，这样最后的成品就会有些许凝聚性。通常，我脑海里得有个意象引导着我过一遍，也就是一些叙述，即使它们只是凭印象生成的或松散割裂的。对我来说，这种视觉联系很重要，我得能看见些什么才能记住。

我不认为这是史无前例的。基思·理查兹[①]这样录样带很多年了，米克·贾格尔[②]也是这样翻译他的呢喃。我认为这种方法很普遍，它管用是因为我们的大脑总是在尝试理解。聆听一段呢喃时，你的大脑真正想听到的是字词。一次听一句，反复不断地听，速度比你想的要快得多。你会不停地听到具体的字词。我常常有这样的感觉，"显然我唱的就是这些词"。这非常怪异，也很奇妙，因为这些词一开始根本不存在。

我想我也很痴迷于这个过程，因为它让我依附于一首歌早期的形态，在我还没有想明白、搞清楚它是什么样时。我不相信自己会做出有意识的选择。我相信自己会写点儿什么，会对我感觉到和凭直觉领悟的东西做出回应，但当自我介入时，我就不相信自己了。这种工作方式意味着我可以保留自己感觉到的、无歌词的旋律一直到最后。一旦我开始写词，我就能对歌曲进行聆听和回应，而不是把一种幻象强加给它。这使得那个观察性的自我意识尽可能地远离。

出于同样的原因，初期的样带也有这样的魔力：它们更接近潜意识。所以我喜欢尽可能把早期录音的一些元素放进完成的版本里。专辑 *Sukierae* 里几乎每一首歌都有原始的元素。我 iPhone

---

[①] 基思·理查兹（Keith Richards，1943— ），英国摇滚乐人、唱片制作人、滚石乐队成员。
[②] 米克·贾格尔（Mick Jagger，1943— ），英国摇滚乐人、滚石乐队成员。

上的许多原声样带成了我们叠录的基本音轨，它们仍被保留在成品里。（因此我们在最后的曲目说明里把 iPhone 作为乐器列入其中。）《我会唱》这首歌包含了一段来自 Being There 时期的磁带小样。东西永远都在那里摆着，对于这张唱片来说，好好利用一番它们还挺有趣的。

与乐队合作则是完全不同的过程。Wilco 是个六人乐队，乐队成员对最后的收尾之笔兴趣程度不一。作为一个集体，我们总会被更完善的事物所吸引，这也是其中的乐趣。一个人工作时，我总是希望，在感觉自己已经做出能做的全部选择之前，可以舍弃一些东西。要是太专注于一种方法，我就会在走到这一步时为没做的其他选择而哀伤。我想这就是如果由 Wilco 录制 Sukierae，它会截然不同的原因。我现在还能听到每条音轨上可能的叠录，还能听到我本可以实行的东西，对我来说这是最开心的部分。丹尼尔·约翰斯顿的音乐对我来说也是这样，我爱那些未实现的潜在之物。

这听上去也许有些奇怪，但作为在录音棚度过很多时光、写了很多歌的人，我总能听见那些收尾之笔，无论它们是否存在。它们仍旧如以前一样那么令人愉悦。在我生命的这一刻，我有信心说我知道如何制作一张唱片，我可以赋予它们特定的声音，会有一定数量的人做出（或不做出）回应。可这不是令我满足的那部分。令我满足的那部分是，远在这之前它听上去是什么样子，那是我还能听到它展示出各种潜在可能性的时候。

当一首歌还是新歌时，它保持着一种神秘特质，让你很难享有它的所有权。对自己音乐最骄傲的时刻，是我听到一首歌后想——怎么写出来的啊？欣赏自己的创作，并感觉这不是你的作品，是件非常愉悦的事。即使有时听到这样一些话——写得真棒，杰夫，太棒了——我会感到骄傲，我也更愿意像欣赏其他人的音乐一样欣赏自己的音乐。如果你不让那个总在观察的自我过度阻碍你的话，这种情景真的会发生。我最喜欢的个人作品打动我的方式，实在不值得骄傲——就好像它们不是我写的。

作家对这些事情的态度往往比较神秘和形而上。你会听到他们谈论"通灵"的经历，或是说被"赐予"了一首歌。我想全都是胡说八道。这些很明显源于你自己。不过是你的潜意识而已。我想天赋就是进入你的潜意识又毫发无损地回来，把某些东西呈现出来的一种能力。

这种进去又回来是丹尼尔·约翰斯顿的天赋和长处所在。我想还有一个他精神疾病方面的因素，让人无法自如地对此进行讨论。但总的来说，最重要的是这种难以置信的勇敢，勇敢面对大多数人不能承受的事情。对他来说，我想真的是没有其他的选择。音乐是他为自己找到的一种最不带冲突的交流方式，借此他能体验自己潜意识的方方面面，让别人也产生感知。

这是艺术家一直在做的维持与安抚方面的努力，纵使他们没有在和精神疾病抗争。我知道这方面对我最为重要：可以消失在比你自己宏大的东西后面，然后带着可以展示的东西返回。从小时候起，音乐就是我作为听者隐藏自己的地方，就它如何予以我安抚与慰籍而言，创作自己的音乐带我走向了更丰富、更深邃的地方。

建造者不用的那块石头变成了基石。

——《圣经·诗篇》第 118 篇第 22 节

漫长的游戏

内尔·辛克[①]

我第一次听到《圣经·诗篇》第一百一十八篇是在教堂里。我从小就是天主教徒,孩提时代总能听到这个章节——四福音书里有,《使徒行传》里有,《彼得前书》里也有,复活节弥撒的答唱咏也是这篇。可悲的是,小时候吸引我的是那些更暴力的段落。我会俯视我的敌人,看他们的头颅撞向岩石,类似这种。八年级的时候,为了鼓起勇气去上学,我会读这样的话。父母总给我施加压力,要我打回去,我应该猛揍别人,说些刻薄的话。可是我总是逆来顺受,任他们就这么打我,心里想着殉道者。(我是个奇怪的小孩。)

《圣经·诗篇》第一百一十八篇的一句话给我留下了很深刻的印象:

[①] 内尔·辛克(Nell Zink, 1964—),美国作家,代表作有《随意放置》《阿瓦隆》等。

> 建造者不用的那块石头变成了基石。

这句话非常有力。那些建造者把我放在这儿，拒绝我，但总有一天，城市会以我为基石而建立起来。这是个美妙的、积极的复仇幻想。当然这是在耶稣的语境下呈现在我面前的，他总在《圣经》里说这种非常前卫的话："他们辱骂迫害你的时候，你就有福了。"或是："先知在自己国家是得不到荣耀的。"跟前面那句特别吻合。我认为这种表达特别有诗意，特别悦耳。现在听起来我依然觉得挺好。

小时候，你听过像丑小鸭、灰姑娘和小雪人这样的童话：那些被忽略的后来都必定被发现。上面那句话就是经常这样被诠释的，但这种解读既不含原有的意思，又没有深刻见解，而且对于权力的暗示也跟着消失了。我想耶稣传递的信息是不同的，至少略有不同。建造者拒绝使用的那块石头变成了基石，但这里并没有说石头变了。石头没有长大，变成天鹅。它还是那块石头，只是后来建造者说："啊哈，这个东西能派上用途。"

我猜这就是我当时的梦想。

如果你出生在一个有宗教信仰的家庭，你就会知道你应该取悦一个人。这不是说我们是原教旨主义怪人，只是说我的确接受了宗教教育。你的观众是上帝。如果做了上帝想让你做的事，别人怎么想就完全不重要了。我想这和美国人习以为常的无秩序个人主义有些关联，即藐视群体的反社会意愿。新教的理想当然是伦理处于你与更高的权力之间。童年时期，这个思想无处不在，而且我知道它对我很重要。你在学校不受欢迎，总是挨打，而一想到你的表现会取悦某个人……我想这一点正是我从这句话中获得安慰的原因。

我想这也是很多年以来，我不曾寻找读者的部分原因。我的事业一直处于低潮。我不是耶稣，我是躲藏在山洞里的早期基督徒。我不打算走出山洞，试图告诉人们我是干什么的，因为他们会把我钉在十字架上。这就是海因里希·海涅①所描绘的十字架上基督的意象，遍布天主教国家："他被放置在那儿，作为样例与警告。"如果你那么做，你的下场也会如此。

九十年代初，为自己的杂志《动物评论》写小故事的时候，我很清楚，除了我自己，没有什么人会喜欢或认可这些故事。我清楚地记得我是为自己写作，每个故事必须恰如其分。像大多数人一样，我相信自己的超自我。我想只要花点儿时间去想想，一个人就可以做出正确的伦理判断。做编辑上的判断对我而言，感觉也涉及伦理层面。我想讲述正确的事情。我总感觉写作有点儿像绘画：如果细节是准确的，整幅画也会是准确的。就像脸部识别软件能识别出你，是因为那九个点是根据你的脸部特征计算出来的。如果你把这些点放到正确的位置上，就会得到一张可识别的照片。

写作时，我让自己的大脑处于一种特殊的精神状态。我写小

---

① 海因里希·海涅（Heinrich Heine，1797—1856），德国诗人、作家、文学评论家，代表作有《罗曼采罗》《游记》《德国，一个冬天的童话》等。

故事的时候生活在纽约，当着秘书。我并不是处于一种恍惚出神的理想主义状态，那样我会被车撞的。我不得不更留神。（住在纽约时，我看到过五个人被车撞倒，躺在马路上。他们没有全部被撞死，但这样的事确实存在。）但当我在星期六上午坐下来写作时，让自己处于一种"我的忧虑至关重要"的精神状态是很愉悦的。它就在我和我写的故事之间，就是一个段落，从纸上回望我。

我猜这有点儿像插花什么的。对文字稍加调整后说，好了，现在不错。有时你发现有人同意你的观点——是的，现在很不错。当然，这对我来说是种迟来的经历，不过也很让人开心。很多年来，我只有一种感觉，就是做自己热爱的事情，享受着成为自己最喜欢的作家的特权。

我的确后悔过去因为做那些糟糕的工作吃了那么多苦，那时我本应该靠写作赚钱的。当时没有很多创意写作项目。爱荷华倒是有一个，此外再没人提到过其他项目。在威廉斯堡，我知道有一个人参加过爱荷华的项目，他简直就像上了天堂一样。人们把他奉为耶稣，仿佛触碰他的衣摆就能获得疗愈。当然，即便如此我仍一心想去从事新闻业，但那些令我受用不尽的先锋派的东西恐怕会消失殆尽。我认识一些做记者的人，看到他们不再先锋前卫，我就会想，不，这不是我想要的。我说不清楚。那时我有点儿古怪，社交行为反常，可能本来也没办法挣到钱。

大学毕业后，我去给一位砌砖匠打工。今天这么说会被认为是政治不正确,得靠皮埃尔·布尔迪厄①,才会有人承认在男性统治的社会体系里,女人做的工作只是例行维护,而男人负责创造和建设。但我母亲是一个十足的女性主义者,而我很清楚,在这个体系里你是不会想站在女性那一边的。这和非二元性别没什么关系,我只是说,如果我们的社会体系里是男人撇走奶油,而女人负责喝掉残渣的话,我就需要向上走了。我喜欢欧文·斯通②写的米开朗琪罗传《痛苦与狂喜:众神之巅》,我读的时候应该是十一二岁,它让我想用自己的双手在石头上做活,在大块的卡拉拉大理石上做活。

我很快就拿到一小时八美元的工钱,而不是做女人的活计拿的四点五美元。但当砌砖匠不是我干过的最明智的事。那活儿极其艰苦。周末不是放松休息,更像是恢复体力的康复期。我不是说自己身体虚弱,但我的确体格瘦小,像只小鸟一样。我不属于建筑工地。

我第一次发表的东西(除了在《动物评论》上写的故事),是发表在n+1网站的一篇小文章,当时我有些被吓着了。我知道事实并非如此,但感觉就像所有人都会去看我的文章,都会恨我。那种感觉一点儿都不好。我写的东西完全就像编码一样,拐弯抹角。好笑吧:这大概是现在人们还觉得我写的东西很有趣的原因之一。如果我不再害怕大众读者,或许我也就只能成为一个

---

① 皮埃尔·布尔迪厄(Pierre Bourdieu,1930—2002),法国社会学家、思想家、文化理论评论家。
② 欧文·斯通(Irving Stone,1903—1989),美国传记作家,代表作有《渴望生活·梵高传》《总统之恋》等。

古怪的平庸人。

当然，长期以来我们的想法都是，艺术应该是具有颠覆性的或很小众的东西。你总是会在艺术家的采访中看到这一点，哪怕是鲍勃·迪伦，他认为先锋派的概念起源于法国象征主义者魏尔伦[①]和兰波[②]。艺术一开始应该只对十个人有吸引力，二十年后可能会增加到十五个人，然后你死后才有可能会名扬四方。这是十九世纪的先锋主义理想。但今天更常见的情况是，人们跺着脚说，为什么我拿不到布克奖的提名？这很有意思，因为即使在二十世纪五六十年代，有自尊心的艺术家都是拒绝拿奖的。流行的大众说法是他们不想拿奖。这让人们联想到像科克托[③]那样的人。可是我两岁时坐在教堂就学会了这点：你所能成为的最好的人是被钉在十字架上的那种人。这个讯息很古怪，却塑造了我。

每当你把自己放到大众眼皮子底下，你就会被凝视，人们会评判你，而且并不是所有的评论都是正面的。如果你在乎人们怎么想，你就会像我以前那样：藏起来。我们现在处于这样一个社会阶段，在乎别人怎么想只会让你彻底精神错乱。所以我不那么做。把这些人抛在脑后吧。在乎别人怎么想，就不可能做我做的事情了。

[①] 指保罗·魏尔伦（Paul Verlaine，1844—1896），法国诗人，象征主义派别的早期领导人，代表作有《农神体诗》《智慧》等。
[②] 指阿蒂尔·兰波（Arthur Rimbaud，1854—1891），法国诗人，象征主义诗歌代表人物，代表作有《地狱一季》《彩画集》等。
[③] 指让·科克托（Jean Cocteau，1889—1963），法国先锋派诗人、小说家、剧作家、电影导演、艺术家，代表作有《诗人之血》《可怕的孩子们》等。

年轻人,我想我认识你——我想这张脸就是基督自己的脸,死去,神圣,我们大家的兄弟,他又躺在了这里。

——沃尔特·惠特曼《黎明时军营的昏暗景象》

掀开毯子

查尔斯·西米克[①]

像同龄人一样,战争一直是我生活的一部分。我生于一九三八年。当炸弹开始落在我的家乡贝尔格莱德时,我三岁。一九四四年十月贝尔格莱德解放,我六岁,住在市中心。父母总是很忙,谁知道他们忙些什么呢,我们小孩子通常就在大街上瞎跑。我们看到了很多小孩子不该看到的事情。你明白的,包括死人。

我们家总在讲一个故事,一个在我记忆中很模糊的故事。有一次我头上戴着顶士兵头盔回到家。那是苏联人解放这座城市之后的事。家附近有个教堂,我去了教堂墓地,那里有些死了的德国人。头盔已经掉了下来,有点歪斜。我记得很清楚,我没看那个死人的脸——太吓人了。但我拿了头盔。家里人之所以总讲这个故事,不是因为我拿了头盔,把它从一个死了的德国人身上摘

[①] 查尔斯·西米克(Charles Simic, 1938—),美国诗人,《巴黎评论》诗歌编辑,曾获普利策奖等荣誉,代表作有《草说什么》《失眠旅馆》等。

了下来。二战中发生的事情有比这更可怕的。原因在于那个头盔让我头上长了虱子，他们不得不给我剃了个光头。

十六岁时我第一次去美国，一到那里，人们就告诉我："哦，查理①，你要去朝鲜了。"但我当然没去。那时我太小，但一直有着那种恐惧。还记得年轻时我为《芝加哥太阳报》工作，那是一份地位很低的工作。早上我走进所谓的排字车间，人们在为星期六早上发行的报纸排版。因为头一天晚上拿到了工钱，我心情很好。有个工人冲我大喊："喂，西米克，你要去黎巴嫩了！"那时候国家正在派海军陆战队去黎巴嫩打仗。这把我吓坏了，一整天都被毁了。我想："我不想去黎巴嫩！"这样的事情在我的余生一遍又一遍地发生。越战前，我在陆军服役，后来我弟弟去了越南。再后来，爆发了第一次海湾战争，我儿子以为他得去参战……

正如你知道的，我们现在看不到战争中的大屠杀。但越战期间，如果你睡得很晚（我当然常常熬夜），晚上十一点或是半夜打开电视，你就会看到越战纪录片。那些血淋淋的画面真的教人无法忘记。死去的越南人。直升机扫射死去的越南人。我们的士兵躺在那儿，有的死，有的伤。越战是你能目睹这些残酷画面的最后一次战争，后来他们吸取了教训。是这些内容让我对这首诗有了兴趣。

我不经常读《黎明时军营的昏暗景象》，但每次读都会有点

---

① 查理（Charlie）是查尔斯的昵称。

哽咽。这个秋天,我试着读给班上的学生听,我发现自己被它深深地感动了,尽管我很熟悉,知道后面写的是什么。

南北战争是惠特曼诗歌的分水岭。有时候他写的东西让你发疯,比如,啊,我们是个多么伟大的国家呀,向着辉煌的未来前进吧!全都是爱默生式的乐观主义。在这个国家,他看到了他所相信的集体人性的愿景。他期待这些充满活力与魅力的人民身上会有美好的事情发生。然后,轰隆一声——战争爆发了。

一八六二年,哥哥受伤,惠特曼去找他。后来他就成了华盛顿特区周围医院里的一名伤口包扎员(当时的叫法),帮助照顾生病和垂危的人。这时他诗歌里出现了悲伤的音符。他不再是原来的惠特曼了。比如说,在那首纪念林肯的名诗《当庭院的紫丁香最后一次盛开》里,没有一点沙文主义的影子,有的只是悲剧。

《军营景象》以叙述者早上醒来开头。离开帐篷,他看见一排盖着毯子的尸体:

> 黎明时刻,昏暗中,我看见军营里的景象。
> 我已无睡意,早早从帐篷出来,
> 我慢慢走着,空气清新凄冷,从医院的帐篷走过,
> 看见三个人躺在担架上,就这么躺着,没人照看。
> 一个身上盖着毯子,棕色的大羊毛毯,
> 灰色厚重的毯子,折叠起来,盖住了一切。

这首诗那么写实，没有一个多余的字，一切都削减到极致，整个事态明了易懂、生动形象，令人心酸、不安。"空气清新凄冷"，我们当即身临其境。"毫无睡意"的叙述者曾见证过这一切，我们跟着他便明白了那里是什么样子。还有那些裹着尸体的军毯，多耐人寻味的细节啊。没有什么露出来——没有脚，什么都没有。所有的一切盖得严严实实。我们可不想掀开那些毯子。

但是惠特曼想。诗中有着一种动作上的编排。一张接一张，他掀开瞧了一眼。

> 我好奇，停下来，静静地站着，
> 用手指轻轻掀开毯子，盖在离我最近的那张脸上的毯子；
> 枯瘦冷峻的老人，头发灰白，双目塌陷，你是谁？
> 亲爱的同志，你是谁？
>
> 然后我走向第二个——亲爱的孩子，你是谁？
> 面容稚嫩的可爱男孩，你是谁？

惠特曼心怀怜悯。他明白这些消亡的生命都是独一无二的，他们只是无数死亡者中的三个。从一开始，惠特曼的诗中拥有的最强有力的东西之一正是移情。我读着诗，深深为老人惋惜，当然也为孩子，替这个为成为英雄参战而死去的年轻人惋惜。整首诗是一根通电的电线，带着情感颤动。当叙述者掀开毯子，惊恐地看到那些尸体的脸，这首诗就实现了克制与伤感的共存。

接着我们来到最后这震撼人心的一节:

> 然后走向第三个——一张不是孩子,也不是老人的脸,
> 安静、漂亮如黄白色的象牙;
> 年轻人,我想我认识你——我想这张脸就是基督自己的脸,
> 死去,神圣,我们大家的兄弟,他又躺在了这里。

我们一直在杀死基督,或是像基督的人,一次又一次。这是我们集体的疯狂想象。当然,在惠特曼的时代,很多人读了这首诗,觉得这是在亵渎神明——居然想着把基督放在这里。但这恰恰就是这首诗的力量。我不是一个读诗会热泪盈眶的人,不管是别人的诗还是我自己的诗。但当我向学生们解释我的感受时,我眼睛湿润了,学生们看着我,有点儿不太自在。

从更广泛的意义上说,世界上还有其他毯子,我们不想掀开看下面是些什么。有一种真相是我们不愿意看到的,虽然真相是个很大的词。可能是街上的一张脸,某个看起来饱含痛苦、饱受苦难的人。我们转身离开,不能什么都看。但我喜欢读偶尔对读者这么做的诗:强迫他们看。

惠特曼很擅长这一点。作为在城市长大还做过记者的人,他很擅长观察。他总是很警惕,捕捉着别人看不到的细微的戏剧性事件。他有一首很美的诗,写的是孩子们在街上看磨刀人磨刀。孩子们看着火星飞溅,眼睛越睁越大。

过去的四十二年里,我住在新罕布什尔州最小的村子里。周

边是大山和树林——所谓的大山，实际上是小山丘。在城里的时候，我关注一切事物。等到了乡间，我关注的就没有那么多了。虽然在这里我有大把的时间，我四下张望，但我跟瞎了没两样。年轻时我从来没了解过不同种类的树、不同种类的鸟，所以我在乡间的关注能力很受限。我常常沿着狭窄的土路或小径散步，却错过了很多正发生的事。

我猜这和我在城市里长大有很大关系。我的想象统统都和城市有关。当我看到一个人沿街走来，看到他们的模样，我就开始琢磨他们做什么工作或是什么类型的人。在城市里，我是个擅长观察的人，很享受花几个小时观察，别的什么都不做。

一九六四年，我住在十三街与大学广场路交界的一个小破公寓里，写下了早期的几首诗《刀》《叉》《勺》。那是一个夏天，我吃了点东西。看着餐桌，看着刀、叉和勺，我注意到这三件餐具是多么有趣啊。我从油腻腻的勺那儿偷来一首，另外一首是我从别的地方弄来的。我记得当时自己想："好吧，西米克先生，让我们看看你能不能写首关于这些东西的诗。"因为虽然我们天天用，但没有人为刀或叉写过诗。

所以我就写了三首诗，把它们寄给《文学评论季刊》。编辑给我回了信，拒绝刊登这些诗。信是这样写的："亲爱的西米克先生……显然你是个有才气的年轻人。"

这让我有些困惑。我想："妈的，他知道什么呀？"

他说："你为什么要写关于这些东西的诗歌呢？为什么要写餐具这种无关紧要的东西呢？"

我拿着信去了图书馆,很是气恼。我在想:你这个白痴,难道我应该写六月的落日吗?同时我感到得意。我想:好吧,从今以后我就写这个了。这就是我感兴趣的。我觉得我走对了路,这里面有着乐趣。

对我来说,理想的诗歌是第一次读就能读懂第一层含义的。我认为易懂是诗歌重要的特质。给人们开个头吧。看上去朴实无华却不乏古怪的什么,这种不寻常的东西会引导他们反复阅读思考。我追求的是让他们每次读这首诗,都会上升到另一个层面。这首可畏的十来行的小诗会变得像惠特曼的那首诗一样,成为读者想一遍遍读的东西。

我的幻想是这样的:一个读者,在书店里,浏览着诗歌区,取下一本书,读了几首诗,然后把书放回去。两天以后,他凌晨四点钟从床上坐起,想着:"我想再读一下那首诗!诗在哪儿呢?我得去买下那本书。"

我知道这听上去有些傻，可是每个星期天早上我们和父亲一起去公园的时候，动物们就好像更真实了，长颈鹿拉长的孤独，就像忧郁的格利佛。从动物园的狗墓地的墓石上时不时传来狮子狗的吠叫。动物园有一点像大剧院音乐厅的露天过道，到处是装在笼子里的奇怪假鸟。鸵鸟看上去就像是未婚待嫁的体操老师；蹒跚的企鹅像个脚指头肿了的送信小孩；歪着头的凤头鹦鹉像个油画鉴赏家；河马池子散发出一种肥胖的倦怠；眼镜蛇肮脏的样子，松松软软地卷曲盘成螺旋形。鳄鱼似乎没有什么变化，蜥蜴们则蹲在死囚房里。

——安东尼奥·洛博·安图内斯[①]
《世界尽头的土地上》

[①] 安东尼奥·洛博·安图内斯（António Lobo Antunes，1942— ），葡萄牙作家，代表作有《象的记忆》《世界尽头的土地上》等。

跟着这个声音走

阮清越[①]

二〇一一年春末还是夏末时,我的小说遇上了麻烦。有好几个月,我很艰难地写着开篇。我觉得真的需要一开始就抓住读者。我想到了某些书,比如像拉尔夫·埃利森[②]的《看不见的人》,开头一下子就建立起了叙述者的声音,点明了他进退维谷的状态。我在寻找一个句子,一旦写下来,就能完全推动小说余下的部分。我试了各种开篇句、各种开场情景,但好像都很不对劲。

后来我看到一篇有关安东尼奥·洛博·安图内斯《世界尽头的土地上》的书评。小说最初发表于二十世纪七十年代,新版本由玛格丽特·朱尔·科斯塔翻译而成,她是我最喜欢的西班牙语和葡萄牙语文学译者之一。书评里的节选段落给我留下了不可思

[①] 阮清越(Viet Thahn Nguyen,1971—),越南裔美国作家,曾获普利策奖等荣誉,代表作有《同情者》等。
[②] 拉尔夫·埃利森(Ralph Ellison,1913—1994),非裔美国小说家、文学评论家、学者,曾获美国国家图书奖等荣誉,代表作有《看不见的人》等。

议的印象。当时我就想，我得去完整地读一下这本书。

我买了一本《世界尽头的土地上》，在小说创作期间一直把它放在案头。那两年，每天早上我都会读上几页，直到想写作的冲动不能控制，才终于不得不放下书，开始自己动笔。每天早上写作前我都随意读上两三页，直到我感到自己的创作欲望占据上风。

我之所以如此感兴趣，部分是由于内容：洛博·安图内斯写的是一部半自传体的小说，讲述了在安哥拉残酷的殖民地战争中，自己在葡萄牙军队中做医生的经历。时间和我所关注的越战差不多。他的叙述者对自己的国家和冲突感到痛苦和失望，这种态度带来了我的叙述者的直接成长。

但对我来说，最重要的是这本书的语言，紧凑、优美、韵律感很强。句子以一种出乎意料的方式不断地写下去，经常是凭一句话就从现在回到了过去。这种效果与我这本书的目的相吻合，因为我的小说是以笔供的形式写的。叙述者在写作时关注的事情总是把他带回到过去——他个人的过去，但那也是他的国家的历史，是殖民地的历史，是战争的历史，一切对他来说都不可避免。句子的构建方法非常不可思议，节奏上的慵懒常常将我淹没，把我拉回我的叙述者所处时代的过去。

然后就是意象。宏大的、不可磨灭的画面贯穿整部小说。以开篇一小段为例：

> 我知道这听上去有些傻，可是每个星期天早上我们和父

亲一起去公园的时候，动物们就好像更真实了，长颈鹿拉长的孤独，就像忧郁的格利佛。从动物园的狗墓地的墓石上时不时传来狮子狗的吠叫。动物园有一点像大剧院音乐厅的露天过道，到处是装在笼子里的奇怪假鸟。鸵鸟看上去就像是未婚待嫁的体操老师；蹒跚的企鹅像个脚指头肿了的送信小孩；歪着头的凤头鹦鹉像个油画鉴赏家；河马池子散发出一种肥胖的倦怠；眼镜蛇肮脏的样子，松松软软地卷曲盘成螺旋形。鳄鱼似乎没有什么变化，而蜥蜴们则蹲在死囚房里。

我喜欢这些意象，很是细致，很是出人意料。洛博·安图内斯在这些句子里描绘出了不止一个意象——他呈现了一大串。对很多人来说，这太多了。一句话里有一个宏大的意象通常就绰绰有余了。但在这里他给我们塑造了一个完整的情境：鸵鸟像"未婚待嫁的体操老师"，企鹅像"脚指头肿了的送信小孩"，就这样一直列下去。这个方法并非单纯想让读者继续读下去，而是想让他们停下来，看一看，沉溺于这些意象中。我个人认为这一点很有诱惑力。

我想有的读者不希望自己阅读的轨迹被打断，他们愿意被语言带着向前，去任何它想要带他们去的目的地。但因为在我的作品里，人总是无法摆脱过去，所以我也希望这一点反映在对美丽的、戏剧化的意象的痴缠中。洛博·安图内斯成功提取出这些不可思议的意象的方式，是我想要模仿的，不过实际上我觉得写这本书时我失败了。他做的事情我办不到。尽管如此，那仍然是我的更高目标。

当我说因韵律和意象被这个段落吸引时，这里仍有一种逻辑，它与那种更理性的思路不一样，表达的不是我需要用这样那样时兴的方式构建故事或角色。语言自身对我的影响，与其说是智识上的，不如说是情感上的。这本小说精炼紧凑又非常有力的主旨促使我清醒地意识到，作为作家我每天需要做什么。我将它视作一杯浓缩咖啡，不是普通咖啡，不能一整天都喝它。我只能喝一小点，这就足够了。该怎样用咖啡因量化它的作用呢？你只是知道，你需要它。这个过程很神秘，而且很管用。

有一天我读了《世界尽头的土地上》后，一句话涌上心头：

我是个间谍，是个潜伏者，是个幽灵，是个双面人。

再自然不过。我想，就是它了。我要做的就是跟随这个声音，写完小说的剩余部分，不管要花多少时间。

那天，我立即写信给一个要看我手稿的朋友：我找到小说的开篇句了！是真的。那之后，这句话让我可以毫不犹豫地写下去。

写这部小说的挑战之一是：我创造了一个人物，他将成为一名间谍，而且是双重间谍，他不可避免地会做一些坏事。我预先知道有些事是什么，尽管不是所有的事。我的主角杀人、背叛人。这些事我从来没做过，大多数人也是一样。但你得让读者跟随这个人很长时间。所以我觉得这部小说得依赖叙述者声音和性格的诱惑性。

我这么注意叙述者声音的原因之一是，他需要一种能力，通过讲话方式就能说服和诱惑别人。我需要他吸引读者进来，不管他做什么，读者都会接受即将跟着他前进这件事，哪怕他的行为在很多不同方面都会引起反感。他的诱惑性（如果读者这样看待的话），部分在于他的信仰、政治观点和性格，也和他如何运用语言有很大关系。

诱惑性的另外一部分是我想要的效果：那种从第一页就出现的感觉——高度戏剧性、情绪化的风险。在一次采访中，蒂姆·奥布莱恩[①]说他的小说永远以一个他想回答的很大的道德问题开始。《看不见的人》也是如此：第一页第一段，我们就知晓了主题。这操作起来有些棘手，毕竟你肯定不想让你的小说以说教或挑起纷争的方式开始。然而我想在第一段向读者宣布，这个叙述者特别专注，在沉思冥想某些重要的事情。怎么才能以一种特别有趣的方式来实现，这一点很难得知。

我想在第二页他要问的是：要做什么？这是大学期间我读各种列宁和马克思主义的书时一直遇到的问题，我从来没能好好回答，想通过写小说努力解决。写这个人的故事，写他经历什么，写他做什么，小说本身就是强迫自己回答这个问题的一种方式。

同时，还存在一个很大的、存在主义的政治/道德问题，这也是我想用一个关于情节的难题呈现给读者的：把人物放在一个他挣脱不了的情境里，看他会做些什么。纵使有文学上的限制，

[①] 蒂姆·奥布莱恩（Tim O'Brien，1946— ），美国作家，曾获美国国家图书奖等荣誉，代表作有《追寻卡西艾托》《林中湖》等。

我还是想要这本书具有娱乐性，尽管叙述者遇到的是严肃的问题和事情。

在这整个过程中，我拥有《世界尽头的土地上》的陪伴。我对这本书的痴迷有些神秘，这也是写作的力量所在。作为一个学者，我尝试理性地解释并思考为什么要做出某些艺术上的选择。但也有直觉和情绪化的部分。不管这本书怎样发展，这都是几十年的浸淫：是读了成百上千本书的产物，是有意无意吸收了这些作者风格的结果。其中有些对我意义更为重大。我有一个矮书架，放在我身边，上面是一些让我想模仿的风格和故事，或是从中吸取些什么的书。然后我就看到了这本书——不知怎的，我看待自己作者身份的方式，以及看待自己叙述者的人物身份的方式，都在这里找到了最真切的回响。这本书似乎是这么多年来一切影响和灵感的集大成之作。

在伊甸园里泛舟——

啊,大海!

今晚我要停泊——在今晚——

在你的怀中!

——艾米莉·狄金森
《暴风雨夜——暴风雨夜!》

你和我

艾玛·多诺霍[1]

我母亲是英文老师，也是个爱读书的人，经常给我背诵艾米莉·狄金森的诗。我想她记得是因为狄金森的诗短小，比起那些大部头来更容易记忆。我记住的第一首诗是《死时我听见苍蝇嗡嗡叫》，不过也还有其他的。我出生前，他们还曾经打算给我起名为艾米莉。那是父亲的想法。那年他正在写一本关于狄金森的书。尽管母亲是诗人狄金森的忠实粉丝，她却坚持要叫我艾玛。

我个人认为应该用艾米莉，我倾向于叫这个名字。可是有什么办法呢？艾米莉·狄金森并不能算是以个人生活的幸福美满而闻名。没准母亲认为这就管我叫西尔维娅一样，取自西尔维娅·普拉斯[2]。

---

[1] 艾玛·多诺霍（Emma Donoghue, 1969— ），爱尔兰裔加拿大小说家、编剧，代表作有《房间》等。
[2] 西尔维娅·普拉斯（Sylvia Plath, 1932—1963），美国诗人，自白派诗歌代表人物，代表作有《巨人及其他诗歌》《爱丽尔》等。

她以前经常给我朗诵的一首诗是《暴风雨夜——暴风雨夜!》，十几岁时，这首诗变得对我非常重要。我再一次寻觅这首诗可能是十四岁的时候，我知道自己爱上了一个女孩。那是二十世纪八十年代的爱尔兰，我意识到自己喜欢同性，却不能告诉任何人。仿佛在当时的爱尔兰文化中，没有人能让我找到共鸣。所以我借用了艾米莉·狄金森。根据她的诗歌和信件，似乎她一生情感强烈，对女人和男人一样炙热。我记得自己想过："好吧，在我的社会背景下我可能是个怪物，但我可以像艾米莉·狄金森一样。谁需要做个正常人？"

当时我的大多数抒情诗，像这首诗一样，是写给一个亲爱的"你"的。不全是爱情诗，但只要它是，就永远是"我"向"你"表达：这就给了我自由，不需要强调说话对象的性别，所以这个代词是未出柜的女同性恋最好的朋友。缺乏具体指代使它成为一种非常诱人的形式，"你"这个字的亲密性有助于把读者直接吸引进来。（这就是为什么流行歌曲总是用"你"这个字。）它让读者想象有人在向挚爱倾诉，允许读者自行想象这个挚爱是谁。

这首诗是这样开头的：

　　暴风雨夜——暴风雨夜!
　　我和你在一起
　　暴风雨夜
　　是我们的奢侈!

我觉得整首诗对浪漫与情欲的表达是本能而感官的。给人印象最深刻的是这种势不可挡的渴望。这实际上是一支相当强势的序曲：她说她想"停泊在"某人怀中，一个非常肉欲又亲密的意象。

同时，你并不知道她在和谁对话，这一点非常模糊，也不仅仅是在性别方面。我们很难判断叙述者和倾注受恋的对象之间的关系。叙述者是和心爱的人过上了温馨的生活，然后和对方伤心地分开了吗？或是叙述者对远方的一位故知有着渴望？"我和你在一起"——这也可能是一个跟踪狂的发言。模棱两可。

这一切之所以奏效，是因为我们嗅到叙述者身上些微的歇斯底里。头一分钟，你在想，哦，她是个多么美妙、多么浪漫的女主人公呀；下一分钟你不禁好奇她是不是谁的跟踪狂呢。她这种精神错乱的微妙感觉让读者更兴奋了。她似乎呈现了安全、舒适和家庭的形象，但又有种疯狂。

我喜爱艾米莉·狄金森的一点在于她总能捕捉到生动的意象，虽然你可能不太确定它们各自意味着什么。寥寥几个字，但你会花上几个小时去讨论每一个字的意思，因为她有所保留，为很多模棱两可的东西留下了空间。乍一看，你瞧见的是那些美好、具体的意象，比如港口的风、指南针和航海图，你会觉得你知道诗里要说什么，但这不是一首感叹"哦，和你一起在家真好"的诗。一旦开始梳理，你便会心想，等一会儿！你觉得你停泊了，接着你又要扬帆远行，然后又发现你其实是在划桨，而不是乘帆船航行。这些意象之间不太契合，她似乎往返于大海和港湾间。我们通常认为伊甸园是土地的、农耕意义上的天堂,那我们怎么在伊甸园里划船呢?我们是否会停泊?从大海到港湾之间没有一条清晰的路线。她写出了一种美妙、隐秘的复杂性。

我只喜欢具体的意象,没有一点儿哲学头脑。我和很多学术界的人打交道,因为我的另一半是个学者,我父亲也是学者,但当他们讨论起德里达①什么的,我脑袋就开始晕乎,我总是不得不和他们说:"哦,是不是有点儿像那个……香蕉?"好像只有用具体的意象,我才能好好思考。

我们都想把特别大的构想放进自己的作品里,对吧?但写一本书时,你是在深入探讨某个的主题,为诠释所发生之事,你当然会往头脑里塞满各种宏大的理论。你不必把它们都删掉,但你也不能任人物以抽象乏味的词藻堆砌的对话,让作品变得沉闷。

我的小说《奇迹》就是例子,我想让主角最终意识到,她的人民,也就是英国人,应该对爱尔兰饥荒负一定的责任。可是我不想仅仅把这一点作为政治观点呈现。所以我就让她沿着一条乡间道路散步,最终她意识到这条路正是饿着肚子的人们修建的,他们参与这样的工作福利项目,死在中途时,就被埋到路下面。一开始景色宜人,到处是绿色,到处是田园风光,而后我们看到她开始意识到脚下草丛中的鼓包并不是土块,而是头骨。

这种写法让她能本能地产生感知,而不仅仅是像获取信息一样产生认识。我本来可以用讨论神学、政治或谁该对爱尔兰饥荒

---

① 指雅克·德里达(Jacques Derrida,1930—2004),法国哲学家,解构主义代表人物,代表作有《论文字学》《书写与差异》《声音与现象》等。

负责的对话传达同样的意思，但如果能给读者一种生动而具体的意象，就会一下子抓住他们的注意力，让他们更容易理解和记住细节。

对我来说，写作关乎一种基本的兴奋感，是用文字从无到有地塑造的过程。从小时候起，这一点就没有改变过。我真的很喜爱写作，不像有些作家，认为写作是一项艰巨的任务。我并非总是写得很漂亮，只是喜欢做这件事，梦想着以前不存在的新事物，然后不停地用文字把它们恰当地表现出来。

我过去向往的状态是，死后作品才被人发掘。记得小时候我认为《安妮日记》的文本很纯粹，因为作者写的时候根本就没想过要出版。狄金森也是如此。她试着发表一两首诗，遭到拒绝后就把它们放到一边去了。这一点令儿时的我着迷。一直到死后她的诗歌才得以发表，简直浪漫极了。这就是我想要的。我觉得要想发表，就应该囤积起最优秀的诗作，等死了再让人发现。这是我为写作者的人生找到的一个诡异典范。

尽管如此，我仍一直为这个想法所困扰。狄金森对我来说是个重要的榜样：跟随你的激情，写你自己的诗。根本不要在意能不能发表。为写作的快乐而写作。

在《暴风雨夜》里，艾米莉·狄金森在和谁对话？陌生人？情人？朋友？十九世纪女性朋友之间常常会用这些方式称呼彼此，所以在友情和爱情之间，他们没有像我们一样划一道清晰的界线。但也有很多其他的可能性。即使是她的关于死亡的诗歌，在某种程度上也都充满激情，亲密无间，她献给上帝的诗也同样有巨大的渴望。根据传统的解释，这首诗的主要意象——漫长困难的远航和之后驶入港湾——讲的是去天堂，而不是失去恋人。她是个有点儿疯狂的神秘主义者，所以她心目中通向天堂的路上可能也会有狂风暴雨。

当然了，从某种角度来说，作家的生活如何，或她的写作对象是谁，这些都不重要。诗歌凭自身就能成立。但在生活和诗歌之间可以有种奇妙的张力，在艾米莉·狄金森那样神秘莫测的作品里尤其如此。我有狄金森诗集，如果我得带一本书去荒岛，那这便是我的选择之一，哪怕我对有些诗在说什么毫无头绪。它们有时真的很古怪，不过正合我意。她和别人不一样。

我支撑残缺身体的碎片。

——T. S. 艾略特[①]《雷霆之语》

[①] T. S. 艾略特(T. S. Eliot,1888—1965),英国诗人、作家、文学评论家,现代派诗歌代表人物,曾获诺贝尔文学奖等荣誉,代表作有《荒原》《四个四重奏》等。

纸上的文字会比我们活得更久

克莱尔·梅苏德[①]

对我来说,早年读艾略特的诗歌,尤其《荒原》,对我的性格塑造产生了影响。我不知道今天学校是否还像以前一样常常要求阅读,但很多和我同龄的人早年都读过《雷霆之语》,第一次可能是在初中,高中再读一遍,上大学时又读了一遍。我已经有很多年没读这首诗,虽然我的记忆像个筛子,但现在再看一遍,我很惊讶自己还记得这首诗的很多内容,不能说烂熟于心,但读着它就好像在读去年演出的戏剧台词。

这些年我一直记得其中的一句,就在接近结尾的地方:

> 我支撑残缺身体的碎片。

[①] 克莱尔·梅苏德(Claire Messud, 1966—),美国小说家,代表作有《皇帝的孩子》等。

每当我问自己"这一切都有什么意义?",我就会想起这句诗。

一切都随着死亡而去。所有的一切。不管我们是否能回忆起来,大脑都记下了我们一生的分分秒秒。当然我们无法回忆起其中的大多数。但我们有过的每一个想法,闻到的每一种气味,每一次光线的变化,每一次拥抱,所有的一切都在那里。我们死了,这些时刻就永远无法激活。它们消失了,永远消失了。

人类经历的大部分都会消失。我记得祖父晚年九十多岁时坐在公寓的窗前,他活到了九十四岁。他是法国人,住在法国南部一栋俯瞰地中海的公寓里。我记得他目不转睛地看着窗外壮阔的大海。那时我三十出头,心想:"啊,他在想祖母,或是在想死亡。"可是等我说:"爷爷,你在想什么呀?"他说:"我在回忆一九五四年我去撒哈拉参观一口油井的经历。"

我不知道他去过撒哈拉的油井。这正好证明,我们活了这么久,经历了这么多,连最熟悉我们的人都不知道我们全部的经历。一个人死了,一切都随之而去,所有的一切。

我们写下的东西,就是支撑我们残缺身体的碎片。这些零零碎碎写在纸上的文字,比我们活得更久。就像大洋另一边的海啸冲上来的碎石,写作是可以被打捞上来的。当然也有其他方法可以让你留下印记。如果你是个富人,你可以留下一座图书馆、一栋建筑,或是一幢医院侧楼。但写作留下的是一种真情实感,描述在某个特定的时期你在这个地球上活过是什么感觉。写作告诉我们一个人生而为人意味着什么。

每种艺术都是这样的东西。一幅画让我们知道一个人到底怎样看待事物。音乐是另一种语言，传递的是丰富的情感和无言的感悟。写作很特殊，允许我们暂时进入另一个人的世界，跨越自己的时间和空间的边界。我在亨特学院的纯艺类研究生项目里教课，这个学期早些时候我们读了托尔斯泰的《童年》。读了《童年》，你会了解十九世纪四十年代，在俄国乡村庄园做贵族家的孩子是什么感觉。不是用那种智性的方法了解，而是凭绝对的真情实感了解。任何绘画和音乐都没法给你这种感受。你就在那儿，你就在那间屋里，你就和那些孩子们在一起。这是文学特有的力量，让我们对那个在地球上已不存在的世界感到无比熟悉。

然而我们拥有的很少，只有碎片留存了下来。我们了解托尔斯泰的童年，是因为他写了下来，可是那么多关于他的经历、他的周遭、他的时代的一切都已经消失了。他只是千百万人中唯一的一个，和我们分享了他在这个地球上生活的时刻，这千百万人中有些我们知道，更多是无数我们不知道的人。没有写下来的事情我们都无从得知。我们只打捞出书里有的，为了保留过去的极小的一部分。

这一部分还在减损。尽管书像沙滩上的贝壳一样多，在一生中你只能捡起这么多。

还在减损。即使是你真的读过的那些书，你也只能回忆起这么多，仅仅是一种感觉、一个念头、一个意象，甚至就那么一句，就像我们正在谈论的这句。在托马斯·伯恩哈德[①]的《失败

[①] 托马斯·伯恩哈德（Thomas Bernhard，1931—1989），奥地利作家，代表作有《维特根斯坦的侄子》《历代大师》等。

者》里，叙述者在一番精彩的长篇演说中悲叹，伟大的哲学家如何在我们的书架上变得怪异干枯：他说，康德的一切，都变成了一颗皱缩的脑袋！

连我们的日常生活也正以这种方式减损。我们对自己最熟悉和最爱的人了解甚少。我们清楚他们的手势、习惯和反应，就像我知道孩子们在餐厅会点什么菜，我知道他们睡觉时什么样，我知道他们喜欢读什么，可是他们生活中还有许多我不得而知。他们长大后，当然就更是这样了。我所知甚微的那一天一定会来临。

如果不追溯记忆，我们经历的很多都会消失。即使在"正常"情况下，我们也会忘记很多，而记忆力会很快变化。在生命的最后阶段，我母亲的记忆力消退得很快。我记得有一天我对她说："妈妈，你在想什么？"过了一会儿，她仿佛感知了神谕。她转过身对着我，脸上挂着有点可爱的微笑说："记忆的碎片，发现的新世界。"

仅仅因为失去太多，并不会使我们保存的小碎片失去价值——恰恰相反。讲故事是人类的冲动，制造意义也是人类的冲动。我们想要事情变得有意义，我们总想用我们有的不完整的碎片讲出更完整的故事。想想庞贝城，那么多遭到毁灭，那么多无从发现，我们依然用我们有的碎片创造故事。看看马来西亚航空的航班，我们想弄清楚怎么了，我们想要知道发生了什么。我们手中的碎片里永远有一个等待发现的世界。

缺失了这么多，得到的却很少，而这正是小说——把你的整个人生精炼成你会留下的碎片。对写作过程来说，这个减损原则——用碎片支撑起渐渐坍塌的废墟，是个有用的比喻。每次把经历压缩成文字，你就是在减损它，你就是在失去些什么，即使你能从中创造出美好的东西，你仍会有所失去。

我很清楚自己没有无限的时间，一生也就能写几本书。我只能写出我看到和知道的，所以我得试着明智地取舍。这就像在海边散步时，你想捡起所有的贝壳，它们是那么漂亮，但你只能带走那么多。我捡了几个，每个都可能是我捡到的最后一个贝壳。

可是写作的时候会发生奇异美妙的事情。我常常觉得，写小说时我们做的有些事是讲不清楚的，不过我知道这是种魔法。进展顺利的时候，我会沉浸在那个世界里，抬起头来一看，心想："我又在哪里？"你和你的生活有了真正的距离，进入了一个不同的地方。那个世界拥有一种真实，那些角色拥有一种真实，虽然他们从来没真正存在过。写作时，我会把我广泛的经验浓缩成更窄小但更持久的东西，把自己缩减成某种不包含我的一切，但寿命比我更长的东西。如果我们足够幸运，这些碎片会被加进更宏大的对话里，探寻生而为人意味着什么。

作为作家，你怎样选择用哪些碎片来支撑呢？对我来说，第一稿不是智性的过程，而是本能的。虽然脑海里会有个模糊的大纲，但我会摸着石头过河，而不是预先计划好一切。我不会想着："好，我需要一个场景实现我的目的。"在尽力提高效率的同时，你写出了一大堆东西。等修改时，你开始创造性地销毁。假设你写了三个场景，每个场景都有着不同的作用，比如探究角色的某一面，或是表现她与不同人的关系，或随便什么。好吧，如果有一个场景能替代三个场景所有的作用，那就更好了。一个片段如果能更有效、更紧凑，那会更好。所以你进行压缩，像为了烹饪美食，你会收汁一样。

当你希望你把所见所知浓缩到写作中，你自己最好的一部分也会被浓缩。

当然从长远看，这一切几乎都不会持续。我从收音机里听到过一个骇人听闻的节目。一个科学家被问到：长远看，比如一千年以后，会发生什么呢？我们的世界会有什么东西幸存下来呢？他回答说是实实在在的东西。可能是玻璃。好吧，那么纸呢？纸会碳化，书会变成一堆长方形的黑东西，里面的内容会荡然无存。所有文学、艺术和音乐都会消失不见。当然，我们从庞贝城得到的正是罐子和锅，还有湿壁画——都是些硬的东西。所有软的东西都消失不见了。

但只要书能留存，它们给我们的就是其他的一些东西：文学提醒我们在这个星球上并不孤独。在这个时代里你不孤独，在这次经历中你不孤独。你不仅在你的城市不孤独，在你的国家不孤独，在你存在的时刻不孤独，而且在历史中你也不孤独。萨福[1]曾与你有同感，或莎士比亚，或约翰·邓恩[2]。我们有这种联结，我们能进行一种对话。那些支撑残缺身体、用以抵抗覆灭的碎

---

[1] 萨福（Sappho，约公元前630或612—约前592或560），古希腊抒情诗人，代表作有《致阿芙洛狄特》《词语》等。
[2] 约翰·邓恩（John Donne，1572—1631），英国玄学派诗人、教士，代表作有《歌与十四行诗》等。

片，那些我们读过的任何东西，不管保留下的碎片多小，都构成了我们对这个世界的理解，对这个世界的观察，以及我们和自己、和世界的对话。

这几乎就是《雷霆之说》最后一行：你看，这首诗呈现出许多声音的碎片，包括基德[①]和吠陀语文字。这些典故是人类对话的一部分。艾略特现在也是典故中的一部分。他指向的正是这一事实，即我们和这些碎片生活在一起，即使它们的作者去世很久，它们仍在我们脑海里喋喋不休。这是我为什么会在自己每一本书里，以不同的形式，引用艾略特的诗歌。它提醒我，文学是一场对话，而且还在继续。

[①] 指托马斯·基德（Thomas Kyd，1558—1594），英国剧作家，代表作有《西班牙悲剧》等。

太阳升起来了，阳光洒遍整个伦敦城，阿尔弗雷德·拉穆尔先生坐着吃早饭。太阳不偏不倚的光辉，谦逊地在拉穆尔先生的胡须上一闪一闪，发出棱镜一样的光芒。

——查尔斯·狄更斯[①]《我们共同的朋友》

[①] 查尔斯·狄更斯（Charles Dickens，1812—1870），英国作家，代表作有《雾都孤儿》《远大前程》《艰难时世》等。

没人求你写那部小说

简·斯迈利[①]

我七年级时读了《雾都孤儿》，八年级时读了《远大前程》，两部小说我都不喜欢。

所以九年级老师布置读《大卫·科波菲尔》时，我尽可能拖延。最后，当然是截止日期迫使我开始读这本小说。我去了地下室，花了一个周末一口气读完了。它让我措手不及——我爱上了它。从此我开始喜欢狄更斯。

上大学时，我没有读任何狄更斯的作品。我学的是英文专业，但我主要关注中世纪的东西。大四圣诞节假期，不知为什么我看了《我们共同的朋友》。我记得我坐在圣诞树旁，手不释卷，完全被迷住了。

在我读过的所有狄更斯作品里，包括为写他的传记我看的一

[①] 简·斯迈利（Jane Smiley, 1949— ），美国小说家，曾获普利策奖等荣誉，代表作有《一千英亩》等。

切东西里，我最喜欢的仍是《我们共同的朋友》。这本书里有很多有趣的东西。首先，它刻画了你能想象得出的最妙的跟踪狂形象之一。他用引人入胜的方式玩弄着小说的惯例。例如，标准的浪漫小说是以恋人幸福的结合结束，但在这里狄更斯跳过了婚礼，直接进入婚姻，探索一个成功的爱情故事如何随着时间而发展。到了职业生涯的这个阶段，狄更斯上了年纪，功成名就，知道自己可以随心所欲。你可以看到他随心使用小说这种体裁的既有要素，再颠覆它们，而对我来说这正是他小说伟大的地方之一。

但这里有种更直截了当的联结——我就是喜欢他的描写。尽管在《我们共同的朋友》之前我读过不少书，但正是这本书让我有了这样的念头：我必须这么做，我得试着写小说。我不能错过这种乐趣，我可不能这样去做律师。（倒不是说我想过做律师，但也许我本来会成为兽医。）看过《我们共同的朋友》后，其他职业都不在我的选择之列了。我得试试写小说，因为狄更斯使用的意象实在美妙，扣人心弦。

《我们共同的朋友》中，狄更斯的描述能力表现得淋漓尽致，不过我最喜欢的一个例子是关于那些坏人的。当然不是真正的坏蛋，而是有点儿坏的人，也就是拉穆尔先生和太太，两个三流骗子，都想通过结婚捞点儿钱。蜜月期间，两个人发现对方都在假装有钱人，因此被迫一起继续坑骗别人。

拉穆尔先生算是个恶棍，但他坏得比较好玩。我很喜欢小说的最后一部分狄更斯描述他的方式：

> 太阳升起来了,阳光洒遍整个伦敦城,阿尔弗雷德·拉穆尔先生坐着吃早饭。太阳不偏不倚的光辉,谦逊地在拉穆尔先生的胡须上一闪一闪,发出棱镜一样的光芒。

我一直记得拉穆尔的胡须在阳光下一闪一闪的形象。我能看见吃早餐的那个小角落,能看见他坐在桌前,能看见他的胡须,能看见阳光在他的胡须上闪烁。此时,我们已经知道拉穆尔是个唯利是图的人,所以狄更斯在这里强调阳光的公正。不管好坏,阳光能美化一切。我们知道拉穆尔是个骗子,但不管怎样依然存在这么美好的时刻。前面的铺垫也很有魔力:太阳照下来,让他的胡子一闪一闪,预示着要发生不同寻常的事情,会有不同寻常的转折——果不其然。

作为读者和作者,我喜欢这么震撼的意象和句子,让人记得住,也会珍惜。嵌在大部头里还如此突出的语句和描述,想必是非同寻常的。《我们共同的朋友》是一部约二十万字的小说,里面可能有一万个句子。而读着这么多句子,读者会时不时被什么吸引,然后牢牢记住。对我来说,这就是这本小说的精髓所在:想暂停一下以欣赏某个句子的美,和想看看下一步会发生什么之间的矛盾。如果想读完,你必须继续读下去,尤其是读《我们共同的朋友》这样长的小说,但某些细节会抓住你的注意力,拖慢你,要求你暂停。正是因为这种经历,在所有的艺术形式里,我才会最喜欢小说。读诗歌,你会被要求停留。如果一首诗有一百个字,你会被要求注意每一个字。可是读小说时,你会被要求一直往下读。然而有某些行段需要注意时,你会拒绝继续读。

当我想到我最喜欢的书时,这种时刻就会到来,像照片一样留存在我脑海里。当你认真读一本非常喜欢的书,意象会穿过你的脑海,留下永久印象。我往往不会牢记这些想法。对我来说,小说的概念框架往往次于描绘故事的意象。从根本上来说,这些意象远比作者自己相信的还要重要,还要持久。

有一些我喜欢的小说家,对世界如何运转和生命如何运转,提出了自己的理论。有些理论很详尽,我最喜欢的一个例子就是爱弥尔·左拉[①]。尽管理论会激发小说创造的积极性,也许还对构建小说有帮助,但它们差不多都无法贯彻始终。持久的是故事、人物和场景。

在小说世界里,读者得靠意象引领。我们必须能看清方向。你的意象可能和我的意象不一样,毕竟不同读者对一部小说中的世界的感知不同,一切取决于他们从描述中注意到什么以及做出什么回应,但视觉的细节的确是我们进入故事的入口。

有趣的是,读者可以看到他们从未见过的地方的意象。最近,我遇见一个人,她在俄罗斯长大。她最喜欢的小说之一是《哈克贝利·费恩历险记》,而我最喜欢的书之一是陀思妥耶夫斯基的《罪与罚》。在《罪与罚》里有个情景,一匹马拉着车在路上走,车夫使劲抽打着它,结果马摔倒在大街上,死了。记得读

[①] 爱弥尔·左拉(Émile Zola, 1840—1902),法国小说家、剧作家,自然主义文学流派代表人物,代表作有《家常事》《巴斯卡医生》等。

这本小说时，我十五岁，想象着能看见圣彼得堡的一切，包括那匹当街死去的马。同时，有人在俄罗斯想象着哈克贝利·费恩沿着一条她从未见过的美国河流行走。我相信我的意象，那个俄罗斯人相信她的意象。这些头脑中的意象是与作者合作创造的意象，是让一个人爱上一个故事的基础。

狄更斯很擅长观察。了解他的人，或者见过他的人，有时会被他端详他们的样子吓一跳。他不仅在视觉上敏锐，听觉上也一样——他是个老练的偷听者。他会注意到许多我们其他人会错过的时刻，这些时刻会渗透进他的作品。

我认为，如同其他小说家一样，他是既有意又无意地创造出了这些意象。等到一个作家像狄更斯一样老了，经验丰富了，对这些细节的选择就不再是有意识的了。当你坐下，开始写新的章节，开始琢磨——然后，好了，它就到纸上了。并不是你把大脑里的意象搜刮了一遍，挑出最好的。更像是你知道这一章的主题会是什么，然后这个想法或意象就突然冒出来，它给了你力量，然后你就继续前行。

我们挑选的故事细节常常有一种无意识的、出人意料的力量。比如，《我们共同的朋友》里那个年轻的跟踪狂是个出身贫寒的教师，常常为社会阶层流动惴惴不安。白天他努力做好自己教书的工作，但到了晚上，他就去跟踪那位绅士尤金·瑞伯恩。正是这种社会性的不安，使得他在跟踪这个出身贵族的目标人物时越来越出格。我认为我们读《我们共同的朋友》时，不可能不把这个跟踪狂看作社会地位上升的狄更斯的诡异自画像。但很有可能狄更斯不是有意为之。作为身处英国阶级体系中的社会意义上的怪胎，也许他只是取材于自己的生活，从而描绘出一个跟踪狂的偏执。

这种无意识的力量常常通过描述的行为被挖掘出来，而对故事意想不到的揭示能从一个场景有形的细节中涌现。换句话说，意象本身便包含了故事会怎么发展的线索。比如，小说《哞》中，我描述我的角色X主席正看着的几栋废弃的大楼。突然，他看见一个年轻人走了进去，却不知道为什么有人要进一栋废弃的大楼。好吧，我也不知道为什么！可是这个人进去了，即使此前我压根就没想到过这些大楼，也没想到过那个人。突然间，我就得找出大楼里面有什么。结果是巴兹伯爵在里面，这头体形硕大的猪是整部小说的核心。在这之前，巴兹伯爵根本就不在计划之内。然而随着小说进展，我在大楼里发现的秘密就变得至关重要。

作为作家，这种体验是我一直想要的：由突如其来的灵感产生的力量。对我来说，灵感就是这样一个想法，赋予叙事意想不到的能量。太周密的计划常常缺乏这种能量。

这也是为什么你不能在写初稿时就加以评判。你需要利用意想不到的能量，你也不该限制探索的可能性。没有完成之前，你不知道你写的是什么。所以如果初稿有五百页，你最好将评判推迟到几个月后。做好这一点需要花些力气，要让意象和故事优先于你的念头。但你会继续行进，搜寻下一句。我认为草稿里有两种句子：种子和鹅卵石。如果是鹅卵石，它就只是那下一句，就在眼前。但如果是种子，它就会生长，变成小说生命中重要的一部分。问题是，你并不能事先知道这句话是种子还是鹅卵石，或者这粒种子会变得多么重要。《哞》的一星半点变成了一粒重要的种子。但如果X主席改变主意转身走了，如果我坚持原计划，认定男人走进大楼的举动仅仅是一块鹅卵石，这本小说也许会向着一个不同的方向发展。

这就是为什么对意想不到的事物保持开放的态度很重要。写作在某些方面就像是骑在一匹奔驰的野马上，有时它表现不错，有时它把你摔下马背，有时它听从指挥，有时它会受到惊吓。我喜欢这种意想不到的特质。不管发生什么，你都得有能力继续驾驭这匹野马。

当然，我不是说任何想法和信仰在小说里没有一席之地。它们都很重要。想法会赋予故事灵感。写作过程是你最初的想法和不顾你的想法浮现的故事的相互作用。故事和想法彼此来来回回对话。我写作时，我的想法可能会告诉我角色如何思考，故事如何进展，以及要发生什么事情。但在某个时刻，角色就开始决定自己的生活了，开始超越最初激发他们诞生的那些想法。

比如，我正在写的三部曲的第三部里有个好人，还有个坏人。我设想他们一个"好"，一个"坏"。可是当我回顾最近一次的重写时，我惊讶于这个坏人的魅力。作为想法的那部分我想："好吧，也许我需要把他弄得更像一个卑鄙小人。"但作为小说家的那个我说："不，模棱两可才好。"

因此你学会预测意外，为它们留出余地。在计划和意外，以及如何调和两者之间，一直会有这样的拉锯。我想这也是草稿的目的，它们权衡要保留多少计划之内的东西，接纳多少新的东西。

我想所有的小说写作和所有的艺术，都是一种游戏的形式。正是意外赋予它玩乐的性质，主观想法则给予它严肃的一面。意想不到的东西突然出现时，就像在玩接球游戏，而片刻之前你甚至还没有意识到球正向着你飞来。所以我喜欢玩乐的这一面，我认为这就是美妙之处所在，也让这一切都变得值得。

在爱荷华写作工作坊学习时，我记得曾推开朋友办公室的门，往里看。她的书桌上方，打字机的上方，用大头针钉着一句话：**没人求你写那部小说**。我马上就明白这句话会对我很重要。它提醒我写作是一种自愿的活动。我永远可以停下来。我也永远可以继续。既然没有人要求你做，我便一直把写作当作一种自由而不是一种义务。即使写作是我收入的来源，它仍旧是种自由。是的，写作是我的工作，但我永远可以停手，去找点儿别的事做。一旦写作成了一种自由，它就充满了能量。

记得我向代理人提案《一千英亩》时，她说："你不是在开玩笑吧？没人想看农业方面的小说。"但是也没人会阻止我呀。我说："我们等着瞧吧。"然后我就写了起来。我的书不管成不成功，都是这样写的。我写我想写的书。我知道我很幸运能这样写作。

对我而言，作为读者，这部小说最伟大之处在于它总是这样开头，但说的永远是另外一回事。《我们共同的朋友》就是一个完美的例子：你接近了查尔斯·狄更斯这个人的思想。这是种长久的接近，长达八百八十页的接近。在你和这个人的思想之间没有中间人，没有演员，没有舞台演出。读小说就是一种人性之举，一种联结之举，一种自由之举。在任何时间点，我都可以说，我读完了《我们共同的朋友》，我要去读安东尼·特罗洛普[①]了。只要你在阅读，你就是自愿的。对我来说，这就是小说的精华所在：以一种自由和亲密相结合的方式，走近另一个人的思想。这是罕见稀有的体验。采访办不到，人际关系办不到，毕竟其他人总是可以对你有所隐瞒。其他艺术形式也不能给予你这种体验。诗歌可能是例外，但持久性无法相提并论。对我来说这一点永远都有诱惑力。我已经不是新手了，而在读书和写作中，这种自愿的联结依然让我痴迷。

---

① 安东尼·特罗洛普（Anthony Trollope，1815—1882），英国作家，代表作有《巴塞特郡纪事》等。

他们这么说：皇帝临终时送出了一条口信，这条口信就是送给你的，他可怜的臣民，在离帝国太阳最远的地方逃难的小小阴影。皇帝命令送信人跪在他床前，对着他耳语，悄声告诉他这条口信。

——弗兰兹·卡夫卡《皇帝的口信》

建议剂量

本·马库斯[①]

我想我是在大学的一门哲学课上初次读到卡夫卡寓言的。那应该是我第一次接触卡夫卡的作品。寓言是进入那个充满焦虑、恐慌、偏执的世界的有力入口,也让我将卡夫卡的作品与渴望、美好和怪异联系在一起。我读的第一则寓言是《寺庙里的豹子》。很简短,很美,很诡异,逻辑也很古怪。后来我看了《皇帝的口信》,这则寓言便成了我的最爱。

寓言始于一个扣人心弦的主题:皇帝,这个文明世界最伟大的人物给身为读者的"你"送出一条口信。这个开篇结构很吸引人。一个极为重要的人有事要告诉你,而且只告诉你一个人:

> 他们这么说:皇帝临终时送出了一条口信,这条口信就

[①] 本·马库斯(Ben Marcus, 1967—),美国作家,代表作有《火焰字母表》《离开大海》等。

> 是送给你的，他可怜的臣民，在离帝国太阳最远的地方逃难的小小阴影。皇帝命令送信人跪在他床前，对着他耳语，悄声告诉他这条口信。

但是这则寓言的关键在于口信根本不可能传达到。原来，宫殿被一圈又一圈的城墙环绕，还有一座座外围宫殿，如果送信人要走出来，就得穿过一座座宫殿，越过一道道城墙。就算他能做到，他也只能走到市中心，那里到处都是人，到处都是垃圾，障碍重重。何况他永远也做不到，因为叙述者告诉我们宫殿太大了。他永远也走不出来。

结尾振聋发聩：你永远也听不到这个专门送给你一个人的口信。

> 如果他最终冲出了最外面的宫门（那是不可能的，永远不会发生的），皇家首都，世界的中心，仍在他前面，高高地堆满垃圾。这里无人穿透，那个带着死人口信的人自然不行。但夜晚降临，你坐在窗前，梦想着口信会到来。

这让我心碎。重要的信息向你传来，你却永远也听不到。然而你仍坐在窗前，幻想着它的到来。因而巨大的渴望和希望，与无望和徒劳交织在一起。这些矛盾的情感同时袭上你的心头。完美至极。

我们很难忽视，在某种程度上，《皇帝的口信》是一则关于阅读的寓言。一方面我拒绝说："讲故事的意义就在于此！"但似乎的确如此。我愿意相信它是在提醒我们，我们希望有人对自己说话。我们希望成为沟通的对象。我们希望为自己准备的重要信息是存在的。但是这样的希望是多么徒劳呀。这个故事不仅是对一个文学悖论的阐述：它暗示着和任何人真正建立起联系都很困难。看卡夫卡的书，你一直会有这种绝望、徒劳的感觉，但这种徒劳从不是扁平和悲观的。尽管不可能成功，我们还是会看到送信人英勇地努力冲破障碍。这则寓言是捕捉这种矛盾情感的一种很好的形式。

这篇作品代表了我阅读时想感受到的感觉，以及我希望别人读我的作品时会有的感觉。它对我的吸引力在于，它让对立的、看似矛盾的情感运转起来，即使困难重重它们依旧彼此兼容。艰难、徒劳、巨大的障碍——与对欲念、希冀的探索和渴望交织。

这就是写作对于我的意义。仅凭读一篇短文，在从开始到结束短短的时间里，我就能感受到自己的改变。我觉得精心构想出来的作品本身就是奇妙而美好的，不过最终我仍需要文学让我产生真真切切的感受，而不仅是微弱的知觉。我希望文学能给我带来最强烈的感觉。就好像我们组织文字，为的是深深地改变、增强或触发我们的情感，为的是更真切地感觉到我们活着。这是我写故事的部分原因，是我斟字酌句的原因：归根结底，它们是一种有力的，甚至可能无可匹敌的传递强烈情感的方法。我认为卡夫卡传达的这种情感特别有吸引力，因为它包含矛盾与冲突，也因为它混合了恐惧与美好这两种看似不相容的情感，它们被高高悬在空中，呈现给我们。

如果没有这种感觉，我就拿不准我会做什么。这是我试图在短篇集《线弦时代》中做的。措辞、句法和语言的使用，都源于我对一句话能给我们的头脑和心灵带来什么影响的兴趣。任意一个单名都可能具有穿透力，就像药物进入身体一样。读着读着，我发现自己被重组了，被震撼了，被触动了，就像是吞下了一颗小药丸。我喜欢那些即刻惊扰我的血流、让我癫狂的句子。

我想《皇帝的口信》之所以富含情感力量，是因为这个故事是在一个模糊的场景中展开的。其中所描述的世界不是我们生活的世界。没有生活在被一圈圈城墙包围的宫殿里的皇帝，也不存在必须越过这些障碍的人墙。卡夫卡远离自己的世界，进入某个古代的神秘之地。同时他用"你"这个代词把我们也放进故事里。他把我们放在我们自己的窗前，幻想着某个重要人物、上帝或是某个未知的人物要告诉我们什么（他指出后者现在已经死亡，口信就是经过这么长时间才传到的）。

这是一个了不起的陌生化的过程。我们不在一个真实的世界里，却对它十分熟悉，仿佛在故事、神话和传说中见识过。真是梦幻一般。它还不至于虚构到你得暂时放弃怀疑的地步——这里有一种稀松平常的氛围，这种平凡的独特性恰恰属于我们的世界，同时也是脱离现实的。我一直很喜欢这种效果，因为我很容易把自己生活中发生的事情视作理所当然；我走在街上，不再去想一棵树怎么会那样奇怪，不再去想走在地球的表面上却掉不下去有点儿奇怪。或者我们建造的这些名叫"房子"的、供人藏身的东西是不是很奇怪。但当我试图忘却自己知道的一切时,便开始对这个世界有所警觉,开始为这一事实本身感到惊奇。如果能想办法抛弃所有设想,忘却自己知道的一切,就能回到这个世界,仿佛你从没见过它一样。试图重新看待这个世界,是让人亢奋、让人紧张、让人害怕的。但这就是我喜欢去探索的文学空间。

当然,人们读书时,想要体会不同的东西,我尊重这一点。有些人的第一愿望是"理解"他们所读东西的含义,希望一切完全合理。可是很多东西正是因为无法理解我才喜爱。显然,你并不想读什么文字杂烩,即一段毫无意义的文本。但我往往仍会被不那么易懂、容得下相悖的理解、经得起反复阅读的东西所吸引。我们可以把文学当作一种注定要充分展示自身的东西。拥有这样的东西,真是太棒了。走进任何一家书店,明确你的需求,你就可以得到,唾手可及。但更高深莫测的东西也是存在的。我想空间是足够的。

J. M. 库切[①]的《耶稣的童年》就是很好的例子。我看过一些奇怪、轻蔑的评论,许多评论家都不太满意这本书,可我认为它很迷人、奇异,也很引人入胜。像石黑一雄[②]一样,库切也是一个能把你带入一种背景模糊的卡夫卡式空间的作家:在《耶稣的童年》里,一个男人带着孩子来到定居的地方。没有过去,没有上下文,连该死的闪回都没有——一切解释都被隐瞒了。对有些读

[①] J. M. 库切(J. M. Coetzee, 1940—),南非作家,曾获诺贝尔文学奖、布克奖等荣誉,代表作有《耻》《迈克尔 K 的生活和时代》等。
[②] 石黑一雄(Kazuo Ishiguro, 1954—),日裔英国小说家,曾获诺贝尔文学奖等荣誉,代表作有《远山淡影》《长日将尽》等。

者来说，这是个败笔。但对我来说，正是这种缺失抓住了我。它让我感到被拉了进去，让我好奇万分。

好奇心是个很有趣的东西。在我的课上，常听到的是这样的话：如果你讨论的是一个故事，有人会说："嘿，我想多了解一点儿约翰这个角色。"要求了解更多关于角色的信息再正常不过了。但假设你知道有关这个角色的一切信息。你拥有所有可能给出的详细信息：让我们回顾一下过去，让我们来说说童年。这会让故事更好吗？对我来说，事情并非这么简单。你可以让故事充满信息，但这不会增强文学体验，也就是戏剧性。我想有些读者在某种程度上愿意忍受无法满足的好奇心，会被它不断推动向前，但其他人会对这种隐瞒恼火。比如库切这部小说，他们想知道，等等，这个男孩西蒙真的是耶稣吗？

这部小说的有趣之处尤其体现在书名的作用上。因为书中没有明确地指出西蒙就是孩童时期的耶稣。可是《耶稣的童年》这个书名抓住了你，不停地提醒你这本书与神话的关联比你认为的更加紧密。这本书让我不安。我佩服库切用那么少的背景，展现那么引人入胜的世界。他把你带往一个时间点，四周一片虚空，而对我来说，这正是非常卡夫卡式的体验。

我常常觉得不必要以某种批判性的方式去了解"是怎么一回事"，我宁愿被带领着进入神秘的体验。但如果我非常"肯定"这就是我要读的，以及我喜欢做的——我想这一定是个可怕的处境，这正是我开始思考的时候，我想，现在我需要启动一切了。看看用这种方式全身心地投入进去，我会错过什么。我一直以写好的东西为基础不停地校准航向。我总是想尝试以前没有做过的事情，以此体验自己从没体验过的。一旦我表现得像是在鼓吹某些单一的写作愿景，我就会紧张。如果我写或读的净是装腔作势的古怪句子，那我可能需要试试简单的、近在眼前的句子。

因为在某种程度上，文学的方式和方法是未知的。我们不知道一个人读诗时会发生什么。我们知道即使作家不断努力，写出清晰明确的故事，在传达过程中还是会丢失很多。我们甚至不会真的知道，有多少能传达到位。这让我无比尊重语言的难度和多样性。作家都相信，如果按照一定顺序编排文字，你就会打动读者：你会赋予他们感受，赋予他们知觉，你会刺激他们的想象。然而我们不能把它系统化。我们不能说，瞧，好的短篇小说就是这么写的。好的长篇小说就是这么写的。文学作品必须这样，而不是那样。这是有讨论余地的，不过仅仅因为一次管用并不代表你可以重复。对我来说，一本书成形的方式是不可言喻的。我对这个过程了解甚少，但又被它深深吸引，而这就是我流连忘返的原因。

我读卡夫卡的寓言时，会感到陌生和美，会感到悲伤。它别出心裁，然而这种独创性却被一种深刻的、下坠的感觉牵制。对我来说，这才是价值所在：无关现实的东西在情感上吸引了你。对我来说，这才是完美的文本。

不是更漂亮，只是更不同。一种新式美，一种不同的美。另类的美也是美。这是全新的，眼下它灿然一新，如火焰闪烁，仿佛你走出宇宙飞船，在杳无人迹的地方所见识的景象。

——拉尔夫·J. 格里森[①]《婊子之酿》

唱片封套上的文字

[①] 拉尔夫·J. 格里森（Ralph. J. Gleason，1917—1975），美国爵士音乐和流行乐评论家，《滚石》杂志的创办人。

献给不合时宜的音乐

马克·哈登[1]

成长过程中,我本应该像英国所有十八岁以下的青少年一样,听性手枪乐队[2]和冲撞乐队[3]。但十几岁时我被送进寄宿学校,所以对主流青年文化没有了解。寄宿学校让人不开心,在那里我从没觉得自在,这可能是我终身没有加入过任何机构群体的原因之一。在英格兰中部乡间那个奇怪而封闭的小世界中,我想当时我是在寻找自己的音乐——一种我喜欢的而别人嗤之以鼻的音乐,是局外人的音乐,属于不抱团的人的音乐。

除了父亲听的温和的爵士乐和每个周四晚上的《流行歌曲精选》节目以外,我几乎没听过什么音乐,所以我没有太多对我产生深远影响的相关经历。但有两次,我听到的音乐改变了

---

[1] 马克·哈登(Mark Harddon,1962—),英国作家、插画家、剧作家,代表作有《深夜小狗神秘事件》等。
[2] 性手枪乐队(Sex Pistols),英国朋克摇滚乐队。
[3] 冲撞乐队(The Clash),英国朋克摇滚乐队。

我看待世界的方式。第一次是本杰明·布里顿①的《圣西西里亚颂歌》,那是我在学校里的一次合唱团表演上听到的。第二次是迈尔斯·戴维斯②的《婊子之酿》。

当然,迈尔斯·戴维斯非常受欢迎,但在二十世纪七十年代后期的英国却并非如此。我想那时我明白自己听的是不同寻常的音乐。有人发明了一种全新的语言,而这种语言非常完整,无比清晰。

打动我的不仅是音乐,还有唱片封套上拉尔夫·J.格里森的文字,以及音乐与这份文字对彼此的呼应和注解。

结尾有一段话感动了当时的我,至今依然感动着我:

> 不是更漂亮,只是更不同。一种新式美,一种不同的美。另类的美也是美。这是全新的,眼下它灿然一新,如火焰闪烁,仿佛你走出宇宙飞船,在杳无人迹的地方所见识的景象。

这种对艺术的定义,总是令我十分激动,那是被带到宇宙边缘,然后跨过边界,遁入一片黑暗的感觉。这种经历不会经常出现,但我愿意等待。总的来说,我从没喜欢过音乐,从没喜欢过当代小说,从没喜欢过电影,从没喜欢过戏剧。我站在跑道上,等待下一次的不凡经历,携着外面的黑暗而来。

---

① 本杰明·布里顿(Benjamin Britten,1913—1976),英国作曲家、指挥家、钢琴家。
② 迈尔斯·戴维斯(Miles Davis,1926—1991),美国爵士小号手、作曲家,有"黑暗王子"之称。

再一次读这几行文字,我意识到其中还有一些东西对我也很重要。我生于一九六二年,像这一代的许多孩子一样,太空计划对我的想象有着十分重要的影响。我曾想做个宇航员,大家都想。当然,我很快就明白我太焦虑、太敏感,做不了宇航员。你得从做战斗机飞行员开始,做好杀人的准备,而我办不到。再加上我眼睛不好使,所以第一天体检就不合格。然而,这一段话提醒了我,还有另外一种方法到达宇宙边缘。

还有一件事。这几行是用小写字母写的,我很喜欢。这是最酷的。正式印刷出来的文本居然不含大写字母!只要有可能,我就仍会用小写字母写作,诅咒现代文字的使用模式,即坚持句子开头的字母要大写、专有名词要大写、"我"也要大写。只要有时间,我就会回头检查一遍,一丝不苟地清除大写字母,因为它们看上去太凌乱了。这一切都是拉尔夫·J. 格里森的错。

在我看来,这份文字只有一段不完全正确。格里森写道:"我们可以永远听本演奏《滑稽的情人节》[①],即使到了世界末日,本的音乐还是很美妙。还有比霍奇斯演奏的《西番莲》[②]更美的音乐吗?"他是在说新音乐形式的出现,不会让过去的音乐形式变得过时无用,它们依然还有自己的力量。也许对有些听众来说这是对的,但对我来说,就不那么正确了……随着年龄的增长,我不再听《婊子之酿》之前录制的大多数爵士乐,很多在这之后录

[①] 指由本·韦伯斯特(Ben Webster)和泰迪·威尔逊(Teddy Wilson)演唱的 *My Funny Valentine*。
[②] 指由约翰尼·霍奇斯(Johnny Hodges)演唱的 *Passion Flower*。

制的爵士乐也不听了。我花了一段时间才搞明白这是为什么。我想是这样的：想象一下在酒店大堂播放的音乐，那就不是我想听的音乐。可悲的是，大多数爵士乐已经商业化了。爵士乐与奴隶制的历史以及后来美国黑人持续被压迫的经历紧密交织在一起，是一种抗争的音乐，歌颂这个群体的骄傲和差异。最终，和大多数东西一样，爵士乐被商业笼络了。爵士乐已经成为大多数人的背景音乐，对我来说，它已失去了那种愤怒的美。我渐渐认识到我喜欢的多数音乐，正是会让那些坐在酒店大堂一样精致高雅的地方的人感到烦躁的音乐。它们不抒情，但很悦耳。《婊子之酿》经受住了考验。它很优美，但不乏味。

如果学写作的学生给你看一篇写得不好的作品，帮助他们改进相对容易，但告诉他们怎么写好（如果可能的话）则很难。毕竟，如果存在一个模式，那会有更多的好作品出现。我想这是因为最好的写作，就像最好的音乐、最好的戏剧、最好的艺术一样，总是出人意料。它不必激进，不必是全新的，但必须在某种程度上给你惊喜。如果仅仅是对已有东西的改进，那就只是技巧而已，不是吗？

我想是让·科克托说过，时尚就是现在看上去正确，以后看上去不正确的东西。艺术是现在看上去不正确，以后看上去正确的东西。伟大的艺术开始都会有点儿让人不适。你需要一段时间才会想到，是的，这是对的，只是当时我没意识到它是对的。

我想艺术也来自于这种不适。对我来说，无论如何都是这样。我已经开始接受在很长时间内，我都会感到无聊和沮丧，已经开始接受我会经常不满,得扔掉很多东西。我得耐心地跋涉前行,相信会写出更好的东西。我不断平衡雄心壮志和让人畏缩的自我怀疑。我花了很多时间来回踱步,什么也没做。

上课时,我常常对大家说,如果你很享受,可能就行不通了。对我来说,写作这份工作,大部分时间都是相当费力的,就像爬山,当你停下来,或是登上山顶,可以看到一些美丽风景,但实际过程可能很艰辛。我相信有人很享受写作,我也祝他们一切顺利。但我不一样,我很希望能更享受这个过程。但我想我已经接受了这样的事实:要想写下去,我必须感到不适。

成为写作者不是我主动做出的决定,更像是接受一种近乎病态的痴迷,不能频繁地从事这样的活动,我就感觉不到自己是一个人。从根本上讲,这是对理解那些非凡的书籍对我产生的影响的渴望,同时,我也渴望给别人类似的体验。而且我完全做不来其他任何的工作。我就是不能一周连着五天都出现在同一个地方,等着别人告诉我该做什么。这是我在家写作和画画的原因之一。我很幸运可以以此为生。

我认为,要做个成功的作家,你最需要两样东西:想象力和执着的精神。你得一个人在屋里坐很长时间。如果做不到,这对你来说就不值得一试。

我过去常常引用菲利普·普尔曼[①]的话。当被问到能给年轻作家提点儿什么建议时,他说:"别了。"很好笑,不过也浓缩了

[①] 菲利普·普尔曼(Philip Pullman, 1946—),英国作家,代表作有"黑暗物质三部曲"。

一条真理：如果你具备了必要的执着的精神，你就不需要任何人的建议，哪怕是菲利普·普尔曼的建议。（故事的结尾是这样：和菲利普·普尔曼聊天时，我说："我经常引用你给年轻作家的建议。"他说："我可没说过！不过从现在开始我要这么说了。"）

无论什么时候，只要坐下来写新东西，我就会想："拜托让我能写点儿什么吧，什么都行，只要行得通。"这也是我来回变化，结果最近开始写短篇小说的原因之一。我有一种想写得好的迫切愿望，却不能坚持。我愿意去任何一个地方找寻行得通的东西。这是唯一的计划。

对我来说，《婊子之酿》的音乐和封套上的文字之间的联结是独一无二的：它们与我小时候在一本科学书上初次看到的一幅插图密切相连。那是卡米伊·弗拉马里翁[①]一八八八年的作品《大众天文学》中的一张版画复制品，描绘的是虚假的中世纪场景。一个穿袍子的人走到画的边缘，地球的边缘。他设法把手伸到最小的包围体底部，从那后面他能看到宇宙的机械构造：齿轮、轮子、烟雾和火焰。那就是我希望艺术带来的感觉，对我来说，它永远和格里森笔下跨出宇宙飞船的意象联系在一起。

[①] 指尼古拉·卡米伊·弗拉马里翁（Nicolas Camille Flammarion，1842—1925），法国天文学家、天文科普作家。

我依然闭着眼睛。我在自己家里。我知道我在自己家里。但我感觉不到自己是在什么里面。

"这太了不起了。"我说。

——雷蒙德·卡佛[①]《大教堂》

[①] 雷蒙德·卡佛（Raymond Carver，1938—1988），美国短篇小说家、诗人，代表作有《大教堂》《需要我时打给我》《当我们谈论爱情时我们在谈论什么》等。

故事如何告别

T. C. 博伊尔[①]

我认识雷[②]·卡佛的时候是二十世纪七十年代，那时他在爱荷华城游荡。我在那里住了五年半，先后从作家工作坊拿到了纯艺术类硕士学位和博士学位。那时他刚刚出版了第一本书《请你安静些，好吗?》。在这之前除了作家工作坊的人，没什么人注意过他；我们都知道这些短篇小说有多棒，我们都在那些小杂志上关注它们。

所有我们崇敬的作家都曾经来过这个城市。他们大多是刚从精神病院里出来的混蛋或者酒鬼、瘾君子。但看他们朗读仍是种享受。雷成名后来过，做了一次朗读。当然，他是个很害羞的人，不想这么做。那是在英文系大楼三层的一个糟糕的休息

[①] T. C. 博伊尔（T. C. Boyle，1948— ），美国小说家，代表作有《世界的尽头》《玉米饼窗帘》等。
[②] 雷（Ray）是雷蒙德（Raymond）的昵称。

室里，只有一盏小灯，他絮絮低语，脸藏在阴影中。但真的很棒——这就是雷。

他绝对是我的最爱之一。第一次读他的短篇小说时，我在做一件很不寻常的事情。我在写那种更长、更有韵律的句子，当然这和工人阶级、现实主义或其他东西没什么关系。那时，我从没怎么关注过现实主义。雷让我大开眼界，看到了一种不同的讲故事的方法。

《大教堂》是以叙述者的视点展开的小说，写得特别好。叙述者是工人阶级，直接和我们对话。因为妻子的好朋友要来访，他非常妒忌。和叙述者认识以前，妻子就认识了罗伯特这个人；因为对方是盲人，她为他朗读。我们的叙述者（他甚至没有名字）对这个朋友心存偏见，谈论他的语言都很恶毒。比如，罗伯特从来没见过他妻子（她已经死了），这可真荒谬。她漂不漂亮，穿的是紫色还是红色，还是什么不相称的衣服——这个朋友都无从得知了。

叙述者试图理解眼睛看不见是什么感觉，但他是以一种很粗鲁且令人反感的方式摸索的。整个故事里，他为了抹去那个朋友的个性，只称呼他"盲人"。当然，其下掩盖的是他对自己和妻子的关系，以及妻子和这个男人的关系的恐惧和不确定。妻子跟这个单身男人的关系到底有多密切，他对于她来说到底有多么重要。现在，当然，我们的叙述者即将第一次见到这个男人：他前来拜访，要在家里过夜。

叙述者对出现在他家门口的这个男人感到迷惑不解。这个盲人留着胡须,这让他很吃惊。一个盲人怎么会留胡子呢?——好像盲人是完全不同的物种一样。盲人掀起胡子,嗅了嗅。这是他的小怪癖之一。叙述者注意到这些,就像在动物园观察野生动物在做什么一样。

尽管我们是从带有偏见的第一人称角度来了解这个盲人,但他似乎是个很自然、很讨人喜欢的人。说起话来声音洪亮,还叫叙述者"老弟"。他感到了叙述者的不快,不过他觉得没什么。最终他让叙述者卸下了心防——这是这个故事的美妙之处。

看了一个关于欧洲教堂的深夜特别电视节目后,盲人出了个主意。"你为什么不找张硬纸?再找支笔,"他说,"我们做点儿事吧。我们俩一起画张画。"就这样,他们一起握着笔,开始画教堂:

"现在闭上眼睛。"盲人对我说。

我照做。按他说的,我闭上了眼睛。

"闭上了吗?"他问,"不许骗人。"

"闭上了。"我说。

"就这样闭着啊。"他说。他又说:"现在不要停,画。"

我们便继续下去。他的手指握着我的手指,我的手在纸上画着。这和我此前任何经历都不一样。

然后他说:"我觉得可以了。我想你画好了。"他说:"看看吧,你觉得怎样?"

可是我依然闭着眼睛。我想再闭上一会儿。我想我应该这么做。

"怎么样,"他说,"你在看吗?"

我依然闭着眼睛。我在自己家里。我知道这一点。但我感觉不到自己身处任何东西之内。

"这太了不起了。"我说。

故事的结尾是叙述者拒绝睁开眼睛——他没有看见那幅画。如果用艺术博物馆的标准来评判,那幅画多半也没多好。但这不重要。叙述者通过闭上眼睛,最终用盲人看事物的方式看到了。重要的是两人的合作,还有画出教堂、创作出艺术作品的事实,而正是艺术超越他们的不同,以某种方式让我们相互依存。以这种精炼、简单的方式讲述故事是一件非常复杂的事情。

同时,这个世界也不会突然就变成个幸福的地方,故事结尾也不可能像音乐剧一样,每个人起立唱歌跳舞。毕竟,罗伯特的名字从未被提及,直到故事结尾,他也依旧是"盲人",他们俩之间一直存在着距离。叙述者经历了他做梦也想不到的体验——尽管如此,盲人还是"盲人",不是"罗伯特"。但重要的是任何人,特别是那么一个怀有偏见的人,都可以享受这一美妙的时刻。

如同他的《好事一小件》一样,卡佛的这个故事写出了一种比喻性的跳跃,进入了一个超出你想象的情景。一个较次的故事可能看不到也想象不到这一点。这可信吗?这两个人可能把手放在一起,一起描绘什么吗?作者小心翼翼说服我们,我信了——完全相信。然而,如果依据我们知道的这个世界的逻辑想一下,

341

也许这不太可能发生。这使得这个故事更加令人惊奇，更加意想不到。如果他一开始就非常同情那个盲人，故事就不会产生这么好的效果。《大教堂》实现了一次可能不完全可信的飞跃——但这一切似乎完美又恰如其分，把故事带向了另一个舞台。

每个故事都是有机的，每个故事都有自己的结局。和其他人的故事一样，雷的每个故事通往的结局都不尽相同。我个人喜欢能带你再次返回故事中，而不是彻底结束一切的结局。这里的最后一行做到了。叙述者说"这太了不起了"时，是在告诉我们他感触很深刻，但没告诉我们他感受到什么。这就是这篇短篇小说的美之所在：他感觉到什么取决于我们。读者会好奇——这是什么意思？怎么就这样了呢？因而被重新带回故事里。

我觉得最好的结局能把你再次带回故事里，而不是用绝对的定局结束一切。我不是说故事必须模棱两可，但我们不需要总是知道，明天早上每个人醒来时会发生什么。特别是《大教堂》，它一点都不能超越这条界线。可能明天叙述者会继续做个混蛋，也可能会给盲人之友协会捐钱——这些都不重要。它保留着神秘感。我们并不知道，而这一点就把我们带回到故事里去。

我开始写一篇故事时，事先并不知道结局会是什么。我非常相信写作应该是有机的——也就是说，我不知道这个故事会是什么样或会发生什么。就像弗兰纳里·奥康纳说过的，在写到那个情景之前，她不知道兜售《圣经》的人要偷胡尔加的腿。即使一个作者像雷这样风格一致，每个故事也不会一模一样，而是会有机地摸索出自己的结局与架构。

这正是小说艺术的美，和散文或者惊悚小说完全不一样。在整个故事中，你应该对各种可能性持开放态度。幸运时，艺术家会找到一句话，找到一个瞬间把一切都串起来。很难说某些故事怎样在结尾同时击中我们的心灵和大脑。我想这就是我们都在寻求的。而每个故事都有自己的作用方式，有自己的手段和你说再见。

我在开始写小说《不速之客》之前，就已经有了标题和引言，是在研究、思考、阅读与观察的过程中想出的。这些基本要素让我有了一个小小的框架，足以支撑我继续写下去。从这里开始，我看到什么，就把它们转化成文字，顺着写下去。我不是说这必须是一场神秘的体验，尽管其中也有这种元素。在任何时候，你都有上千种选择，比如对词汇、句子、结构、人物切入点和人物行为的选择。

我们都有过重写再重写的日子，沮丧无比，而又无事发生。也有过才思泉涌的时刻。随着时间过去——一行一行，一天一天——你有意识的大脑便发现它要去向何方，以及那里是什么样，你为什么要这么做。如果足够幸运，足够开心，你会写出像《大教堂》这样的结局。你的这次飞跃魔力十足，这一跳让故事展开，促使读者重新揣摩它的主题、人物和情节意味着什么。

我所有的东西都只写一份草稿，仅此而已——尽管在整个过程中我已反反复复写了一遍又一遍，也正因如此它才逐渐在探索的过程中积累起来，直到结尾。我不是那种会改变结构或不按顺序写作的作家——写作是有机的，会自然涌现。当我写完，我会在两三天之内再读一遍，然后按下按键，发送出去。

　　这种经历每次都不一样。每个故事、每本书都有自己的套路。就风格和主题而言，我有一种探索的好奇心，虽然我觉得回头看看，你也能发现我的主题是什么，它们又是如何在不同的书里重复出现的。虽然我写的句子比雷的长，但我不介意花点时间，尝试一下不同的事情。我的第一部长篇小说中有些场景，甚至整个章节，都用了简短的陈述句——它们可以是非常非常有感染力的。当然，雷在这个方面影响了我。读他的小说之前，我从没想过现实主义小说还可以这样写。但我喜欢逼自己尝试不同的事情。就我而言，这有好有坏：我不过是随心所欲。雷则有他自己的领域，那是他待的地方，是他擅长的。

　　规则是没有的。你做你该做的。我们能做的就是读读像《大教堂》这样的故事，好好讨论一下它对我们意味着什么，它是如何写出来的。我想这就是艺术的意义所在：刺激你。它帮助我理解一个不可理喻的宇宙，因为我成了这个故事的主宰。在其余一切都失控了的世界里，我创造了它，用我自己的方式看到了它的全貌，能控制它。我肯定我们所有的艺术家对艺术都有同感，这就是为什么它对我们至关重要。

他就这样子。

——索尔·贝娄①《银碟》

---

① 索尔·贝娄（Saul Bellow，1915—2005），美国作家，曾获诺贝尔文学奖、普利策奖、美国国家图书奖等荣誉，代表作有《奥吉·玛奇历险记》《抓住今天》等。

死亡预演

伊桑·卡宁[1]

去参加医学院面试时，我上衣口袋里揣了一本旧的平装版《雨王亨德森》。我穿上最好的衣服——灯芯绒裤子和运动外套，但等我到达办公室，发现其他等待面试的人全穿着黑色西装。他们站在那里，讨论着倾向于用静脉注射法还是口服化疗法，我心想："天哪，我这是选错行了吧。"可是等我进去面试时，对方注意到我上衣口袋里有本书。他问我在读什么，等我掏出来，他便说："哦，那是我最喜欢的书。"我们的面试就只讨论了《雨王亨德森》。我想我就是这么进的医学院。

我个人认为贝娄是他那个时代最伟大的美国作家。读他的书时，我充满了敬畏。

我最喜欢的作品之一是他那部了不起的短篇小说《银碟》。

---

[1] 伊桑·卡宁（Ethan Canin, 1960— ），美国作家、编剧、医生，代表作有《怀疑者年鉴》等。

这个故事似乎很多人不太熟悉。对我来说，结尾是小说全篇最让人难以忘怀的句子之一：

  他就这样子。①

这句话就五个字。每个字基本上没什么含义：他就这样子。包含两个 was。其中几乎没有平音，没有语调的上下变化，没有停顿，没有韵律——就是嗒、嗒、嗒、嗒、嗒。只有 he 或 was 有点含义，how 严格说来是副词，但对我来说，在这里感觉更像是名词，因为当我看到它，便感觉眼前闪过由此前的故事产生的火花。整个句子只用了七个不同的字母，总共只有十五个字母：三个 a, 三个 h, 三个 w, 两个 s, 两个 t, 一个 o, 一个 e。

  这个极其朴素的句子出自贝娄之手，他可是位一流的诗人。我想他故意限制了自己的发挥空间。把这句话和他其他出色的句子比一比，比如说《奥吉·玛奇历险记》著名的开篇句：

  我是个美国人，生在芝加哥，就是那座昏暗的城市芝加哥，我为人处世按自学的来，无拘无束，也会以自己的方式留下记录：先敲门，先被接纳；有时很单纯，有时没那么单纯。

你可以把这本书翻到第四百页，找到你见过的最好的句子。这就

---

① 原文为："That was how he was."

是一场思绪和语言上的震撼人心的火山喷发。或者看看《银碟》这一段，写的是伍迪坐上有轨电车，被带向故事的高潮时刻：

> 他听到、看到的是一辆老式的红色芝加哥有轨电车，颜色就像圈里的阉牛。笨重、大腹便便的车体，粗糙破旧的座位，乘客拉的铜把手。这些车在珍珠港事件之前就有了。它们过去一英里要停四站，跑起来左摇右摆。一会儿是煤焦油的臭气，一会儿是新鲜空气，空气压缩机工作起来，让人心跳加速。售票员拉着多节的绳子，司机疯狂地用脚后跟打着节奏。

整个段落都是发自肺腑的盎格鲁－撒克逊文字，用的每个字都有着即时的意义。我想这就是诗人努力做的：他们努力回避神经学，直接转向意义。

但《银碟》的最后一句话不一样。我说不上任何一个字是什么意思。想象一下，你是字典编纂者，得给"那个"或者"怎么"下定义。除此之外，这里没有那种典型的贝娄对音韵和语言的玩弄——它几乎就不是个句子。但在故事中读到它时，我哭了。过去几个星期，这个故事我看了三遍。每次读到这个句子，眼睛就充满泪水。

把如此丰富的情感融入这普普通通的五个字里面，贝娄是怎么做到的？

我觉得是留白让这些字得以传递如此丰富的情感。因为它们没有给大脑带来什么具体的东西，所以我们可以不加思考地感受。在长篇或短篇小说的结尾，你不该让读者思考。结局是有关情感的，逻辑则是情感的敌人。作者的工作是让读者放弃逻辑，引领读者感受。你会常常在电影的最后时刻看到这一幕：镜头抬起，影片以模糊的天空、大海，或是海岸结束。这是些眼睛无法聚焦的东西，会让你专注于这之前看到的一切。这也是"他就这样子"发挥效力的原理。它没有让你想起其他任何事。这句话如果放在开篇，便会是一句废话——但放在结尾，就非常完美地总结了前面的一切。每一个不像字的字都是炸药，前面的故事就是导火索。

对我来说，这句话也表明了内容胜过风格的道理。我有这么个关于写作的理论，你不可能同时对角色进行真实的描写，又让语言很优美。没有几个字既能表达真实，又能体现美，所以最具有同理心的，或者说被角色驱动的作家往往会自然地把漂亮的语言留到内容不那么紧迫的时候使用。你会看到贝娄的风景写得很诗意，比如说伍迪和爸爸坐有轨电车那一幕。然而当他要写一些真正触及叙述者情感的事情，语言大多很简单：他就这样子。平淡的五个字。在故事发展的关键时刻，写真实的东西是有益的，这比写出真实的东西，再用漂亮语言去稀释要好。当然这是个连贯的整体，但我认为不能两头兼顾。

我想我还该说，这个故事几乎回答了年轻作者想要问的关于小说写作的所有问题。

比如说，对话就是冲突。除非是写吵架，不然贝娄从不写对话。关于小说中的对话，正如我一直和学生们说的一样：如果你不会说下流话，那就什么也别说。

或者关于死亡的故事一定都是关于生命的故事。

或者怎样处理对文学作者来说最大的难题之一：情节。

某种程度上，情节是很简单的东西：你让某个人做错某件事。你不是设计出一个情节。你让某个人做错某件事，这就会导致其他的不良行为。行为，特别是不良行为，会迫使角色出现。

《银碟》的开头，整个画面非常静态：伍迪被响彻芝加哥的教堂钟声惊醒，悼念着自己的父亲，脑海里涌现的是父亲一生的旧日回忆和印象。但当这个年轻人回忆父亲做过的错事，回忆那场阴魂不散的背叛时，这个故事便突然聚焦。就是这一次过错，一次让人无法忘怀的不良行为，让故事得以发展下去。

我认为这一刻就是这个故事变得立体的时候。这一刻，落在纸上的一行行黑色文字突然变成了一个故事。

我听过大卫·米尔契[①]说（可能我有点糟蹋他的话），把情节装进想法比把想法装进情节要简单。我想很多作者一开始犯的错误都在于想要写一部有关什么的小说。听人们谈论小说，你会以为小说就该是有意针对什么事情展开描写的，但事实并非如此。它们不过是故事。是文学评论家或者英文老师教我们这样看待小说的，不过公平地说，他们往往是在教我们写一个段落，而不是写一部小说。但我想，作为写作者，你得抛弃这个想法。这个概

---

① 大卫·米尔契（David Milch, 1945— ），美国电视编剧、制片人，编剧代表作有《纽约重案组》等。

念对你的阅读生涯已经够有害了,对你的写作生涯更是致命的。

我见过很多学生进来说,我想写部关于这样那样的小说。可你就是写不成。你只能写部关于一个人物做错了什么的小说,看看接下来会发生什么。小说是对不良行为的汇编,文学是议论不良行为的流言蜚语。

换句话说,如果你在写一部小说,我会劝你别急着试图展示什么——相反,试着去发现什么。除非你的潜意识开始掌控你了,否则没有什么方法能让你写出有感染力的东西。

除了情节,年轻的文学作者最大的问题在于怎么刻画人物:怎样让人物像个活生生的人。有个巧妙的方法贝娄用得非常漂亮,就是让人物去描述别人。这里的诀窍在于描述他人时,显现出来的正是我们自己。在《银碟》的这一部分,伍迪对父亲的描述显示出的便是他自己的措辞、表达方式和哲学:

> 老爸脱下了他的羊皮,只穿着毛衣,没穿夹克。他飞快的样子,让他看上去不那么老实。对这些有着歪鼻子大脸的人来说,最难的就是让人看上去很老实。所有不老实的迹象都从他们脸上一掠而过。伍迪经常困惑不已。是要追溯到肌肉上了吗?或者说只是一个下颌的问题——下颌太突出了?或是那是发自内心的歪曲?

这里展现的是身体描述、自我沉思以及对其他人的深思,全都同时出现。当伍迪思量着父亲天生佝偻的样子,我们也觉察到了伍迪是个什么样子：在某些方面，他正直、高尚、善良，却也明白自己是个毫无价值的粗野之人，就像父亲一样佝偻。

作者倾向于认为自己的行文是引人入胜的因素。我想你得把这个想法扼杀掉。相当于杀死你的挚爱。这不仅是指杀死那些好的场景，还指杀死你想用妙语连珠的行文撼动读者的本能。相反，你应该试着化身为心灵感应的载体。你的存在感越稀薄，你就越可能成为你所写的人物。我最崇拜的有些作家，比如菲利普·罗斯[①]和艾丽丝·门罗，他们的行文都很漂亮，句子写得很迷人，但看他们的书时，我没考虑过行文。我考虑的是事实。我迷失在他们让我成为另外一个人的能力里。这对我来说才是引人入胜的。

塑造人物时，你得放手。你得集中精力成为另一个人，把自己从宏伟的蓝图中，从野心中，从你关于人性、文学和哲学的想法中解放出来，顺便一提，这样会让人既自由又开心，也是写作少有的真正乐趣之一。不要再为写一部伟大的小说而烦恼了——成为另一个人就行了。

我应该补充一点，很大程度上，这件事和人的肉体有关。开始写作前，我会试着停顿一会儿，用几秒钟的时间让自己放松下来。

我还发现有节制的身体活动会有所帮助。我有张立式书桌——我得说，早在它风靡以前，我就给自己做了张这样的桌子。它对我很管用。在桌子下面，我还放置了一台迷你椭圆机，

[①] 菲利普·罗斯（Philip Roth, 1933—2018），美国作家，曾获美国国家图书奖、普利策文学奖等荣誉，代表作有《再见，哥伦布》《美国牧歌》等。

是那种没有扶手的,这样我就得集中精力,不让自己摔倒。我走,一边试着保持平衡,尽量不往边上偏,一边开始打字——不知怎的,只要身体动一下刹车就会启动。同样,我开手动挡的车时常常会产生灵感:换挡需要足够的注意力,可以松开你抑制的东西。它会让你的潜意识冒出来。

归根结底,我阅读小说是为了那种成为另一个角色的感觉。一旦我不再觉得我是在看书,一旦我不再是读者而是另一个人,我就知道这本书是本好书了。我看书是为了这种身临其境的感觉,写作也是为了这种感觉。

我曾经有过这种异样的经历。我在台上,应该是在堪萨斯公共图书馆。是那种台上的访谈。采访人问的第一个问题是:文学的目的是什么?想象一下在没有事先通知的情况下听到这么个问题。我张嘴就来:"是死亡预演。"我说这句话前从来没想过这个问题,但我想从某种程度上说,事实就是如此。小说就是经历别人的生活,经历一路上精彩的和可怕的、特别是发生在结尾的事情,一遍又一遍。不管一部小说是否谈及死亡,它通常都是有关生命中最好的时刻。文学允许我们体验成千上万种生活,了解我们想怎样过自己的生活。

还是回到《银碟》上。故事中有个小谜团:有两次贝娄从第三人称转为第一人称。叙述人在某一刻说,"他想让我像他一样——做个美国人"。这是某种元小说的写法吗?仿佛贝娄预见到这种叙述者与作者同名的趋势一样。我不知怎样理解这两个小小的视角转换,除非它们是在默默承认这个故事确实是写他自己。眨眨眼承认,这就是我,索尔·贝娄,不是伍迪。

不管怎样,《银碟》都让我们深入了解另一个人的生活。对我来说,这就是伟大的小说:一扇通向他人生命中的日子的窗户。他就这样子。这就是文学,不是吗?至少相当接近了。

有那么几分钟，他完全沉浸在即刻的快乐里，然后开心被碾压得粉碎，然后他又想起在隧道里对莫莉说过的话，因为穿过寂静，传来了汽车的轰鸣声，这个新的声音超越了其他一切嘈杂，车敞着篷，沿着马路风驰而过，然后他看清了，一辆猩红色的 A 型敞篷跑车出现，然后又消失在河岸边蕾丝般的唐棣丛中。

——简·斯塔福德[①]《山狮》

[①] 简·斯塔福德（Jean Stafford，1915—1979），美国作家，曾获普利策小说奖等荣誉，代表作有《山狮》等。

幸福的意外

艾琳·迈尔斯[①]

我是在马尔法的一家旧货店发现的简·斯塔福德的《山狮》。你知道吗,我当时想应该看些西部小说了。至于《山狮》——谁会对这个感兴趣呢?我买下了那本书,几乎没当回事儿。我看书不喜欢带着逻辑性。我喜欢有一图书馆奇奇怪怪的书包围着我,无论去哪儿待上一阵子,我都会买一大堆书。无论在哪儿,我都会想创造迷你二手书店的那种体验。于是,一阵兴起,我就挑了这本书。

我立刻就看出来她的写作风格很独特,尽管内容常受时代所限,种族主义的程度惊人,又表现得稀松平常。但随着作品的推进,我开始看到一种双重性。斯塔福德非常诚实地讲述了她生活的时代,而不是简单地说说。我开始意识到这个作家有多么惊人。

《山狮》是部家庭小说。丧偶的母亲有过好几任丈夫。小说

[①] 艾琳·迈尔斯(Eileen Myles, 1949—),美国诗人、作家、艺术记者,代表作有《我必须活两次:新诗选集》《切尔西女孩》等。

开头，四个孩子和她生活在一起。他们住在洛杉矶，后来有机会去科罗拉多，和嗜酒如命、总穿双大靴子、不被母亲认可的祖父一起住。这家人分成两拨，一拨是两个大点儿的女儿，完美、保守，一拨是两个小点儿的孩子，懵懂、精瘦、体弱，分别叫莫莉和拉尔夫，是这本书的叙述者。

在某个时候，他们俩去那里待了一整年，就在那一年，他们亲密无间的关系破裂了。莫莉变得越来越怪异，而拉尔夫发育得很快，越长越结实，开始变成男人了。大概一年前祖父死在了门廊前，所以他儿子克劳德，一个蠢蠢的、不太老练的翻版祖父，就成了他们体验西部世界的向导。他与拉尔夫熟络起来，开始带着他去打猎。终于，这场盛大狩猎的中心变成了山狮，他们俩在牧场附近发现了一头，尽管这个区域已经几十年没有出现过了。克劳德舅舅告诉拉尔夫他们可以一起去追山狮时，拉尔夫心头闪过一念，幻想着自己可能会成为猎杀山狮的人。就是这个想象中的胜利的精彩时刻，把我们一下子带入了这一段：

> 有那么几分钟，他完全沉浸在即刻的快乐里，然后开心被碾压得粉碎，然后他又想起在隧道里对莫莉说过的话，因为穿过寂静，传来了汽车的轰鸣声，这个新的声音超越了其他一切嘈杂，车敞着篷，沿着马路风驰而过，然后他看清了，一辆猩红色的 A 型敞篷跑车出现，然后又消失在河岸边蕾丝般的唐棣丛中。

这一段对我来说太像电影场景了，那种跑车出现又消失的鲜活十足的气势。这是极具现代化视角的细节。车在那儿，车消失了，我们就是这么感知移动的，这个地方真实存在。一个迅速的动作就表明了时间和空间。我们都以这种原始的方式思考着时间和空间，真的就像小孩子一样，像躲猫猫一样单纯天真。这东西没了吗？这东西在这儿吗？这就是这一段最初吸引我的地方。

但等我再回头读，把整件事情再审视一遍，我才意识到这只含一句话的段落中不可思议的复杂性。这里有跑车的闪现与蕾丝般的花丛的优雅，是男性和女性的组合。然后是时间以倍数存在的事实。这里有火车移动的时间，有唐棣生长的时间，还有出现后又消失在路上的跑车的时间。这种时间非常精准、形象、真实，好像一种后绘画——甚至一种后文学。她也允许那么多未知的东西存在。我根本没花时间去查查唐棣是什么，但不知为什么，那种细节增加了这一时刻的真实感。

如果看过这本书，你就会知道，在火车要进隧道时，拉尔夫对他姐姐说："告诉我你知道的所有脏话。"这个互动成了他们关系结束的开端，这里你能感觉到：这一刻始于这个男孩极大的快乐，但它被一种隐身幕后的揭示碾碎了，藏在他进隧道时向莫莉说的这句话中。斯塔福德从来没描述过，但我能想象出她脸上惊骇的表情。这使得整本书的最后四分之一都染上了一种气息，一种她觉得弟弟很肮脏的感觉。弟弟则觉得极其愧疚。他刚刚接触性，想知道姐姐了解多少。顺便一提，这辆性感的跑车意味着拉尔夫迷恋的那个女孩的男朋友有辆跑车。一闪而过的跑车，就像性和愧疚，如潮水般来了又去。

从情感上讲，这很真实：愉悦的高潮，随即突然有一种卑劣肮脏的感觉，然后安静下来。它把快乐和羞耻、内在和外在、自然的和机械的结合在一起。突然，他爱的姑娘出现，身处车内，就好像她背叛了他，甚至抢走了他未来的爱情，这一切都发生在一句话里，十分迅速。她一下子写了这么多事，实在惊人，仿佛电影里的场景。这种电影般的特质恐怕不是偶然：一九四七年，她发表这部小说时，这种电影感已经渗进每个作家和每种观念了。你再也无法不像观看电影一样观看这个世界。然而某种程度上，文字是更高级的电影：这里，多重时间以一种方式被挤压成一体，这种方式是任何电影难以流畅完成的。

同样令人兴奋的一点是，作者描写这一切的意识。毕竟这是一位女性作家在描述男性的快乐（甚至还结合了一种性暴力）。他羞愧的暴力，失去天真的甜蜜——这些都出自一位塑造男性角色的女性作家。这也是这一段美丽、敏感和鲜活的部分。我们习惯于在文学中缓慢地移动，但总体来说，当我读女性作家写的传统小说里的男性角色，我仍会感觉到那种试图证明你清楚自己处在男性身体里的沉重负担。男人出汗时一定是这种感觉，等等。同样，我正在看我朋友在写的一部小说，其中有个女人去上厕所，他觉得要描写一下这件事，而那副上厕所的样子根本不可能是女性会有的。斯塔福德的这一段里就有一种轻盈感。她感受到了男性的感觉，这也证明了我们的性别都是流动的。伟大小说的一个伟大之处就在于此：任何人都能超越性别。

我与这本书的邂逅想起来很有趣。当时我一定是在逃避什么更沉重的东西——我喜欢学术书籍的那种严肃的节奏，如果是我关心的主题，我大约会一年看一回。我想我是为了逃避这样的事才看斯塔福德的，并没有抱很大期望。我当时只是想，哦，这只是本不错的老式小说，看看试试吧。你常常只是在对你看的上一本书起反应，因此需要一点点解毒剂。我发现如果我过着一种更有计划的生活，看着我该看的书，勤勤恳恳地读着每个人都在读的书，我便没有时间以一种丰富、多样的方式阅读。

我热爱大学时光，也痛恨大学时光，因为我的阅读经历有生以来第一次以一种外在的形式被规划安排了。现在我应该读这些书，这让我的内心深处开始产生拖延、不情愿的情绪，现在我又在经历同样的事。如果要为什么目的去读一本书，我就会几近叛逆地开始读其他书，而这些书常常是最放荡狂野的。我宁愿去读昨晚在A大道某张桌子上发现的书，也不愿去读其他人都在读的最新的书。

我从不读大众市场上的那种垃圾，但我会读那些看似走中立路线或保守的书，仅仅是为了对我正在看的书做出反应。这会儿，托马斯·伯恩哈德就是令我激动的作家，而我拒绝读他的书已经有十年之久。如果谁的人气如日中天，我就会有种感觉——不能读他的书。我是说，我不知道什么时候我会去读卡尔·奥韦·克瑙斯高[①]。我可能有各种理由永远不去接触这家伙，但主要原因在于他的书是我应该去看的。我需要叛逆地阅读。阅读是绝

[①] 卡尔·奥韦·克瑙斯高（Karl Ove Knausgård, 1968— ），挪威作家，代表作有《我的奋斗》等。

对属于我自己的空间，过去一直如此。我现在也一直在试图夺回它。作为作家，我们常常需要去无所事事，浪费时间，浮想联翩，要有自己的私人空间，不断在其中漂流。你不可以告诉我该想什么，该看什么，该了解什么。

我总是享受重获这种任性的快乐，甚至是从我自己身上重获。还在天主教学校上学时，我是那种鬼鬼祟祟躲在课桌下面的孩子。现在当我应该做个文学怪人时，我仍想读点儿别的东西。你明白吗，一旦知道自己是谁，我就不想做那个人了。其中一部分原因在于对自我的不断破坏与构建。文本没在变，但我们在变——我想我就活在这个变化的镜头里。

二手书店似乎是当今最能让人广泛浏览的地方。商业市场就是这样被选择的。尽管我们几乎都希望自己的作品出现在展示桌上，就连展示桌存在的事实都会惹恼我。我喜欢走进圣马可广场靠近摩加多尔餐吧的东区书店，应该是叫这个。我连名字都没记住，不过它在那里好久了。你走进去寻找想要的书，但总是拿着别的书出来。

看到现在抽象之网和社交媒体上发生的一切，我觉得二手书店的那种破旧感比以往任何时候都重要。我在店里发现了先锋派文学，甚至比在大学课堂里学到的还多。你捡起这件破烂，然后心想，这是什么？我想对于满怀激情的读者，这种手眼的联结是不可分割的。

对我来说，互联网与其说是用来阅读的，不如说是用来写作的。我真的不喜欢在电脑上阅读。一九九九年、二〇〇〇年前后，我住在时代广场的一个阁楼上，那是我在曼哈顿甚至纽约住过的最好的地方。我还记得我正在电脑上写东西的那一刻。突然，我意识到我终于住进了这个奇妙、美好的地方，而我却为了栖居在糟糕又抽象的电脑空间中，对这里视而不见。电脑设法剥夺了一切，所以我永远随身拎着便携式打印机，永远在打印一堆垃圾。

当下我们喜欢欧洲的一点是那里到处都有书店，这尤其是因为美国的很多方面都与之背道而驰。假如我有钱，我会把钱送给图书馆，我真的特别想这样做。我认识的很多作家不都是在图书馆发现了什么奇怪的东西，然后生活由此改变了吗？这样的地方必须得存在下去。

我想赞颂这次幸福的意外。我发现简·斯塔福德的地方甚至不是书店，而是一家旧货店。在书不该出现的地方发现了书，真的是令人惊叹。我读完一本书时，经常会把它放到一家咖啡馆外面的长椅上。它可能会被扔进垃圾桶，但有人可能会发现它，不是吗？我对错误的读者、错误的书怀抱信念。我们只是在空间中移动的躯体，你会偶然拿起什么……仅仅是因为你喜欢一本书的标题，或是它的封面，或者碰巧它就在附近。你可能住在世界上任意一处的宾馆，那里有三本书，其中一本改变了你的生活。我愿意成为这个诱因。你永远不知道把一本书留在某处会发生什么。

大脑就是上帝的重量——

因为——一磅一磅称它们——

它们一定不一样——如果它们不一样——

就像音节不同于语音——

——艾米莉·狄金森《大脑——比天空更广阔——》

大脑比海洋更宽阔

玛丽莲·罗宾逊

我喜欢艾米莉·狄金森的一点,是我每次读她的诗,都感觉像是第一次读。诗歌对含义的保留似乎在漫长的阅读中被缓慢展开了。部分原因在于她的诗极度简练,去掉了一切不必要的东西,极大地增加了每个字的潜能。她惜字如金,给语言施加了超常的压力。但她不仅极其严格地限制了自己的语言——显然她也极其严格地限制了自己的生活。由此产生了美国文学史上无可比肩的诗歌。

我被这种向着本质靠近的运动所吸引,远离所有次要的定义,远离所有无关的道具和装饰。人们经常问我为什么我笔下的人物往往没名字,没地位,没钱,什么也没有。你瞧,只有在这样的情况下你才能得到对事物、对人、对经历的真正定义。狄金森就是这么做的。

我最喜欢的狄金森的诗作之一《大脑——比天空更广

阔——》就是个例子，她仅用几行就给人一种广阔无垠的感觉。这是一首关于思想之广阔的诗，写的是我们呈现巨大、抽象和直觉上的东西的那种不可思议又异乎寻常的能力。它赞美了我们大脑的能力，懂得把浩瀚之感相对化，令它服务于我们自身，以此理解尺度与我们完全不相称的事物。

这首诗三节中的每一节，都将人类的思想（狄金森用的词是"大脑"，我翻译成"思想"）与另一种不同的广阔无垠对立起来。第一节聚焦在天空，狄金森说，大脑有多余的空间来吞咽（因为"你在旁边"，狄金森写道，而自我也包含在思想的力量中）。身为清教徒，她习惯于会对人类理解宇宙运行的能力感到惊讶：星辰的移动、行星的相对大小和距离，以及很久以前人类创造出来的测量宇宙的尺度。我们的大脑大到可以容纳和思考这些遥远的距离，我们利用星辰排列引导现实生活，如驾驶渺小的船只漂洋过海——这是第二节的主题。狄金森说大脑也大到可以容纳海洋。她把大脑比作巨形海绵，足够大，可以把全世界的海水吸收进去。

最后一节，狄金森暗指我们的理解能力既不像，却也非常像上帝本身：

大脑就是上帝的重量——
因为——一磅一磅称它们——
它们一定不一样——如果它们不一样——
就像音节不同于语音——

这里，天平第一次没有向我们倾斜。大脑"正是"上帝的重量，一种属于看似等同的两者之间的关系。有趣的是她在讨论两个不能衡量重量的东西时，用了重量这个词。她竟然一磅一磅地讨论上帝，仿佛这种重量有什么实际意义。这完全超出了她可能知晓的任何有关上帝的概念。

可是这种不可比性正是她的寓意所在。为了坚称大脑和上帝的相似性，甚至暗示如何比较它们，你得使用一种不适用于这两者中任何一个的语言。如果说二者有差异，那就是言语或"音节"，即比喻中的我们，与言语及声音所蕴含的能力之间的差异。你还有别的词可以用吗？诗歌的结尾转向这个关于绝对相似性的谜团，它同时又受制于我们有限的生命。她仅用四五个字，就提出了这个有着无穷乐趣的形而上学的问题。

这个最后的构想，把重点落在人类的言语能力上，把它神圣化了。它让人想到"一开始是词语"，是在暗示我们的语言某种程度上类似于上帝的创造力。

我认为在语言的基础上建立起来的神学，的确是有见地的。语言像一个巨大的大脑一样运作，允许我们在需要时可以深入其中，这一点真是不可思议。想想任何个体思想、任何大脑，都被书籍与文学带来的认知延展了多少。没有它们，我们永远不会体验某些地方、人、想法，还有那些比任何人都庞大得多的东西。人们渴望这一切。追溯到远古时期，那时每个人都背诵《荷马史诗》，每个人都背诵《吉尔伽美什》。这样的文学作品形成了文化思维，使其更加广阔。我们大多数人都不是这些东西的创造者，但我们拥有了它们中的我们，或是说它们拥有了我们中的它们。文学作品一脉相承，都拓展了我们语言的可能性，加深了我们的表达潜力。

这种经历让人心怀敬畏。这种敬畏是《大脑——比天空更广阔——》明确的主题，但其他主题不同的作品仍有同样的作用：它们提醒我们，我们的潜力是多么不可思议。几乎在所有文学主流中，都会有作品让你享受做一个人，让你热爱、敬畏其他人的人性。这是任何一种艺术都拥有的巨大潜能。

这样看来，我们的语言，尤其是文学这个特别又极具说服力的例子，有着难以置信的力量。一位十七世纪的英国作家打动了我，乔纳森·爱德华兹[①]曾引用过他的话。他说我们口中的一切会在我们死后继续存在，只要我们说过的任何一个字存于一个有生命力的头脑中，我们就会继续存在。将有两次审判降临：一次在我们死去时，一次在我们生命的全部影响耗尽时。也就是我们说过的任何一个字，无论善恶，都不复存在时。

我们不习惯这样把自己看作是有影响力的人。我们不认为现在说了残忍和毁灭性的话，后果会一代一代传下去。但我突然意识到这是真的，而这种想法让我对我们当下的政治生活感到恐惧和战栗。我们开口说话时，应该问问自己：这会怎样发展？这么多人依赖这种粗鲁、刻毒的语言会产生什么样的道德后果呢？我

[①] 乔纳森·爱德华兹（Jonathan Edwards，1703—1758），美国传教士。

们知道这不会没有影响，不会蒸发，它会在人们的脑海里留存，代代相传。

读到这个作家表达得如此到位的想法，切切实实让我停下来好好思考，进而意识到他口中显而易见的真理，仿佛自己以前就明白，但在他这样表达之前从未如此清晰地感受到。真奇怪：通常，当我邂逅一个自己真正欣赏的全新想法，我的反应都会像是认可它，尽管我高兴是因为我以前从没产生过这个想法。美学和思想似乎会和某种预知形成共鸣。你应该把这个期望带到你的阅读中去。比如，不喜欢诗歌的人读诗，不会假设自己会在其中发现什么不知怎么已经了然于心的东西。但这样的事情一直都会发生。我花很多时间考虑思想这件事，但如果不借助于艾米莉·狄金森，我没法表达它的广阔无垠，即使我觉得她所说的正是我希望自己有能力表达的。

我有这种认知的经历，不仅是对其他人想法的回应，也是基于单字的顺序。在我自己的写作中，也发生过类似的事情，就是在虽然还没有写下来，但知道有一个完美的字存在时。你搜肠刮肚，随着时间的推移，会有模模糊糊的字出现——你的头脑知道它就在那儿。那个字往往无比准确，以至于你好奇它是怎么幸存下来的。你想，这肯定属于现代早期英语的词汇，或者盎格鲁－撒克逊时期——这个词是怎么产生的？怎么一直沿用到了今天？第一个需要并创造了这个词的人是谁？太神奇了。你想知道过去三百年来有多少人用过这个词，而它就在眼前。

写作应该是一直具有探索性的。你不应该抱有预想，提前知道你想要表达什么。当你和语言开始跳舞时,你会开始发现你原来想要表达的,以前有人表达过,以后也会有人表达,或者还会产生更绝对的表达。当你写作时,其他的含义便冒了出来,超过了你的期望。你就像是在和天使角力:一方面你感受到了表达面临的限制,另一方面又体会到无限潜力。没有什么东西比语言更有趣,也没有什么比让语言屈服于你的意志更有趣,哪怕你永远都不太能做到。你只能发现语言包含了什么,而这永远会是个惊喜。

致 谢

大多数书是特意离群索居的产物，由漫长的独处创作而成。然而这本书不是这样诞生的。从一开始这就是一个与他人密切合作的项目，我非常幸运可以一路与这么多才华横溢的人一起工作。

非常感谢数不胜数的出版商、编辑、代理和助手们帮助说服作者为这个项目撰文，在这里我无法一一列出姓名表示感谢。感谢你们从百忙之中抽出时间，协助电话联系各个私人办公室和酒店。没有你们，这本书不可能成功付梓。

感谢我在《大西洋月刊》的编辑。感谢斯宾塞·科恩海博，冒险将我构想的这个非传统的每周专栏付诸现实。感谢阿什利·费特斯和苏菲·吉尔伯特让这些文章得以进入公众的生活。

感谢忠实的读者黛比·卡克吉安：你每周提醒我这项工作很重要。

感谢道格·麦克莱恩：你和我共同开拓这个创意项目，你赋予它独到的视野，常常熬夜制订计划、绘制草图、精心完善。多年来我都仰仗与你的合作。我将它看作是莫大的荣幸和快乐。

感谢我优秀的编辑山姆·雷姆：你从一开始就看到这本书的潜力，在每个转折点都直观地知道需要做什么，承担了大量的后勤工作，使一切不再只是纸上谈兵。你让一切都变得更好了。

感谢我的代理艾伦·莱文。你满怀激情地接下这本特别的、极具挑战、充满复杂性的书。我找不到比你更好的读者和支持者。谢谢。

感谢我的妻子瑞秋。就像我的很多工作一样，这个项目的种子直接从我们的谈话中发芽。谢谢你一直鼓励我要有更大的抱负，并且付诸行动。

最后，我深深感谢贡献文章的作者们。你们从自己的工作中抽出时间，打开自己的私人记忆，为思想的运作找到语言，允许我在你们写作的时候越过你们的肩膀窥视。也谢谢你们分享这些宝贵文章。人通常会有保护自己珍爱的东西的冲动，会把它留给自己，可是你们慷慨、自由地分享了自己最珍爱的东西。因此，我变成了一个更好、更有智慧、更加尽职的人。我猜随着这本书的问世，我将不会是唯一的受益人。

图书在版编目（CIP）数据

随机快乐 /（美）乔·法斯勒（Joe Fassler）编；
（美）斯蒂芬·金等著；刘韶方译 . -- 上海：文汇出版社，2024.11
ISBN 978-7-5496-4217-5

Ⅰ.①随… Ⅱ.①乔…②斯…③刘… Ⅲ.①文学创作-文集 Ⅳ.① I04-53

中国国家版本馆 CIP 数据核字 (2024) 第 046790 号

随机快乐

作　　者 /	［美］乔·法斯勒 编　［美］斯蒂芬·金 等著
译　　者 /	刘韶方
责任编辑 /	何　璟
特邀编辑 /	虞欣旸　聂小雨　崔倩倩
营销编辑 /	王书传　刘治禹
装帧设计 /	李照祥
内文制作 /	田小波
出　　版 /	文匯出版社
	上海市威海路 755 号
	（邮政编码 200041）
发　　行 /	新经典发行有限公司
电　　话 /	010-68423599　邮　　箱 / editor@readinglife.com
印刷装订 /	山东韵杰文化科技有限公司
版　　次 /	2024 年 11 月第 1 版
印　　次 /	2024 年 11 月第 1 次印刷
开　　本 /	880×1230　1/32
字　　数 /	280 千
印　　张 /	12

ISBN 978-7-5496-4217-5
定　　价 /　69.00 元

敬启读者，如发现本书有印装质量问题，请与发行方联系。

Preface and selection copyright © 2017 by Joe Fassler
Published by agreement with Trident Media Group, LLC,
through The Grayhawk Agency Ltd.

版权登记图字 09-2024-0771